진리를 찾아 이상을 찾아

진리를 찾아 이상을 찾아
허만길 지음

초판 인쇄 | 2007년 12월 18일
초판 발행 | 2007년 12월 21일

지은이 | 허만길
펴낸이 | 신현운
펴는곳 | **연인M&B**
디자인 | 이희정
기　획 | 여인화
등　록 | 2000년 3월 7일 제2-3037호
주　소 | 143-874 서울특별시 광진구 자양동 680-25호(2층)
전　화 | (02)455-3987, 3437-5975 팩스 | (02)3437-5975
홈주소 | www.yeoninmb.co.kr
이메일 | yeonin7@hanmail.net

값 12,000원

진리를 찾아 이상을 찾아

허단길 지음

이 책은 내 나이 열다섯 살(1958. 4.) 고등학교 입학에서부터 스물네 살(1967)까지 약 10년간 젊음이 한창 싱그럽게 꽃피던 날의 이야기를 담고 있다. 이 책에는 나의 10대 중반에서 20대 중반까지 꿈과 낭만이 화려하던 시절, 어려운 현실을 끝없이 감당하면서 목마르게 진리를 찾고 이상을 찾아 헤매던 내 삶이 알알이 살아 있다.

아버지 삼 형제 가운데 아들로서는 혼자뿐인 나는 1943년 3월 일본 교토부(京都府) 구세이군(久世郡) 오큐보무라(大久保村) 오자(大字) 오큐보(大久保) 30번지에서 태어났다. 태어난 지 1년 4개월 만에 조국으로 돌아와 경남 의령군 칠곡면 도산리 260번지에서 '세 집 외동아들'이라는 별명을 들으며 자랐다.

가난한 가운데 3살 때부터 서당에 다니고, 고향에서 초등학교를 마친 후 경남 진주시 진주중학교에서 어려움을 이겨내며 공부를 했다.

비가 내리면 구멍이 송송한 양철 지붕에서 세 든 방 안으로 물이 쏟아지기도 했다. 그러나 나는 고난도 시련도 나의 인생임을 마음에 새기면서, 열심히 일하고 열심히 공부했다.

중학교 3학년 때에 학교 도서관이 처음 생기면서 나는 도서위원장을 맡아, 책의 단비를 맛보았다.

중학교 졸업 직전 고등학교 입학시험 대비 최종 모의시험에서 나는 8학급 약 470명 가운데서 1등을 하여, 1958년 3월 3일 졸업식에서는 선생님들의 성금으로 시상하는 영예로운 '학업 장려 직원상'을 수상하였다. 우등상, 도서위원장으로서의 공로상, 1년 개근상, 3년 개근상을 받아 졸업식장은 나의 이름이 익숙했다. 연구부 선생님들이 별도로 준 졸업 선물 책에는 "축 졸업. 허만길 군의 성실한 인간성을 이 책자로써 기림"이라는 글이 씌어 있었다. 가족은 물론 동네 사람들이 한없이 기뻐했다.

그런데 나는 대학 진학을 전제로 한 인문 고등학교로 진학할 것이냐, 국비 장학금을 받으며 공부하는 고등학교 과정으로서 초등학교 교원을 양성하는 사범학교에 진학할 것이냐는 문제는 많은 사람들의 관심을 불러일으키며 고민하여야 했다. 결국 나는 많은 사람들의 권유를 받아들이지 못하고, 진주사범학교에 진학하여 훌륭한 교육자가 되기 위해 열심히 일하고 열심히 공부했다.

어린 시절부터 운명처럼 나를 맴돌던 본질적, 이상적 궁극성으로서의 진리 추구 및 진리 구현과 관련되는 인생과 우주에 대한 의문의 회오리는 내가 어디에서 무엇을 하든 항상 나의 가장 큰 과제였다.

사범학교 입학 후 판검사가 되기 위해 고등 고시 공부를 시도해 보았지만, 필요한 책들을 충분히 사 볼 수 없는 상황에서 사범학교 1학년이 다 가기도 전에 이를 포기해야 했다. 중학교 때부터 간직했던 과학자가 되어 우주의 본질을 밝혀 보겠다는 꿈을 펼쳐 보려고 노력했지만, 이에 걸맞은 대학 진학의 희망이 보이지 않은 상황에서 사범학교 3학년이 되기 전에 그것마저 미련을 접기 시작했다.

육체와 정신을 이해하는 데 도움이 될까 하여 중학교 졸업 다음날부터 시작한 권투 단련은 사범학교 입학 후 태권도 수련으로 이어졌다. 마침내 그 유익성을 어느 정도 알고서는 다른 학생들에게도 권하여 태권도 수련을 함께 해 나갔으나, 학교의 강한 제동에 걸리고 말았다.

사범학교 2학년 말(1960. 2. 27.) 스물여섯 살의 꽃다운 나이의 누나가 어린 두 딸을 두고 이 세상을 떠나자, 우리 가족은 엄청난 슬픔과 충격에 빠졌다. 아버지, 어머니, 여동생, 나는 두 돌이 채 되지 않은 누나의 맏딸(나의 생질녀)을 기르며 월세 단칸방에서 착하게 살았다.

사범학교 3학년 때에는 학생회 위원장(학도호국단 운영위원회 위원장)으로 선출되어, 4.19혁명을 이끌어 가고, 그 후유증의 수습에 힘을 쏟았다.

사범학교 3학년 재학 중(17살) 9월 하순에 국가 시행 중학교 교원 자격 검정고시에 응시하여 수석 합격으로 이듬해 18살((1961. 4. 10.)에 세계 최연소 중학교 교원 자격증(국어과 전공)을 취득했다. 1962년에는 국가 시행 고등학교 교원 자격 검정고시에 응시하여 역시 수석 합격으로 19살(1962. 12. 6.)에 세계 최연소 고등학교 교원 자격증(국어과 전공)을 취득하였다.

나의 이 두 기록은 1989년 4월 한국기네스협회 임원진에 의해 영국 기네스본부의 확인을 거쳐, 1991년 2월 25일 '기네스북'(The Guinnes Book of Records) '한국편'(신아사 발행)에 최연소 중학교 교원 자격증 취득자 및 고등학교 교원 자격증 취득자로 올리게 되었다.

국어학자 외솔 최현배 박사는 내가 아주 젊은 나이에 국어과 전공으로 중학교 교원 자격 검정고시에 합격한 것을 알고, 1962년 4월 7일~8일 나를 서울 자택으로 초청하여 치하하고 격려하였다.

나는 열여덟 살(1961. 3. 31.)에 부산에서 초등학교 교원으로 교직에 첫 발을 딛고서는 교육 활동과 연구 활동에 열중했다. 1965년(22살)에는 부산시교육위원회의 중·고등학교 교원 채용 시험에 응시하여 1등을 하였으나, 부산시교육위원회에서는 나의 나이가 적다는 이유로 고등학교 교원 발령 계획을 멈추고 부산의 최고 명문 중학교인 경남중학교 전임강사로 발령하였다. 나는 그 다음 해에 다시 채용 시험에서 1등을 하여 부산중앙중학교 교사로 정규 발령을 받았다.

어린 시절부터 인생과 우주의 근원적인 이치에 대한 의문에 사로잡혀 온 나는 1963년 10월 하순부터 잠 못 이루는 300여 일의 집중적 구도 노력 끝에 불가사의 현상과 더불어 1964년 8월 21일(21살) 본질적, 이상적 궁극성으로서 '참'(Cham. True. Truth)을 중심으로 기초적, 핵심적 깨달음에 이르렀다.

1966년 7월에는 제10회 전국교육자연구발표대회(중 · 고등학교 교원부)에 부산시 교원 대표로 참가하여 1등을 한 결과 대회사상 최연소(23살) '푸른기장증'을 수상하였다.

1967년(24살)에는 서울특별시교육위원회에서 실시하는 중등학교 (중 · 고등학교) 교사 채용 시험에 응시하여, 11월 23일에는 서울의 영등포여자고등학교 교사로 발령을 받았다. 이로써 나의 20대 중반부터의 활동 무대는 부산에서 서울로 옮겨지게 된 것이다.

나의 10대 중반에서 20대 중반까지 나의 젊음이 한창 싱그럽게 꽃피던 날의 삶을 돌이켜보면, 꿈과 낭만을 부풀게 머금고 역경을 꿋꿋이 이겨내며 진리와 이상을 향해 줄기차게 나아가고자 한 고통과 영광의 연속이었다. 거기에는 영화나 소설 속의 이야기처럼 불가사의한 신비도 함께 아롱져 있었다.

나의 아버지 돌아가신 지 39돌을 맞아

2007년 12월 21일

허 만 길

| 차례 |

고등학교 입학

내가 태어난 때는 1943년 이른 봄이다. 음력으로는 2월, 양력으로는 3월이었다.

생일상은 줄곧 음력 날짜로 차렸다. 생일 때면 어머니는 깨끗한 옷차림으로 부엌에서 생일상을 차려놓고 손을 비비며 나직한 목소리로 기도했다. 부엌에서 빌고 나서는 생일상을 방 안으로 옮겨 또다시 그렇게 빌었다.

어머니는 내가 곤히 잠들어 있을 때에는 내가 잠에서 깰까 봐 조심조심 조용히 빌었다. 어머니의 비는 말 속에는 언제나 나의 몸이 성하고 수명장수하고 소원 성취하기를 바라는 뜻이 가득했다.

1958년의 생일날은 만 15살 되는 날이었다. 그 해 음력 생일날은 양력으로는 4월 초순이었다. 고등학교 입학식 전이었다. 생일날 새벽, 나는 어머니가 벌써 새벽바람을 쐬며 생일상을 차리는 것도 모른 채 잠들어 있었다.

나는 꿈속에서 고향 집, 고향 농토를 한없이 사랑하고 있었다.

그때 우리가 소유하고 있던 농토는 두 곳이었다. 한 곳은 경남 의령군 칠곡면 도산리 압수부락 입구 장구지들에 있는 약 2마지기(약 1,300㎡)의 논이었고, 또 한 곳은 도산리 마을 앞 '안산' 밑 냇가에 위치한(도산리 274의 2) 383평(약 1,260㎡)의 논과 그 옆에 하천 땅을 일군 201평(약 660㎡)의 논이었다.

고향 산, 고향 마을, 고향 집, 고향 논이 사랑스럽게 보였다. 그리고는 장구지들 논이 크게 떠올랐다.

우리 가족은 추위가 채 가시기 전 파란 보리고랑을 호미질하고 있다. 맨 앞에서부터 아버지, 어머니, 누나, 내가 호미질을 해 가고 있었다. 그리고 논 언덕에서 달리기 선수의 차례를 가리듯 여동생이 흥미롭게 지켜보고 있다.

여름 웅덩이에서 물대질하는 아버지 옆에서 누나, 나, 여동생이 교대로 물대를 눌러 아버지의 힘을 덜어 드린다. 우리 가족은 웅덩이에 다시 물이 고일 때까지 버드나무 그늘에 앉아, 어머니가 나무함지에 이고 온 수제비를 맛있게 먹는다.

아버지와 어머니가 산산한 가을볕을 받으며 볏단을 묶는다. 나와 여동생의 학교 회비(수험료)에 보태려고 누나와 내가 나란히 벼이삭을 줍고 있다. 누나의 따스한 얼굴이 나를 바라보며 방긋이 웃는다.

아, 그런데 이게 무엇이람. 그것은 너무나도 우람하고 너무나도 거대했다. 뱀 같기도 하고 당장이라도 승천할 용 같기도 한 것이 장구지 논의 언덕 옆 논바닥에서 늠름히 꿈틀거리고 있지 않은가. 굵기는 두어 아름에 길기는 육칠십 미터나 되어 사각형 논 둘레 중 두 변을 거의 차지하고 있다. 거무스레한 몸통에 은빛이 찬란하고 눈동자가 영롱하다. 어질고 꿋꿋하고 영웅스럽고 신성스러운 인상이다. 참으로 신령스러운 존재이면서 신기한 일이라는 생각이 들면서 우리 논의 지킴이인가라는 생각도 하고, 하늘에서 내려온 어떤 화신인가라는 생각도 해 본다.

나는 놀라면서도 두렵지는 않게 이 영물을 가까이 하다가 문득 잠에서 깼다. 아쉬움으로 눈을 뜨니, 어머니는 벌써 나의 머리맡에서 생일상을 차려놓고 손을 비비며 치성을 드리고 있었다.

생일날 새벽의 이 꿈은 나에게 무슨 의미를 담아 주고 있는 것일까.

내가 인문 고등학교로 진학하여야 한다는 많은 사람들의 권유는 나의 가정 형편으로는 받아들이기 어려웠다. 결국 의견 많고 관심 많던 나의 고등학교 선택 문제는 초등학교 교사를 양성하는 고등학교 과정인 진주사범학교 진학으로 결정되었다.

4월 초순의 바깥 날씨는 제법 화창했다.

진주사범학교의 정문에서 2층 본관 목조 건물로 이르는 넓은 길 양쪽에 늘어선 플라타너스의 어린 잎은 너그러움을 닮아 가고 있었다. 2층 건물 앞의 오밀조밀한 늘푸른나무들은 언제나 푸른 꿈을 지니고 싶다는 듯 의연한 몸매로 솟아 있었다.

약 220명의 남녀 신입생들이 본관 서편 끝에서 이어지는 좁은 회랑을 거쳐 강당 마루바닥에 발을 올려놓았다. 상급생들이 중앙의 길을 열어 두고 열띤 박수로 환영했다. 마치 우렁찬 소리를 내며 두 갈래로 갈라지는 파도 사이를 걸어가는 기분이었다.

박수 소리가 멈추고 가로질렀던 길도 문을 닫았다. 신입생들은 앞쪽에 서고, 2, 3학년 학생들은 신입생의 뒤에서 따스한 기운으로 감싸 주었다.

　애국가에 이어 학교장의 인사말이 끝맺을 즈음 나는 비로소 바깥보다는 실내의 공기가 봄기운에 덜 익숙하고 있음을 알았다. 맨 앞쪽에 선 나의 발이 시려 왔다. 눈동자를 아래쪽으로 하니, 나의 맨발은 긴장하고 있었다. 왼쪽으로 눈매를 돌려 다른 학생들의 발등을 보았다. 그들은 그런 대로 양말에 감싸여 있었다.

　오른쪽으로 눈매를 돌렸다. 나는 놀랐다. 중학교 3년 동안 전혀 경험하지 못했던 상황을 갑작스런 현실로 체험하고 말았다. 팔을 조금만 여유 있게 벌려도 닿고 말 자리에 감색 옷에 하얀 깃, 하얀 양말이 눈부신 여학생들이 수녀처럼 다소곳하게 서 있는 것이 아닌가. 나는 실오라기 하나 걸치지 않은 발등의 부끄러움보다는 이제껏 전혀 익숙지 못했던 남녀 공학이라는 낯선 처지를 앞으로 어떻게 적응할 것인가가 걱정되었다.

　이런 생각에 골몰하고 있을 때 상급생들이 부르는 교가가 나를 경건한 분위기로 되돌려 놓았다. 시인 이병기 작사, 작곡가 이상근 작곡의 교가였다.

　교가

　비봉과 두류연봉 서북에 두고
　머나먼 예로부터 이름난 고을.
　의랑의 고운 넋은 남강에 젖고
　촉석루 아오라이 솟아 있도다.

이곳에 이룩하신 우리 학교는
사범에 사범 되는 진주사범.

이 나라 이 사업에 뜻을 세우고
튼튼한 몸으로써 씩씩한 마음.
우리는 남보다도 더 부지런히
배우고 가르침을 익혀야 한다.
영재가 모여드는 우리 학교는
사범에 사범 되는 진주사범.

신성한 조상들의 깨끗한 피를
몇 천 년 이어오는 조촐한 겨레.
귀여운 아들딸인 젊은 일꾼을
참으로 지성으로 길러야 한다.
이 길로 나아가는 우리 학교는
사범에 사범 되는 진주사범.

나는 가사에 나타난 주요 단어들을 음미해 보았다.

'비봉'은 진주의 명산 '비봉산'을 가리키고, '두류연봉'은 우리나라 삼신산의 하나인 '지리산'을 가리킨다. '의랑'은 임진왜란 때 진주성이 함락된 후 나라의 원수를 갚기 위해 왜장과의 술자리를 촉석루에서 강물을 두른 바위(의암)로 옮겨 왜장을 껴안고 남강에 장렬히 몸을 던진 '논개' 열사를 가리킨다.

가사의 내용은 충절과 신성의 분위기를 불러일으키고서, 학생들로 하여금 남보다도 더 부지런히 배우고 가르침을 익혀, 장차 스승으로서 겨레의 귀여운 아들딸인 젊은 일꾼을 참으로 지성으로 잘 길러야 함을 다짐하도록 하고 있었다.

후렴에서 강조되는 '사범' 은 '가르치는 스승', '스승이 될 만한 정도의 모범이나 본보기' 라는 뜻을 지니고 있다. 따라서 '사범에 사범 되는 진주사범' 은 가르치고 행함에 있어 비할 바 없이 최고 경지의 '진주사범학교' 임을 명심하게 하고 있었다.

교가를 교훈 '슬기롭게', '너그럽게', '올바르게' 와 더불어 거울로 삼는다면 학생들에게는 금상첨화가 될 것 같았다.

그래. 나는 앞으로 3년 동안 스승의 길을 열심히 닦고 개척하고자 이 학교에 들어섰다. 나의 인생이 가야 할 길이 아무리 높고 넓고 멀고 끝없다 할지라도, 스승의 경지를 결코 소홀히 여겨서는 안 된다. 깨달음과 수양과 성스러움과 빛의 길을 향함에 있어, 이제 나에게는 스승의 길을 닦고 개척한다는 현실적 구체적 디딤길 하나에 서 있는 것이다.

인생의 꽃망울이 겨우 자리잡기 시작하는 열다섯 살의 나이. 내가 만약 초등학교 교사를 길러 내는 사범학교에 들어오지 않고, 일반 인문 고등학교에 입학하였더라면, 나는 그 입학식에서 무엇을 골몰하고 무슨 원대한 꿈을 결심하고 있을 것인가.

나는 1학년 '송반' (松班)에 배정받았다. 출석 번호는 5번이었다. 다섯 번째로 큰 키를 의미했다.

진주사범학교는 전통적으로 학급의 차례를 1반, 2반, 3반, 4반 대신에 '송반(松班), 죽반(竹班), 매반(梅班), 난반(蘭班)'으로 이름했다. '송,죽,매' 세 반은 남학생 학급이고, '난' 반은 여학생 학급이었다. 그러니까 나는 1학년 1반에 배정된 것이다. 담임선생님은 화학이 전공인 이장화 선생님이었다.

첫날 학급 종례가 끝난 뒤, 나는 38년간 수재들을 모아 경남, 부산 일대의 초등학교 교원 양성의 요람을 이루어 온 유서 깊은 학교의 체취를 음미하고 싶어 여기저기를 둘러보았다.

도심에서 서쪽으로 비교적 한적하게 자리하고 있는 학교는 '신안벌'이라는 넓은 들 가운데 나직이 섰는 동산 하나를 곁에 끼고 있었다.

진주사범학교는 '경남공립사범학교'에서부터 시작된다. 경남공립사범학교는 1920년 9월에 수업 연한 6개월의 경남 임시 교원 강습회 수료식을 행했다. 1923년 3월에는 임시 교원 양성소(1년제) 제2회 수료식을, 1927년 3월에는 강습과(1년제) 제4회 수료식을 행했다. 1926년 3월에는 2년제 특과 제2회 수료식을, 1931년 3월에는 마지막으로 3년제 특과 제6회 수료식을 행했다.

그리고는 1940년 3월 20일에 관립 '진주사범학교'가 창설되었다. 4월 6일에 학교의 위치를 진주부(晉州府) 신안리(新安里)에 두기로 하고, 도심의 남쪽 칠암리에 있는 진주농업학교에 가교사를 설치하기로 하였다.

4월 23일에 가교사에서 심상과 1학년 175명과 특설 강습과 116명으로 신입생 입학식을 열었다. 그리고는 2년 뒤 1942년 3월 28일 이

곳 신안리(신안동) 건물로 이사하였다. 제1회 심상과 졸업식은 1945년 3월 22일에 있었으며, 1945년 10월 12일에는 광복을 맞은 진주사범학교로서 개교식을 했다.

우리나라에 초등학교 교원 양성 기관으로서 근대적인 성격의 사범학교는 1895년에 설립된 한성사범학교가 최초인데, 일제 강점기 말기에는 전국적으로 15개 사범학교가 있었다. 그 가운데 10개교가 남한에 있었다. 남한의 10개 사범학교 가운데 경성사범학교, 경성여자사범학교, 대구사범학교는 8.15 광복 직후 중등 교원 양성 기관인 사범대학으로 승격했다. 공주사범학교, 광주사범학교, 대전사범학교, 전주사범학교, 진주사범학교, 청주사범학교, 춘천사범학교 등 7개 사범학교가 초등 교원 양성 기관으로 존재하였다.

그리고 진주사범학교는 1946년 부산사범학교가 개교하여 1949년 3월 첫 졸업자가 나오기까지는 부산을 포함한 경남 일대의 유일한 초등학교 교원 양성의 요람이었다.

학교의 가장자리는 측백나무를 비롯하여 온갖 나무들이 울타리 구실을 하고 있었다. 가시 철망도 쳐져 있었다. 자동차가 드나들 정도의 뒷문이 북쪽에 있었다. 뒷문은 두 나무기둥에 철사를 얽은 형식으로 되어 있었는데, 비스듬한 게 뒤로 넘어질 듯하면서도 힘 있게 버티고 있었다.

1949년 2월 26일 국군 제16연대 제2대대가 학교 기숙사에 머무르기 시작했다. 1949년 10월 27일 공산 유격대의 침입으로 기숙사의 부속 건물 한 채(식당, 주방, 목욕장, 코일러실 등으로 사용)가 불탔다. 이튿날은 학교 건물 전체를 국군에게 빌려 주고 학생들은 인사동 소재 진주중안국민학교 운동장에서, 강당에서, 혹은 야외에서 수업을 하였다.

1949년 12월 23일에는 육군 861부대가 주둔하다가, 1950년 1월 3일 학교를 떠났다. 1950년 6.25 전쟁이 일어나자, 7월 19일 국군에게 다시 건물을 빌려 주어야 했다. 학생들은 남성동 학교 관사 부근의 가교사 등에서 공부하다가, 1951년 6월 15일에야 모두 이 배움터로 되돌아오게 되었다.

이렇게 민족사와 운명을 함께 해 온 학교의 자취와 연관된 것인지는 알 수 없으나 학교 둘레에 오래된 철망이 남아 있다는 것은 예사롭지 않았다.

전체 재학생이 650명 정도밖에 안 되는 학교치고는 면적이 퍽 넓었다. 운동장도 넓어 축구장 바깥 부분에는 학생들의 발걸음이 그리 많지 않은 탓인지 잡초들이 잔뜩 퍼져 있었다.

본관 뒤쪽 중앙에서 북쪽을 향해 걸으면서 화단과 밭을 지나면 오른편에 화학실, 생물실, 음악실 등이 있는 단층 목조 건물이 있었다. 음악실에는 대형 피아노와 다섯줄을 그린 칠판이 있는데, 내가 입학 시험을 치를 때 음악 실기 시험을 본 곳이다. 계속 북쪽으로 걸으면서 보니, 왼편 밭에는 농작물이 자라고, 오른편에는 묘목장과 오래된 자갈과 풀섶이 있었다. 그리고 나는 유리창도 문짝도 거의 없이 비바람에 시달린 흔적이 너무도 뚜렷한 긴 2층 목조 건물에 다다랐다. 이것이 지난날 기숙사 건물이었다.

고등학교 과정에서 무슨 기숙사인가고 반문할 수도 있겠지만, 사범학교는 교육을 국가 백년 대계의 바탕으로 생각하면서 뛰어난 인재를 모아 국가 예산으로 특별 우대 속에 교육자의 자질을 닦도록 하는 교육 기관이라는 점을 고려하면 능히 이해할 수 있을 것이다.

옛 기숙사 건물의 이층으로 오르는 계단의 동쪽 아래층은 거의 폐쇄된 상태인데, 맨 끝 교실에는 매트가 깔려 있었다. 체격 좋은 두 학생이 유도복을 입고 서로 메치기를 하고 있었다. 그리고 위층에서는 오르간 소리가 교실마다에서 울려 나왔다. 남녀 학생들이 오르간 교본을 끼고 드나드는 걸로 보아 오르간 연습실임에 틀림없었다.

정면에서 보아 계단의 왼편(서쪽)은 각 층에 교실이 1개씩으로 있었는데, 문이 잠겨 있었다. 나중에 우리들은 거기를 공작실, 미술실 등으로 사용했다.

다시 옛 기숙사 건물을 끼고 동쪽으로 나오면 운동장이 된다. 운동장 북쪽에 기숙사와 거의 나란한 선에 보통 교실 1.5배 정도의 단칸 단층 목조 건물 하나가 외롭게 서 있었다. 그것의 본디 용도는 뚜렷이 알 수 없었지만, 서쪽으로 출입문이 나 있었다. 그 출입문 앞에 서서 교실을 들여다보면 나무 마루바닥이 있고, 맞은편 횟가루벽에 걸린 나무 그림틀에 오래된 태극기가 은은히 돋보였다.

황톳길이 뻔지레하고 나무들이 우뚝우뚝 섰는 본관 서쪽의 아담한 동산에도 올라 보았다. 본관 앞 강당을 경계로 따로 섰는 진주사범학교 병설 중학교도 다정하게 둘러보고 싶었지만, 나의 일터인 이발소의 일도 걱정되고, 또 3년이라는 세월이 그리 조급하기만 한 것도 아니었기에 교문으로 발길을 옮겼다.

1948년 10월 21일 건립된 4개의 육중한 돌기둥이 섰는 정문에 이르니, 하동, 광주 등지에서 오는 단단한 시외버스가 자갈 깔린 한길을 날쌔게 달렸다. 사라지는 먼지 속에서 맞은편 가겟집에서는 긴 소주병과 과자가 든 유리그릇이 은은한 빛을 반사하고 있었다.

나는 정문 앞 널찍한 공간 한가운데서 통로가 활짝 열린 정문을 되돌아보았다. 돌기둥에 '진주사범학교'라고 내리쓴 글씨를 보며 모자를 벗었다. 한자로 '師'(스승 사)자를 새긴 모표를 한참 어루만졌다.

이 배움터에서 나는 나의 생애에 큰 영향을 미칠 스승의 길을 끊임없이 닦고 개척하게 될 것이다. 선생님들도 친구들도 나의 가슴에 소중하게 간직될 것이다.

신입생 친구들

고등학교의 분위기는 중학교 때와는 사뭇 달랐다.

장차 교육자가 될 사람들이라는 동질성 때문인지 신입생들은 서로 낯설게 대하기보다는 가까워지려고 애썼다. 상급생들도 신입생들에게 존댓말을 사용했으며 친절했다.

학도호국단 운영위원회 위원장(학생회 위원장), 부위원장 선거를 앞두고 교내 곳곳에는 선전 벽보가 붙었다. 쉬는 시간마다 출마자와 참모진들이 교실을 드나들며 득표 활동에 열띠었다. 선거 운동 때문에 신입생들은 어리둥절한 가운데서도 빠르게 학교 분위기에 친숙해 가는 것 같았다.

선거 운동은 학교 안에서만 이루어지는 것이 아니라, 학교 바깥에서도 치열했다. 위원장, 부위원장은 3학년 학생 가운데서 뽑는다. 학생들은 위원장 1명, 남자 부위원장 1명, 여자 부위원장 1명을 뽑는 것이었다. 위원장 출마자와 부위원장 출마자 사이의 상호 연합 운동이 진행되기도 해 선거에 관한 화제는 신입생들에게 퍽 흥미로웠다.

나는 가능한 한 어느 특정 후보에 대한 관심을 노골적으로 드러내지 않으려고 애썼다. 남녀 출마자들은 다투어 나를 자기의 지지자로 만들려고 했다. 특히 위원장 출마 박 실(뒷날 '박준영' 으로 개명) 후보와 이진표 후보의 언변과 선거 운동은 매우 능숙하고 세련되었다. 박 실 후보가 당선된 뒤에도 두 사람 사이의 우정은 두터웠다.

사범학교 학생들 중 많은 학생들이 하숙을 하고 있었다. 진주중학교 약 470명 졸업생 중 진주사범학교에 진학한 학생은 나를 포함해 10명 미만이었다. 진주중학교 3학년 때부터 같은 반이었던 정원효, 함안군 함안중학교 출신인 조진래, 그리고 나는 같은 학급에 속했는데, 입학 둘째 날부터 서로 마음을 열고 지내게 되었다. 우리들 셋은 키가 커서 모두 뒷자리에 앉은지라 이야기할 기회가 많았다. 이야기를 나누다 보면 생각의 방향이 쉽게 한 곳으로 모이고 멀리까지 투명하게 뻗치는 것 같았다.

입학 며칠 뒤 귀가 길에는 부드러운 봄바람을 맞으며 어느새 많은 친구들이 자연스러운 관계가 되어 걸었다. 학교에서 둑을 넘어 시내 중심지로 들어가기까지는 제법 긴 길이었는지라, 학생들은 무리를 지어 걷는 경우가 많았다. 이병식, 임창호, 김종만, 강금조, 유정빈, 김종대, 유갑수, 조덕규, 이병례 등과 보리밭을 건너오는 훈훈한 바람을 맞으며 걷던 날은 퍽 인상적이었다. 어느 날은 육상 선수로서 몸매가 좋은 박채병과 고등학교 시절을 어떻게 뜻깊게 보낼 것인가 하는 이야기를 나누다가 박채병은 학교 가까이에 있는 자기의 집으

로 가고, 나는 앞서가는 권무환, 박건부, 권영웅, 화성태, 전병렬, 이
부생 등의 틈에 끼어 걸었다. 어떤 날은 김봉구, 정균현, 이상현, 이
성동, 김용생, 이병길, 김문수 등과 걷고, 어떤 날은 김규식, 한진우,
허정광, 김근식, 김태연, 이종호, 김종길 등과 즐겁게 걸었다. 나는
오늘은 이 친구들과 어울리고, 내일은 저 친구들과 어울리며 귀가 길
을 즐겼다. 이렇게 친구들을 널리 알아 가는 것이 큰 기쁨이었다. 문
득 앞뒤를 보면 남학생들뿐만 아니라 여학생들도 무리를 지어 환한
표정으로 걸었다.

어느 날 점심시간이었다.
조진래와 나는 넓은 운동장을 가로질러 나구들이 높이 서 있는 곳
으로 갔다. 방송실에서는 확성기를 통해, "꽃잎은 하염없이 바람에
지고, 만날 날은 아득타. 기약이 없네." 로 시작되는 가곡 '동심초'
를 내보냈다. 이 노래는 중국 당나라 시인이며 기생인 설도(薛濤
768~832)의 한시 오언절구 '춘망사'(春望詞)를 한국의 시인 김 억
(1896~ ?)이 번역하여 그의 번역 시집 '망우초' 에 실은 것을 1945년
작곡가 김성태가 곡을 붙여 만든 것이다. 2절은 작곡자가 덧붙인 것
이라고 한다. 운동장 가득 아름다운 목소리가 우렁차게 퍼지고 있
었다.
"만길아, 벌써부터 2, 3학년 학생들이 자기 쿠로(클럽, 서클)에 들
라고 야단인데, 너한테는 그런 이야기 없었나?"
하고, 조진래가 말했다.
학교에서는 임의적 학생 모임을 금지하고 있었지만, 어느 고등학
교에서나 여러 명칭의 임의적 학생 모임이 있었다. 이런 학생 모임

은 구성원끼리 우정과 상호 이해와 친목과 상부상조에 많은 기여를 하고 있었다.

"나한테도 마찬가지야. 군자는 불편부당(不偏不黨, 어느 한쪽으로 쏠리거나 편을 가르지 않음)이라고 했잖아. 게다가 우린 아직 그 모임들의 실체조차 잘 모르고 있어."

"그래, 나도 관망하는 게 좋을 것 같아. 그리고 이 문제에 대해서는 원효하고 진지하게 이야기해 보는 게 좋겠어"

"인위적으로 끌어들이는 모임에 소속되기보다 뜻과 정이 자연스럽게 통하는 사람들끼리 편하게 의논하고 도우며 지내는 것도 의미 있을 것 같아. 진래야, 소속감이 없어 외로운 학생도 있을 거야. 다 소속되고 남은 사람들끼리 진짜 우정의 모임을 갖는 건 어때?"

"좋아, 역시 허 선비다운 생각이야."

조진래는 나뭇가지에 대고 있던 손을 힘차게 공중으로 휘저으며 말했다.

학교에서는 특별 활동 중 클럽 활동 부서를 공개했다. 학생들은 어느 부서에 들어갈 것인가를 생각해야 했다.

"만길이 넌 어느 반에 들어갈 거야?

영어 회화반? 화학반?"

정원효가 묻는 말에 나는 얼른 답하지 않고 있었다.

"아니면, 도서반? 문예반?"

조진래가 다시 물었다.

"그런데 원효 너는? 중학교 때 축구 선수였으니, 축구반?

진래는 몸매도 좋고 잽싸니까, 기계체조반이 어때?"

교실벽에 붙은 클럽 활동 조직표를 보며, 내가 말했다.

"우리 모두 무용반이 어때?"

조진래가 한쪽 다리를 들고 두 팔을 벌리며 말했다.

"그거 좋다."

함께 웃었다.

"당수도반(태권도반)은 윤 난 선생님이 담당이신데, 윤 선생님이 직접 지도를 하실까?"

내가 말을 꺼냈다.

"연세도 많으시고 한데, 실제 지도는 어려우실 거야.

당수도반(태권도반)은 올해 처음 생겼는데, 강사를 모신다는 말을 들었어."

정원효가 어디서 들었는지 이렇게 말했다.

일본에서는 글자로는 '唐手'(당수)라 쓰고, '가라테'로 읽었다. 우리는 이를 우리 한자음으로 '당수'라고 읽었다. 글자로만 본다면, 결과적으로 '당수'나 '가라테'나 같은 말인 셈이다.

그런데 '당수'를 가르치는 사람도 '당수'는 일본의 '가라테'와는 다르다는 점을 강조했다. 진주에서는 당시에 '태권도'라는 말을 거의 쓰지 않았다. 이것은 다른 여러 지역에서도 마찬가지였다. 그래서 학교 클럽 활동 부서 이름에도 '태권도'라는 단어가 아닌 '당수도'라는 단어를 쓰고 있었다.

나는 그 뒤로 이 점을 해명해 보기 위해 상당한 노력을 기울였다.

서점에서 '당수도'에 관한 책을 사서 읽어 보기도 했다. '당수도'의 기원을 고대 부족 국가나 고구려 고분의 벽화에서 찾고 있는 것을 보았다. 그 책을 읽고 나서는 우리 고유의 무술을 왜 중국의 당나라를 연상시키는 '당수도' 라는 말로 쓰는 것일까 하는 의문과 혼란이 더했다. 이런 의문은 긴 세월을 보내면서 많은 자료를 읽은 뒤에야 어느 정도 내 나름으로 정리할 수 있었다.

우리의 고유 무술은 고대 부족 국가의 제천 행사인 영고, 동맹, 무천 등의 체육 활동에서 비롯되었다. 그 무술의 옛 이름으로는 '택견, 태껸, 탁견' 등으로 불리어 왔다. 한자어로 '수박(手搏, 手拍), 수박희(手博戲), 박희, 수벽(手擘), 각희(脚戲), 권법(拳法), 권술(拳術)' 등으로 기록되기도 했다.

일제 때는 '태껸' 의 탄압 정책의 하나로 '태껸' 과 '가라테' (당수, 공수)가 비슷한 점이 있음을 들어 '태껸' 을 '가라테' 라 부르게도 했다. 비밀리에 전승되던 '태껸' 은 광복을 맞아 다시 제 빛을 보게 되었다. 전통적으로 불리던 '태껸' 은 비슷한 한자음인 '태권' (胎拳)으로도 많이 불리게 되었다. 6.25 전쟁 후에는 '태권도' (跆拳道) 수련생이 많아지고 도장간의 교류도 이루어졌다. 1954년에는 명칭을 '태권도' (跆拳道)로 통일하였다.

오랜 역사를 지닌 태껸은 삼국 시대에 이르러 나라를 지키는 무인들의 필수 무술이었다. 고구려의 통구의 무용총 벽에는 겨루기가, 삼실총 벽에는 품새가 그려져 있다. 국립경주박물관에 보관된 동조 금강역사상의 공격과 방어 자세, 불국사 석굴암에 새겨진 금강역사상의 막기 자세는 신라의 태껸 모습으로 볼 수 있다.

고구려 태조 때 창설된 무사단인 선배(仙輩)도 태껸을 수련하였으며, 신라의 화랑도도 태껸을 기본 무예로 삼았다. 고려 고종 때의 이

승휴 지은 '제왕운기'(帝王韻紀)에는 신라 무술의 대목에서 '탁견술'(托肩術)의 '비각술'(飛脚術)을 묘사하고, 백제의 무술로 '수벽타'(手擘打)를 묘사하고 있다.

'고려사'(高麗史)에 따르면, 고려 의종 때 이의민(李義旼)은 '수박'(택견)을 잘하여 승진하였다고 되어 있다. '조선왕조실록' 1410년(태종 10년) 1월에는 의흥부에서 군사를 뽑을 때 '수박희'를 시켜 세 사람을 이긴 사람을 방패군으로 뽑았다고 하고 있다. 1790년 이덕무·박제가가 저술한 '무예도보통지'(武藝圖譜通志)에는 '권법'(拳法)이라는 이름으로 그림풀이를 하고 있다. 여기에는 탐마세, 요란주세, 점주세 등 수많은 이름으로 동작을 현대의 품새나 약속겨루기와 비슷하게 그림풀이를 하고 있다.

일본에서 말하는 '가라테'(당수, 唐手)는 1,500여 년 전 중국 허난성(河南城) 쑹숭산 소림사 중들이 닦던 무술로서 14세기 중엽 일본으로 전해져 당나라의 권법이라는 뜻으로 '唐手'(한국 한자음 '당수')라고 표기했다. 그러다가 '空手'(한국 한자음 '공수')로 표기 변화를 일으키고 계속 '가라테'라고 불러 왔다.

8.15 광복 이후에는 전해 오던 '태견'을 수련하던 사람들이 적극적인 활동을 하였다. 이승만 대통령 생일에는 우리의 '태견'이 일본의 '가라테'(唐手, 空手)와 다른 점을 보여 주기도 했다.

이렇게 복잡한 사연 속에서 내가 고등학교 1학년(1958) 때에도 '태권도'라는 말은 아직 널리 퍼지지 않았다. 일제 강점기에 일본 사람들이 강제로 퍼뜨렸던 '당수도'라는 말로 널리 쓰인 것이다. '태권도'라는 명칭이 통일되게 자리잡는 데 얼마나 오랜 시간이 걸렸던가는, 1954년에 다양한 명칭을 '태권도'로 통일하기로 했으면서도,

1961년 9월 16일 '태권도협회'의 명칭을 '태수도협회'로 바꾸었다가, 1965년 8월 5일 다시 '대한태권도협회'로 명칭을 바꾼 데서도 짐작할 수 있다.

나는 1958년 3월 3일 진주중학교를 졸업하고, 그 다음날부터 친구에게서 권투를 배우기 시작했다. 고등학교(사범학교) 입학 이후에도 중학교 친구에게서 계속 권투를 단련하고 있었다. 친구는 머지않아 그의 아버지가 있는 일본으로 갈 예정이었다. 이왕 무술이라는 이색적인 체험을 통해 육체와 정신의 문제에 접근해 보려는 시도를 했으니, 나는 태권도 단련(수련)을 시도해 보고 싶었다.

나는 올해 처음으로 학교에 태권도반(당수도반)을 둘 것을 적극적으로 건의한 사람이 학도호국단 기율부 차장인 2학년 어영길 선배임을 알았다. 어영길 선배는 진주중학교의 나의 선배이기도 했다.

내가 어영길 선배에게 태권도반에 들고 싶다고 했더니, 어영길 선배는 의외라는 표정을 지으려다가 곧 웃으며 말했다.

"만길이에게 꼭 권해 보고 싶었던 운동이지. 공부만 하기보다는 호신술을 겸한 운동을 배워 두는 것도 좋지. 뿐만 아니라 만길이가 태권도를 한다면 태권도에 대한 사람들의 인상도 퍽 달라질 거야."

키가 작으면서 어깨가 떡 벌어진 어영길 선배는 반짝반짝하는 구두를 내려다보며 말했다.

어영길 선배는 태권도를 가르칠 사범(선생)도 이미 교섭이 되었다고 했다.

이런 과정을 거쳐, 결국 나, 조진래, 정원호는 태권도반에 들어가기로 의견을 모았다. 그리고 우리 셋은 다른 학생들도 태권도반에

들 것을 권유했다. 이러면서 나는 고등학교 신입생으로서 친구들과
의 사귐을 넓혀 나갔다.

육체적 아픔의 호된 시련

4월 하순 학교에 태권도반이 조직되었다.

나의 태권도 수련은 나에게는 단순한 운동의 차원이 아니었다. 자아는 정신과 육체의 어떤 유기적 구조 체제와 무관하지 않을 것이라는 가정에서 자아의 해명을 위해 권투 단련에 이어 태권도 수련을 하기로 한 것이다. 이러한 일은 공부 아니면 노동, 노동 아니면 사색이었던 나의 성장 세계에 새로운 영역의 개척이었던 것이다.

성과에 조급해서는 안 될 일이지만, 권투를 통해 아직은 힘과 체력과 육체의 기교 단련 외에는 별다른 실마리를 붙들지 못한 나는 태권도의 수련에 대해서는 어떤 기대감 같은 것을 걸고 있었다.

1, 2학년 30여 명이 모였다. 태권도반 교실은 학교 뒷문 쪽 그림틀 속에서 태극기가 은은히 돋보이는 단층 단칸 목조 건물이었다.

태권도 사범으로 이상만 3단이 초빙되었다. 이상만 사범은 진주농과대학('경상대학교' 전신)에 재학 중이었다.

진주에는 태권도 도장으로서 권무관, 청도관, 무덕관 등이 있었다. 이상만 사범은 권무관에 소속되어 있었다. 이러한 각 도장은 전국적인 연계와 위계 체계가 형성되어 있었다. 진주에 있는 권무관은 서울에 있는 권무관 중앙 본부와 위계 체계가 유지되어 있었다. 권무관끼리는 수련 체계나 방법이나 내용에 있어 통일성을 이루고 있었다. 따라서 도장 명칭이 다르면 수련 체계나 방법이나 내용에 차이가 있었다.

하얀 도복에 하얀 띠를 두르고 맨발로 태권도반 교실 앞 운동장에서 수련을 시작했다.

가장 먼저 '차려', '경례', '준비 자세', '앉는 자세' 를 익혔다. 곧 2단 심사를 받을 어영길 선배가 태권도반 반장으로서 우리의 서투른 자세를 바로잡아 주었다.

이 네 기본 동작이 어느 정도 갖추어지자, 이상만 사범은 우리를 준비 자세 상태로 두고서 엄숙하게 말했다.

"여러분들은 현재 30여 명이 이 자리에 모였지만, 석 달이 지나면 불과 3명밖에 남지 않으리라 봅니다. 그만큼 태권도는 인내를 요하는 운동이오.

태권도는 힘을 써 먹기 위해 배우는 운동이 아니오. 수양으로 닦는 '도' (道)인 것이오. 여러분들 중에서 태권도를 조금 배웠다 해서 함부로 힘자랑을 해서는 안 될 것이오. '인내' 와 더불어 '정신 통일', '정당 방위' 란 말을 잘 기억해 두기 바라오.

태권도를 익히는 것은 '도' 를 닦는 일이므로, 일정한 예의를 지켜야 하오. 선후배 사이의 예의도 중요하지만, 그 무엇보다 우리의 국기인 태극기에 대한 예절을 잘 지켜야 하오. 도장에 들어서면, 먼저 태극기를 향해 경례할 것이며, 태극기를 정면으로 바라보면서 도복을 입거나 벗으면 결례가 되므로 주의해 주기 바라오. 도장을 나설 때도 국기 경례를 잊지 말아야 하오. 이는 남의 도장에 갈 경우에도 마찬가지이오."

이날 이후 우리는 일주일에 한 번씩 이상만 사범의 지도를 받았다. 나를 비롯하여 몇 친구는 거의 매일 어영길 선배와 함께 태권도실에서 단련했다.

사범학교는 대학 진학을 위한 과외 수업이 없고, 하루에 6시간 혹은 7시간 정규 수업만 실시했으므로 시간 여유가 있는 편이었다.

기본 동작, 품새(형), 겨루기(대련), 단련, 호신술 등을 익혀 나갔다.

기마 자세(말타기자세, 주춤서기), 전진 자세(앞굽이서기), 후굴 자세(뒷굽이서기), 막기, 지르기(옆지르기, 내려지르기, 치지르기, 몸통지르기, 얼굴지르기), 치기(손날치기, 손날등치기, 등주먹치기, 메주먹치기, 팔굽치기), 찌르기(편손끝찌르기, 가위손끝찌르기), 차기(이단앞차기, 돌려차기, 이단옆차기, 반달차기, 들어찍기, 몸돌려차기, 뒤차기, 굴러차기)를 급소에 대한 정확성에 유의하면서 연습했다.

주먹(정권, 이권=등주먹, 횡권=옆주먹, 평권=편주먹, 중지일본권=밤주먹, 인지일본권=인지주먹) 단련, 수도(손날) 단련, 관수(편손끝) 및 이본관수(가위손끝) 단련을 했다. 우뚝 선 나무, 튼튼한 널빤지, 반듯한 돌덩이 등에 손날 단련을 했다.

나는 우리 집 마당에 긴 판자를 땅에 세워 새끼줄을 감아 두고, 정권과 손날 단련을 했다. 친구들 집에 가서는 매달아 둔 큰 모래자루와 펀치볼을 쳤다.

태권도 반원들은 시선 단련과 기합 단련을 했다. 연무선에 따라 형(품새)을 숙달해 갔다. 맨발로 풀밭을, 자갈밭을, 동산을 달리고 뛰었다. 약속 대련(맞추어 겨루기), 자유 대련(겨루기), 격파, 낙법, 호신술, 응급 처치법 등의 기능을 닦았다. 장검 대련, 단검 대련, 봉술에 관한 설명을 들었다.

나는 태권도에 관해 쓴 책을 탐독했다. 황 기 지은 '당수도'를 비롯해 각 문헌들은 당수도(태권도)는 뿌리가 깊으며, 단순한 경기나 단순한 공격 무술이 아님을 강조했다. 강인한 체력과 굳은 의지, 정확한 판단, 인격 도야, 기술 단련 등을 통해 자신의 신체를 방어하는 호신의 무술임을 강조했다. 어떤 책의 꺼풀어는 옛 태권도 겨루기의 한 모습이라며 고구려 통구 지방 무용총 벽화를 소개하고 있었다.

그런데 당시 내가 수련하던 태권도는 서기 2000년 올림픽 정식 종목으로 채택된 태권도와는 상당한 차이가 있었다. 올림픽 종목으로서 태권도는 운동 경기 위주로 다듬어진 것이지만, 1950년대의 태권도는 운동 경기 종목이 아니라, 무술로서의 태권도였던 것이다.

태권도를 본격적으로 시작한 지 약 드 달이 되던 6월 20일경이었다. 나는 오른쪽 발목이 아프면서 부어오르는 고통을 겪기 시작했다. 걸음걷기가 거북했다. 무엇 때문에 이럴까고 곰곰 생각해 보았다.

나는 밤길을 사색으로 헤매는 경우가 많았다. 넓은 시가지를, 법원 앞 한가한 로터리를, 인적 없는 골목길을 지향 없이 사색으로 헤매다가 집으로 향하곤 했다. 집으로 돌아오는 길에 밤낮으로 열려 있는 진주중학교 동쪽 교문을 들어가, 여러 사람들이 모여 놀고 있는 틈에서 잠깐 동안 운동도 했다.

3년 동안 정들었던 모교 운동장이었다. 달리고 뛰고 모래밭에서 넓이뛰기를 했다. 가끔 높이뛰기 기구가 놓여 있을 때면 중학교 2학년 때 교내 육상 대회에서 학급 대표로 나가 높이뛰기 우승을 해 학급 점수를 올려 친구들의 환호를 받던 일을 추억하며 높이뛰기도 했다.

그러던 어느 날 넓이뛰기와 높이뛰기를 하다가 단단한 모래바닥에 몸이 내려앉으면서 발목에 충격이 가해져 걸음을 절뚝거리며 집으로 돌아온 일이 있었는데, 그 후유증이 아닌가 싶기도 했다. 아니면, 태권도 수련 중에 발목에 무리가 간 것이 아닌가 싶기도 했다.

인정 많은 박순영을 비롯해 친구들의 부축을 받으며 등교하다가 나로서는 상상할 수도 없던 학교 결석마저 여러 날 하기에 이르렀다. 학기말 시험이 다가왔지만 어쩔 수 없었다. 아버지와 함께 유도 사범이 운영하는 접골원에 갔다. 접골원은 진주중학교에서 진주금성국민학교에 이르는 큰길의 모서리에 있었다.

유도 사범은 손으로 발목을 한참 만지고 두드러 보더니, 오른쪽 복사뼈에 금이 간 것 같다고 했다. 유도 사범은 엉덩이에 페니실린 주사를 놓고, 발목에 안티플라민 연고로 마사지를 했다. 그리고 붕대를 감아 주었다. 여러 친구들이 번갈아 전해 주는 학습장을 보며 시험공부를 했다. 1학기말 시험을 근근이 치렀다.

우리 집 가까이에 사는 같은 학년 박우건의 아버지에게서 굵다란 침을 맞기도 했다. 여름 뙤약볕을 받으며 아버지에게 업혀 접골원에 계속 다녔다. 그러나 통증은 심하고, 발목은 자꾸만 벌겋게 부어올랐다. 발목만이 아니라, 발등도 붓고, 두릎 아래 다리 전체가 부었다. 온몸이 불같이 열이 올랐다.

유도 사범은 복사뼈에 금이 간데다가 관절염을 겸한 것 같다고 했다. 접골원의 주사와 안티플라민 연고 마사지로는 효험이 나타나지 않았다. 나는 기진맥진한 상태로 정신이 가물가물하다가 그대로 잠이 들곤 했다. 어쩌다가 들으니, 아버지와 어머니의 이야기가 희미하게 들렸다. 아버지가 어쩌면 좋을지 방도가 떠오르지 않는다고 했다.

아버지의 그 말을 들으면서, 내가 부모님께 실망을 안겨드리는 상태에까지 이르렀구나 하는 생각이 들었다.

어머니가 말을 잃은 채 부엌으로 나가고, 아버지 혼자 내 옆에 있었다. 나는 지친 상태에서 간신히 입을 열었다.

"아버지, 괜찮을 겁니다.

하늘이 간절한 뜻을 세워 일하고자 하는 사람에게는 먼저 그에게 시련을 내리시는 수가 있습니다."

그런데 아버지는 나의 말을 듣자마자, 문득 무언가가 생각나는 듯한 표정을 지었다.

나는 너무 아프고 너무 열이 높아 아프다는 감각도 열이 난다는 감각도 느끼지 못했다. 모든 것이 흐릿해지면서 잠이 들었다.

시간이 얼마나 흘렀는지 몰랐다. 나는 간신히 눈을 떴다.

아버지가 하얀 한지 봉투에서 콩알보다 작은 까만 알약들을 꺼내 보였다.

"미음을 좀 들고 이 약을 먹어 보아라.

나하고 일제 때 한의원에서 함께 일하던 사람이 진주극장 옆에서 한의원을 하고 있는데, 비방으로 처방한 것이다."

'비방' 이란 비밀히 전해 오는 특효약을 가리킨다.

일제 때 아버지는 이곳 진주의 어느 유명한 한의원에서 한약을 받아 행상을 하며 일본을 오가는 여비를 마련한 적이 있었다. 그래서 아버지는 우리나라 대표적 처방집의 하나인 '방약합편' 도 가지고 있었다. 아버지는 어떤 때는 별도로 보관한 처방전으로 어머니와 내가 지켜보는 가운데 실지로 고약을 만들어 보기도 했다.

아버지는 나의 말을 듣는 순간, 한의원에서 함께 일하던 사람이 여러 비방을 가지고서 따로 한의원을 차리고 있음이 문득 떠올랐던 것이다. 그래서 부랴부랴 그 한의원을 찾아갔던 것이다.

나는 몽롱한 기분에서 미음을 마시고 까만 알약 대여섯 개를 삼켰다.

두세 시간이 지나자, 갑자기 발목이 더 벌겋게 부어올랐다. 이튿날부터는 접골원에 가는 것을 그만두었다. 식후마다 까만 알약은 계속 먹었다. 사흘째 되는 날에는 무릎 밑 다리와 발이 온통 부을 대로 다 퉁퉁 부었다. 그 중에서 복사뼈와 발목 사이에 익은 홍시처럼 유난히 벌겋게 돋보이는 부분이 있었다.

바깥은 석양이 다가오는 것 같았다. 방 안의 더위가 덜 느껴졌기 때문이다.

여름방학 중이어서 이발소의 일이 별로 없는데다가 내가 걱정이 되어 아버지가 집에 일찍 돌아왔다. 아버지는 나의 아픈 상태를 보더니, 어머니를 불러 옆에 앉도록 했다.

"약이 풍을 바깥으로 내뿜고 있어.

바늘과 솜을 챙겨 봐."

아버지는 아직 훤한 저녁나절인데도 호롱불을 켜며 어머니에게 말했다.

방 안은 엄숙한 긴장이 흘렀다. 아버지는 바늘을 호롱불꽃에 넣어 소독을 했다. 어머니가 다리를 조심스럽게 붙들고, 아버지가 익은 홍시처럼 유난히 벌겋게 돋보이는 자리에 바늘을 가까이 했다. 큰 정맥이 통하는 자리인지라 섣불리 바늘을 써서도 안 되었다. 두꺼운 살갗에 바늘 끝을 쿡 찔러 위로 치켰다. 그러나 바늘 끝이 쉽게 들어가지 않고 튕기었다. 나는 몹시 아팠다.

바늘로 찌르기를 몇 번을 되풀이하자, 살갗이 얇아졌다. 아버지는 바늘을 더 힘차게 쿡 찔렀다. 그제서야 연붉은 피가 좁쌀 크기만큼 얼굴을 내밀었다. 어머니가 두 엄지손가락으로 바늘 찌른 자리 근처를 천천히 꼭꼭 눌렀다.

툭하고 살갗이 터지는 소리가 나는 듯했다. 그러자 누른빛이 섞인 피고름이 솟구쳤다. 여동생은 안타까운 표정을 짓고 있고, 아버지와 어머니는 교대로 솜으로 피고름을 닦았다. 무릎에서부터 발목 쪽으로 쓸어 내려 피고름을 짜내고, 발끝에서 발목으로 쓸어 올려 피고름을 짜냈다. 발목을 중심에 두고 사방에서 훑어 모아 피고름을 짜냈다.

시간 가는 줄을 모르고 피고름을 한없이 짜냈다. 나는 아픔을 꾹 참으면서도 조금씩 시원해지는 것을 느꼈다.

아버지가 고름 짜기를 계속하는 동안 어머니는 누룩과 보리밥을 이겼다. 이긴 것을 넓고 두툼하게 발목에 붙였다. 접골원에서 감았던 붕대로 발목을 둘둘 감았다.

밤부터 열이 내리기 시작했다. 까만 알약을 계속 먹으면서 날마다 한두 차례씩 피고름을 짜냈다. 건강은 급속도로 회복되었다. 8월 5일경부터는 걷기가 상당히 자유스러웠다.

상처가 다 나은 뒤로도 나의 오른쪽 발목 큰 정맥이 지나는 바로 윗부분 살갗에는 큰 흉터가 남아 있었다.

그리고 어느 날, 아버지가 다녀온 그 한의원을 아버지와 함께 찾아가 보았다.

진주시장 맞은편, 진주극장 옆 남쪽 골목을 조금 꺾어들었다. 키가 작고 몸이 가늘며 아버지 나이와 비슷한 사람이 의원이었다. 한의원의 이름은 '존성(存成) 한의원'이었다. 내가 먹던 까만 알약은 '여성환'(如成丸)이라는 이름을 지니고 있었다.

9월, 나에게 1학기 성적표를 주던 이장화 담임선생님은 아파서 시험공부를 제대로 못 하고서도 성적이 좋다며 칭찬해 주었다. 담임선생님의 말을 그대로 아버지, 어머니에게 전하자, 아버지, 어머니의 기분도 밝아 보였다.

장래 설계의 몸부림

사범학교 공부는 나에게 퍽 유익했다.

교육학을 깊이 접할 수 있었던 것도 큰 보람이었다. 그것은 새로운 학문의 경험인데다가 사람을 이해하고 키우고 만드는 것을 과제로 삼고 있다는 데서 큰 가치가 있었다.

교육의 역사를 공부하는 '교육사'는 그리스의 교육을 이해하는 데서부터 출발하였다. 그리스는 수많은 도시 국가로 형성되었고, 그 대표적인 도시 국가는 스파르타와 아테네였다. 스파르타에서는 극기와 규율을 통한 무사 양성을 교육의 목적으로 삼았다. 사내가 출생하면 건강 진단을 받아 합격하면 6살까지 '어머니의 아들 시대'로서 가정에서 엄격한 교육을 받게 되고, 불합격하면 타이게루스 동굴에 버려졌다. 7살에서 30살까지는 나라에서 관리하는 공동 훈련소(Agoge)에서 주로 군사 훈련을 받게 되는데, 이때를 '나라의 아들 시대'라고 했다. 30살에야 시민권을 얻을 수 있었다.

이와 반대로 아테네에서는 슬기롭고 착하고 아름다운 인간, 곧 자유 시민의 양성을 교육의 목적으로 삼았다. 여기서는 20살이 되면 시민권을 얻고 정치에 참여하며 자유로운 시민 생활을 할 수 있었다. 따라서 스파르타에서는 군인이 많이 나오는 대신 아테네에서는 철학자, 시인, 학자들이 많이 나왔다. 스파르타가 전체주의, 국가주의 교육에 영향을 미친 대신 아테네는 인문주의와 자연주의 교육에 영향을 미쳤음을 알았다.

'서양 교육사' 에는 많은 교육자의 이름들이 전해지는데, 나는 그 중에서도, 소크라테스, 플라톤, 아리스토텔레스, 코메니우스, 로크, 칸트, 루소, 바제도우, 잘스만, 페스탈로찌, 프뢰벨, 헤르바르트, 피히테, 듀이, 카운츠 등의 교육 사상을 더 많이 음미했다.

'교육 심리' 역시 나에게 신선감을 주었다. '발달', '성장', '학습' 등의 용어 정의, 심리 연구 방법, 발달의 원리와 단계, 인지 발달, 도덕성의 발달, 지력의 발달, 지능, 창의력, 학습 동기, 정서의 발달, 성격 형성, 사회성의 발달, 학습 이론, 개인차, 연습, 기억과 망각 등에 관한 이해를 쌓았다.

'교육 심리' 시간에 선생님이 코프카(Koffka)의 '발달 이론' 의 소개와 더불어 여학생들의 첫 월경(멘스)의 시기와 남학생들의 거웃(음모)이 난 시기를 설문 조사한 결과를 발표하였다. '성 교육' 이란 용어조차 없던 때이었는지라, 나는 이것이 풍기 문란에 속하는 공부는 아닐까 하고 아슬아슬한 생각이 들었다.

사범학교의 교육 과정은 인문 고등학교의 교육 과정과는 사뭇 달랐다.

교육사, 교육 방법, 교육 심리, 교육 원리, 교육 과정, 교육 평가, 생활 지도, 상담 기법, 교과 교육, 논리학. 교육 행정, 스승의 자질 등을 중시했다.

초등학교 교육은 예체능을 소홀히 할 수 없었으므로, 그리기, 만들기, 오르간 치기, 체육, 무용, 서예 등의 연습에 많은 시간을 보내야 했다. 교육에 관한 이론 공부뿐만 아니라, 교육 실습도 하게 된다.

숙제에 있어서도 인문 고등학교와는 달랐다.

초등학교 교과서 단원에 따른 학습 지도안 작성하기, 두 도막 형식 노래 작곡하기, 초등학교 학생 지도용 놀이 모으기, 손수건에 무늬 넣어 염색하기, 학습 지도 중에 칠판에 그릴 수 있는 약화(간단한 그림) 익히기, 노랫말에 맞추어 무용 구상하기, 난이도에 따른 오르간 연습하기 등과 같은 것이었다.

오르간 연습은 오르간이 학생 수에 비해 적었으므로, 학생들은 두꺼운 마분지에 건반을 그려 연습하다가 차례가 돌아오면 실제 오르간으로 실습하곤 했다.

교과목 시간 배정에서는 인문 고등학교가 국어, 수학, 영어, 제2 외국어에 많은 시간을 배정하고 있음에 비해, 사범학교에서는 교육 관련 교과목과 예체능 교과목에 많은 시간을 배정했다. 사범학교에서는 제2 외국어 교과목은 없고, 국어, 수학, 영어 교과목의 시간 수가 인문 고등학교에 비해 매우 적었다.

나는 이러한 사범학교 교육 과정에 충실하면서도 나의 먼 미래에 대해 끊임없이 고민하고 구상했다.

첫째로, 이 세상에서 내가 하여야 할 가장 추상적이고 포괄적이고 당위적인 일은 나의 이상을 설정해 가고, 궁극적인 진리를 추구하고 구현해 나가는 것이라고 생각했다. 나는 여기서 '궁극적인 진리의 추구'는 '궁극적인 진리를 깨닫고 수양하는 것'으로 뜻매김해 두고 있었다.

이 일은 어릴 때부터 적어도 내가 의식하는 한 초등학교에 들어가기 훨씬 이전 서당 시절에도 감지되곤 했다. 내 앞에는 자연스러우면서도 절대적으로 펼쳐질 내가 가야 할 어떤 길이 있으며, 그것은 내 스스로의 내면과 내 바깥의 어떤 큰 섭리의 영향을 받고 있는 것처럼 느껴지기도 했다. 그것은 어떤 운명인 것처럼 다가오기도 하고, 전생과 현세와 다음 세상과의 연결 선상에서 필연적으로 가야 할 길 같기도 했다. 그것은 나를 수수께끼 속에서 몸부림하게 하기도 하고, 신비나 불가사의나 시련으로 이끌고 보살피는 듯도 했다.

인류가 와서 머무는 이 땅의 인류는 대체 무엇을 어떻게 살아야 한담. 이 땅에서 사는 시간은 인류에게 무슨 의미를 주기 위해서이며, 이승의 저 너머 저승의 나라는 과연 있는 것일까? 있다면 그것은 이승과는 어떤 관계일까? 어린 시절부터 이런 문제들이 내게 운명처럼 휘감아 온 것을 어쩔 수 없었고, 또 기어이 이런 문제들을 풀어내야만 나는 크고 안전한 숨을 쉴 수 있을 것 같았다.

그래서 나는 어릴 때부터 인생, 우주, 죽음, 삶, 학문, 종교, 예술, 정치, 사회 등의 사색에 깊이 파묻혀 들지 않을 수 없었다.

중학교 3학년 졸업 무렵에는 내가 어쩔 수 없는 운명으로 가야 할 길은 있는 것이거나 없는 것이거나 추상적인 것이거나 구체적인 것이거나 절대적인 것이거나 상대적인 것이거나 모든 것의 본질적, 이상적 궁극성으로서의 진리의 추구(깨달음과 수양)와 구현이라는 말로 잠정적으로 정리되어 가고 있었다.

이 세상에서 내가 하여야 할 가장 추상적이고 포괄적이고 당위적인 일로서 나의 이상을 설정해 가고, 궁극적인 진리를 추구하고 구현해 나가는 것은 내가 어떤 현실에 처하든 끊임없이 해 나가야 할 일이었다.

둘째로, 평생을 초등학교(국민학교) 교원으로 근무하든 그렇지 않든, 학문을 비롯해 세상의 수많은 미지의 영역을 가능한 널리 탐구하면서도 특별히 전문 영역을 선택하여 개척해 나가야겠다는 생각을 하였다.

사범학교 입학 후 한 달쯤 되던 오월 초순이었다.

중학교 졸업식 날, 내가 교무실에 들렀을 때, "허 군, 이런 길도 있네." 하며, 고등 고시 공부를 권하던 김종성 선생님의 말이 떠올랐다. 초등학교 때 고향 사람들이 김춘광 지은 '검사와 여 선생'(신파극, 소설, 영화) 이야기를 꺼내며, 가난하지만 재주를 살릴 수 있는 길이 고등 고시 공부라고 하던 말도 생각났다.

그래서 나는 그것이 나의 적성에 맞고 안 맞고를 떠나 우두커니 엉거주춤하기보다는 낫다는 생각에서 고등 고시 응시 과목을 검토했다. 먼저 '대한민국 헌법' 전문과 전체 조문을 외었다.

5월 중순 어느 날 저녁, 상봉서동 1038번지에 거주하는 공삼진 선생님 집을 방문했다. 공삼진 선생님은 여러 해 동안 고등 고시 준비 경험이 있었으며, 학교에서 '공민' 과목을 가르쳤다.

"선생님, 고등 고시 공부가 제게 어울릴지는 아직 알 수 없지만, 일단 문을 두드려 보고 싶습니다. 설령 이것이 저의 적성에 맞지 않아 중도에 그만둔다 할지라도, 저의 젊음을 이대로 잠재워 두고 싶지 않습니다. 그래야만 뒷날 후회가 없을 것 같습니다."

선생님은 조용히 내 말을 듣고 난 뒤 한참을 생각했다. 나의 음력 생년월일을 물었다. 그리고는 생년월일에 따라 손가락을 짚어 나갔다. 그것은 사주를 짚는 것임을 알았다. 사주풀이 가운데서도 당사주를 짚는 것이었다.

당사주는 인생의 운명을 본격적 학문의 경지에서 해석하고 예견하고 충고하는 추명학(推命學)과는 달리 인생의 운명을 대체로 초년운, 장년운, 중년운, 말년운 등 네 단계로 나누어 간략히 해석하는 방법이다. "천귀성(天貴星), 천액성(天厄星), 천권성(天權星)……." 등의 용어가 사용된다.

"선생님, 제가 고등 고시 공부를 한다고 해도 어려운 점이 있습니다. 제게는 많은 책을 사 볼 경제력이 없다는 것입니다."

선생님이 사주를 다 짚는 때를 기다려 내가 말했다.

"알고 있네. 자네 환경은 이미 다 아는 바이네. 나도 고시 준비를 그만둔 지 오래여서 충분한 책이 있는 것은 아니지만, 우선 내 집에 있는 책이라도 번갈아 가져가서 보게."

이리하여 나는 그날 저녁 공민 선생님에게서 한 권의 책을 빌려 부지런히 읽었다. 며칠 뒤 그 책을 반환하고, 다른 책을 빌려 보곤 하는 방법을 취했다. 학교 도서관에 있는 책들도 빌려 보았다. 가끔은 헌책을 직접 사서 읽기도 하였다.

약 5개월이 지난 10월 중순이었다. 고등 고시 공부에 대한 심각한 고민이 몰려왔다. 이렇게 나의 책이 아닌 빌려 온 책으로 어떻게 고등 고시 준비를 할 수 있겠는가 하는 고민에 부딪혔던 것이다. 결국

장차 판검사가 나에게 어울리느냐 안 어울리느냐를 가늠하기도 전에, 고등 고시 공부는 이쯤에서 중단해야 했다.

비록 짧은 기간에 중단된 고등 고시 공부였지만, 이 기간에 읽은 법학개론, 헌법학, 행정학, 법철학, 국제법 등은 나의 지식과 사회 현상의 안목을 넓히는 데 적잖은 도움이 되었다.

휘황한 신비와 진리에 관한 의문

1958년 8월 초순 발목 아픔에서 벗어나자, 여름방학을 이용해 어머니와 함께 고향 집으로 갔다. 한적한 농촌 풍경과 맑은 공기와 깨끗한 물과 싱싱한 채소가 넉넉한 고향이었다. 무럭무럭 자라는 벼와 하늘거리는 버드나무 가지에서 울려 퍼지는 매미 소리를 사랑하면서 사색과 독서를 즐겼다.

한여름이지만, 고향 집 마루는 시원한 공기와 밝은 기운으로 가득했다.

그날 밤도 고향 집 마루에서 잠을 자다 새벽에 잠깐 잠을 깨는데, 서쪽 하늘에서 부처님이 나타나 누워 있는 나를 향해 휘황한 금빛 줄기를 비추지 않는가. 그 금빛 줄기는 내 가까이에 와서는 나의 양쪽 무릎으로 들어오는 것이었다.

부처님의 모습이 사라진 뒤의 새벽하늘은 너무도 깨끗하고 맑고 조용하고 초롱초롱했다.

　나는 얼른 자리에서 일어났다. 반듯이 앉아, 두 손을 모으고 부처님이 나타났던 서쪽 하늘을 향해 고개 숙여 절을 했다. 내가 이 세상에 와 있음이 우주나 절대자(창조주, 조물주, 하느님)나 부처 등과 연관된 운명으로 이어져 있다는 것이 점점 강하고 적극적이고 구체적인 계시 현상으로 나타나는 것으로 직감했다.

　생각해 보면, 아주 어릴 때부터 그 막연하고 혼돈된 상태로 운명처럼 나를 휘감아 왔던 것은 내 속에 선천적으로 담겨 있는 어떤 의문의 씨와 동반되어 있었던 것으로 짐작되었다. 내가 이승에 태어나기로 하면서부터 나는 어떤 의문의 씨를 품고 태어나고, 이승에 태어나서는 그 의문의 씨에서 생성된 의문에 대한 답을 풀어내고 키워야 한다는 것이 나의 선천적인 운명이라는 생각이 들었던 것이다.

　그 선천적인 운명으로서 가장 큰 의문은 궁극적인 진리의 추구(깨달음과 수양)와 구현이라는 언어로 요약되고 있었다.

　우주와 인생의 모든 것을 포괄하는 궁극성과 목적은 무엇인가? 내가 이 세상에 왔으니, 이 세상에서 먼저 이것을 깨달아야 이 세상의 방향을 확실히 열어 보이지 않겠는가?

　세상에서 일어나는 수많은 새로운 일과, 수없은 미지의 영역과, 더없이 영원하고 더없이 무한한 경지의 본질과 현상과 이상은 무엇이며, 그것을 어떻게 추구하여 해명해 낼 것인가? 이런 수수께끼들을 그냥 묻어 두지 못하고 수수께끼를 풀기 위한 들끓는 정열을 왜 나는 잠재우지 못하는가? 아니 왜 조금도 잠재우려는 의지가 없는가?

'진리'란 정말로 어떻게 정의하여야 할 것인가? 궁극적인 진리는 어디에 숨어 있으며, 그것을 찾아낼 실마리를 어디서 어떻게 붙들 것인가?

나는 중학교 3학년에서 사범학교 입학 직후 사이에 '큰 진리', '작은 진리', '절대 진리', '상대 진리'라는 말을 가설로 설정해 보았다. '진리의 추구'와 '진리의 구현'이라는 개념을 형성해 보았다. '진리의 추구'에는 '진리의 깨달음'과 '진리의 수양'이라는 하위 범주를 두고, '진리의 구현'은 추구한 진리를 이상과 현실을 고려하여 구체적으로 실천해 나가는 것으로 뜻매김해 두고자 했다.

각 갈래의 종교, 신, 하느님, 석가, 예수, 부처, 보살, 천사, 도인, 무당, 영혼, 귀신, 운명, 조상 숭배, 기도, 영험, 기적, 죽음과 삶, 있음과 없음, 인간과 다른 삼라만상과의 관계, 이승과 저승, 전생과 후생, 소원을 이루기 위한 온갖 의식과 방술과 주문 등에 관한 정확한 해명을 어떻게 할 것인가?

역사적으로 석가, 예수, 공자를 두드러진 존재로 숭상하고 있는데, 그들을 각각으로 숭상하는 사람들끼리는 왜 서로를 비방하는가? 숭상의 대상이 되고 있는 그들끼리 한자리에 만났을 때, 그 숭상받는 존재들도 서로를 잘못된 존재로 비방할 것인가? 비방은 후세인들의 책임인가, 숭상받는 그들의 책임인가?

석가의 가르침이나 예수의 가르침에 서로가 잘못이 있다고 한다면 그렇게 역사적으로 거룩하게 여겨지는 두 존재 가운데 어느 한 존재는 거짓을 품고 있다는 뜻인가? 이런 현상들은 거룩히 여겨지는 존재들의 잘못인가, 그 거룩한 존재를 따르는 이들의 잘못인가, 아니면

석가나 예수나 인간들을 포괄하는 더 높은 존재나 차원의 잘못인가? 이런 모든 것을 해명하는 진리를 어떻게 찾아 우주와 세상과 삼라만 상을 일깨울 것인가?

이른바 종교 전쟁, 종교 충돌은 숭상받는 존재의 책임인가, 숭상하 는 사람들의 책임인가, 그 모두의 책임인가? 숭상받는 존재들마저 종교 전쟁과 종교 충돌을 예견하지 못했던 연유는 무엇인가? 이런 다툼 없는 진리는 아직 왜 확실하지 않은가? 그런 다툼을 평화와 화 목으로 승화하는 진리는 아직 왜 확실하게 우주와 세상과 삼라만상 에 충만하지 않은가? 있다면 그 진리는 어디서 시작하는 진리이며 어떤 속성인가? 있다면 그 진리는 무엇인가? 나 혼자라도 이것을 밝 혀야 할 것이 아닌가.

나의 수많은 의문 가운데서도 종교에 관한 의문은 어린 시절부터 많은 비중을 차지했다. 나이가 들수록 종교와 관련된 의문은 커져 갔다.

내가 초등학교에 들어가기 전, 네댓 살을 전후하여 우리 집에는 가 끔 외갓집의 먼 아저씨뻘 되는 손님이 두툼한 책을 끼고 방문하곤 했 다. 키가 크고, 코가 우뚝하고, 광대뼈가 튀어나오고, 거무스레한 얼 굴에 턱이 긴 모습이었다. 손님은 비 오는 날에는 아버지와 함께 콩 이파리 국밥을 점심으로 먹고 한참 있다가 가곤 했다.

사람들은 교회에 다니는 신도를 '예수쟁이' 라고 했는데, 그 손님 은 '예수쟁이' 였다. 손님이 지닌 두툼한 책은 사람들이 '예수쟁이 책' 이라고 하는 바로 '성경' 이었던 것이다.

우리 동네에는 '예배당에 다니는 사람' (기독교인)은 아무도 없었다. 많은 시골 분위기가 그랬듯이 우리 동네에도 기독교인이 기독교 전파를 목적으로 우리 동네를 쉽게 찾을 수 있는 분위기는 아니었다. 그때로서는 외갓집 먼 아저씨뻘 되는 손님이 수십 리 길을 걸어 우리 집을 가끔 찾아 '예수' 이야기를 하고 '예수를 믿으라' 라고 권하는 것이 아마도 유일한 경우였을 것이다.

동네 남자 어른들은 유교 정신이 강한 탓인지 '예수교' (기독교)는 물론이거니와 '불교' 나 '무속 신앙' 에 대해서 거부 반응을 보이는 것이 일반적이었다. 그러면서도 여자들이 절에 다니거나 무당 집을 찾는 것은 모른 체하고 넘어갔다.

우리 집안은 큰집에 계시는 할머니가 대표로 약 시오 리(약 6km)를 걸어 '영법사' 절에 열심히 다녔다. 절의 스님도 한 해 두세 차례씩 신도들의 집을 방문했다. 이런 상황에서 우리 집에 외갓집의 먼 아저씨뻘 되는 손님이 가끔 찾아와서 예수를 믿으라고 했다. 그때마다 아버지와 어머니는 찾아온 손님이 마음 상하지 않도록 조심스럽게 난처한 입장을 보이곤 했다.

그런데 나는 자라면서 종교끼리 벽을 쌓고 서로를 경계하는 것을 보고서는, 사람들이 이웃집이나 이웃 동네에 가서 음식도 나누어 먹고 친하게 지내기도 하는데, 종교와 종교 사이에는 왜 그런 형식이 되지 못하고 서로 높은 벽을 쌓고 서로 경계하는 것일까 하는 의문이 들기 시작했다. 그러한 의문이 들 때면 어릴 때 우리 집에 드나들던 기독교인과 그 시절 동네 분위기가 되살아나곤 했다.

학교에서 십자군 전쟁, 삼십년 전쟁을 비롯해 그리스도교와 이슬람교 사이에, 그리스도교 안에서도 가톨릭교와 개신교 사이에, 그리고 단일 종교 내의 종파 사이에 심각한 종교 다툼이 끊임없이 일어났음을 배웠다. 이는 분명히 잘못된 점을 품고 있으므로, 인류는 반드시 종교 문제에 대한 해명을 하고, 종교 갈등에서 벗어날 수 있어야 인류 모두가 영원히 행복으로 갈 수 있는 커다란 길 하나가 열린다는 생각이 들었다.

종교와 관련해서 해결해야 할 의문들은 많았다. 오랜 세월 동안 부딪쳐 온 '창조론'과 '진화론'의 갈등도 어서 해결되어야 할 의문이었다.

나는 이런 일들을 내가 직접 나서서 해결하여야겠다는 운명감이나 사명감 같은 것을 느끼곤 했다.

나는 진리 추구라는 차원에서 종교에 관해 많은 것을 생각했다. 종교 지도자들이 역사적으로 인류에게 잘한 일과 잘못한 일, 종교 간의 배타적 갈등, 단일 종교 내의 종파 간 질시, 종교 창시자의 본뜻과는 다르게 신도들의 왜곡된 믿음 행위, 종교 창시자와 절대자(창조주)와의 관계 정립 혼란, 종교를 핑계로 하여 사리사욕에 눈 어두운 행위, 신을 신의 위치에 두지 않고 종교나 종파나 개인의 이익을 위해 신을 관리하는 행위 등은 나에게 많은 것을 생각하게 했다.

사람들이 종교의 경전 내용을 시대성, 지역성, 제한성, 미흡성, 기록의 오류성, 특수성, 보편성, 영원성, 초월성, 절대성 등을 구분하지 못하고 자신이 믿는 종교를 남에게 무조건 주입시키려 하는 것 또한 나에게 많은 것을 생각하게 했다.

각 종교의 경전에 나타난 각종 체계와 세계관과 우주관은 나에게 많은 관심을 불러일으켰다. 불교의 방대한 경전들은 그 체계가 쉽게 파악되지 않았다. 그리스도교의 경전은 구약 성서, 신약 성서를 통해 그 세계관이 비교적 명료하게 드러나는 것 같았다.

그래서 나는 불교에 관한 책을 읽을 경우는 메모를 해 가면서 이책 저 책의 내용을 비교했다. 예를 들어, 사범학교 1학년 때 불교의 분류에 관한 글을 읽을 때에는 다음과 같이 내용의 요점을 적었다.

■ 삼장(三藏)
• 경종 : 화엄, 천태, 진언, 정토, 열반
• 율종 : 율종
• 논종 : 지론, 섭론, 구사, 성실, 법상, 삼론
■ 의불(依佛)
• 석가모니불 : 기타의 제종
• 아미타불 : 정토종
• 대일여래 : 진언종
■ 교리(敎理)
• 소승 : 자도(自度)
• 대승 : 권대승(權大乘), 실대승(實大乘)-자도(自度),　타　도
　　　　(他度)
■ 실천(實踐)
• 성도문(聖道門) : 정토종 이외의 모든 종
• 정토문(淨土門) : 정토종, 진종, 시종, 융통염불종

종교 문제를 비롯해 어릴 때부터 막연하고 혼돈된 상태로 운명처럼 나를 휘감아 왔던 근원적, 본질적 의문에 대한 추구의 정열과 이

세상에 몸담아 현실적으로 살아갈 존재로서 기루어 내고 싶은 수많은 일들에 대한 정열은 어떤 역경 속에서도 내 가슴을 뜨겁게 소용돌이치고 있었다.

나는 사범학교 1학년 겨울방학을 여러 날 고향에서 보냈다.

크리스마스가 지난 12월 하순 어느 날 저녁, 작은어머니 집의 따뜻한 작은방에서 나보다 세 살 위인 사촌누나, 한 살 위인 집안 어느 누나, 세 살 아래인 나의 여동생, 그리고 나는 시간 가는 줄 모르고 이야기들을 나누었다. 문학에 관한 이야기, 친구에 관한 이야기, 인생에 관한 이야기들이었다.

12살 여동생은 이야기 소재들이 아직 실감이 나지 않는지 먼저 집으로 가고, 두 누나들은 이상적인 배우자에 대해 이야기를 나누었다. 여성은 결혼 후에는 어떤 모습으로 살아가는 것이 행복인가를 이야기했다. 나는 두 누나들의 표정을 보면서 이 시간 속의 주인공들이 바로 행복에 취해 있구나 하는 생각이 들었다.

사람이 행복한 경우는 한없이 많겠지만, 그리움의 세계와 아름다운 꿈의 세계를 그려 보고 그 세계 속에 도취해 볼 때도 사람은 퍽 행복하다는 생각을 했다.

그리고 나는 방문을 열고 마당을 거닐었다.

음력 보름을 막 지난 달빛은 휘영청 밝았다. 온 하늘은 어젯밤도 그젯밤도 그랬듯이 희망찬 푸른 별로 반짝이고 있었다. 무한한 푸른 별바다는 나의 그리움과 나의 꿈을 마련해 놓고 도란도란 나의 행복을 말해 주고 있었다. 멀리 있는 별 하나는 더더욱 나를 애틋하게 바라보고 있었다. 나는 작은어머니 방으로 가서, 만년필과 종이로 문득 떠오른 생각을 시로 적었다.

열다섯 살 푸른 맹세

새하얀 달빛
가슴 터지도록 다정한데,
열다섯 살 애타는 마음
밤마다 서성입니다.

북극성 너머
푸른 별 하나도
밤마다 잠을 이루지 못합니다.

젊음은 젊음은
피 끓는 열다섯 살 젊음은
차가운 겨울 하늘도 뜨거운
불타는 젊음입니다.

열다섯 살
애타는 푸른 꿈을
나는 수도 없이 맹세합니다.
나는 수도 없이 맹세합니다.

나는 열심히 적은 시를 들고 작은방으로 갔다. 두 누나들에게 읽어

주었다. 누나들은 참 좋다고 했다. 특히 '푸른 별', '푸른 꿈' 이 마음
에 깊이 스민다고 했다.

  선천적인 운명으로서 품었던 진리에 관한 큰 의문은 가끔 잠복하
기도 하면서 내 속에서 점점 강하게 진통과 시련으로 증폭되고 있었
다. 그 의문에 대한 시원한 해답은 내 스스로 찾을 수밖에 없다는 각
오가 단단해지고 있었다.

태권도 수련 사건

사범학교 1학년 여름방학이 끝나고 9월이 되었다. 클럽 활동 시간이 다가왔다.

그런데 학급 조례 시간에 느닷없이 태권도반을 없앤다는 전달이 있었다. 태권도반에 들었던 학생들은 곧 다른 클럽 활동 부서로 옮기라고 했다.

이것은 뜻밖의 일이었다. 우리 학교만의 일인가 했더니, 다른 학교에서도 사정은 마찬가지였다. 들리는 연유로는 지방 어느 도시에서 태권도를 수련한 학생이 친구의 급소를 쳐서 사망하게 한 사실이 있어, 문교부에서 전국 각 학교에 공문을 보내어, 태권도는 위험한 운동이므로 교내 태권도반을 해체하라고 했다는 것이다.

처음으로 조직된 학교 태권도반은 반 년 만에 해체되었다. 태권도반 학생들은 9월 하순부터 뿔뿔이 다른 반으로 옮겼다. 조진래는 유도반으로 가고, 정원효는 축구반으로 갔다. 나는 영어 회화반으로 옮겼다. 그리고 이상만 사범과도 아쉬운 작별을 하게 되었다. 이상만 사범은 그 뒤 군에 입대하여 태권도를 전문으로 수련하는 사단에 들어갔다. 그 사단의 태권도 심사 위원이 되고, 관수(편손끝) 찌르기로써 돼지 창자를 꺼내는 시범을 보였다는 소식이 있었다

10월이 되었다.

도심지와 학교 사이에 넓게 펼쳐진 논밭은 무르익은 곡식으로 황금물결을 이루고 있었다. 오르간 연습을 마치고 나면, 나는 유도실에 들러 조진래와 유정빈 등이 열심히 구르기와 낙법 연습을 하고 있는 틈바구니에 끼어 보기도 했다. 그리고는 조진래와 나는 옛 태권도실에 들러 태권도를 수련했다.

가끔은 1학기 때처럼 어영길 선배가 옛 태권도실에 들러 지도해 주기도 했다. 어영길 선배는 항상 반들반들한 단화(목 짧은 구두)를 신고 다녔다. 조진래와 나는 맨발로 수련을 하고, 어영길 선배는 단화를 신은 채 지도했다. 하단다리차기 막기를 집중으로 연습할 때, 어영길 선배의 하단다리차기를 제대로 막지 못할 때면 단화의 끝은 조진래와 나의 정강이를 퍼렇게 멍들게 했다. 기본 동작, 형(품새), 격파뿐만 아니라, 자유 대련의 묘술도 꾸준히 익혔다.

어느덧 늦가을로 접어들었다.

나는 태권도 수련에 대한 미련을 버리지 못했다. 가깝게 지내던 친구들과 함께 다시 태권도를 시작하자는 의견을 모았다.

정원효와 유정림이가 지도해 줄 사범을 알아보기로 했다. 심규범(권무관 소속) 2단을 사범으로 초빙했다.

강완호, 김일봉, 안영조, 오철희, 유정림, 정원효, 조진래, 그리고 나는 진주농림고등학교 학생들과 날마다 태권도 수련을 했다. 주로 이른 아침이나 저녁녘에 진주중안국민학교 교문 입구에 위치한 가교사 옆 공간을 이용했다. 때로는 심규범 사범이 하숙하는 집 너른 마당에서 전깃불을 켜 두고 강인하게 수련을 했다.

그리하여 약 한 달 뒤에는 심사를 거쳐 4급증을 받았다. 태권도를 시작한 지 약 7개월 만에 4급증을 받은 것이다. 도복의 띠도 흰 띠에서 자주색 띠로 바뀌었다. 급 중에서는 1급이 가장 높았고, 1급 위로는 초단, 2단, 3단으로 이어졌다.

1959년(내 나이 16살) 4월, 2학년이 되었다. 나의 태권도 수련은 계속되었다. 고구려 젊은이들의 기백을 연상하며, 신라 화랑의 정신력을 음미하면서 수련했다.

태권도 수련은 금지될 운동이 아니라, 오히려 권장되어야 할 운동이라는 확신도 지니게 되었다. 간혹 악용하는 사람들이 있긴 하지만, 수양된 사범 밑에서 태권도 본연의 정신과 기능을 조화 있게 터득해 간다면, 태권도는 정신력과 체력을 두루 연마할 수 있는 믿음직한 운동이었다. 실제로 각 학교의 태권도반은 없어졌지만, 태권도 도장에서나 별도의 장소에서 태권도를 수련하는 학생은 늘어나고 있었다.

사범학교 학생들은 주로 열다섯 살에서 열여덟 살에 속하는 나이지만, 성숙된 모습으로 스승으로서 갖추어야 할 능력 향상과 인격 함양에 스스로 열중했다. 나는 동급생이나 상급생이나 하급생이 불과 열대여섯 살의 적은 나이로 장차 교육자의 길을 걷겠다고 각오한 뜻을 장하게 여겼다. 이런 모범적이고 의욕적인 사범학교 학생들이 태권도를 수련한다면 더 많은 것을 얻을 수 있을 것이라는 생각을 했다.

이러한 생각은 나뿐만 아니라, 함께 태권도를 수련하는 우리들 2학년 8학생의 공통된 생각이기도 했다.

이미 어느 도시, 어느 학교에서나 학교 밖에서는 별다른 제약 없이 자신의 판단에 따라 태권도를 많이 수련하고 있는 것이 현실이었다. 우리도 순수하게 좋은 의도로 태권도를 수련하는 것은 염려될 일이 아니라고 생각했다.

사범학교 학생들은 모두가 모범 학생이었고, 우리 8학생들 역시 단정하고 신뢰받는 학생들이었다. 더욱이 2학년 남자반 3학급 중 조진래는 송반(1반) 반장을, 나는 매반(3반) 반장을 하고 있었다.

이래서 우리는 1, 2학년 학생들 가운데서 태권도 수련을 하고 싶은 학생이 있다면 기회를 마련해 주자고 했다.

희망자가 의외로 많았다. 학교 공부에 충실하던 학생들에게는 특별한 체험이라고 생각했기 때문으로 여겨졌다. 참여자를 약 25명으로 축소하고, 나머지 학생들에게는 다음 기회에 보자고 했다.

수업이 끝나면, 우리들은 수련장으로 가기 편한 학교의 뒷문을 주로 이용했다. 큰 냇물의 징검다리를 건너서, 넓고 한적한 들판을 가로질렀다.

때로는 큰 냇가에서 돌팔매질도 했다. 시원한 바람을 맞으며 새파란 언덕에서 서로 엉겨뒹굴기도 했다. 구름 한 점 없는 파란 하늘을 향해 목청껏 노래도 불렀다. 시내의 외곽에 자리한 진주 형무소(교도소) 옆 텅 빈 광장으로 향했다. 거기서 수련을 하기로 했던 것이다.

심규범 사범이 가르치기도 하고 심 사범의 사범인 3단 김 사범이 가르치기도 했다. 우리 학교 학생뿐만 아니라, 다른 학교 학생들도 상당수 있었다.

어떤 때는 권무관의 2단 이상 유단자들이 여럿 모여 우리와 함께 기합 소리를 내며 수련했다. 우렁찬 기합 소리는 형무소 조망대에서 파수 보는 간수(교도관)들의 주의를 끌기도 했다. 태권도를 새로 시작한 수련생들이 많았는지라, 우리들 8명은 교대로 조사범(사범을 돕는 사람)의 역할을 했다.

3단 김 사범이 2단 수련자들과 겨루기 하는 모습은 참으로 절묘했다. 재빠르고 빈틈없고 자유자재로운 손과 팔과 발과 다리의 활용은 나비춤을 추는 듯했다. 무술인지 예술인지 구분하기 어려울 정도로 황홀했다.

야외 광장에서의 태권도 수련은 1학년 학생과 2학년 학생들 사이의 우애를 깊게 했다. 수련에 참여하는 학생들의 교내외 생활은 더욱 활기 있어 보였다.

몇 달이 지났다. 여름방학이 며칠 남지 않던 어느 운동장 조례 날이었다. 한복 두루마기를 입은 장지형 교장선생님이 손으로 햇살을 가리고서 논어를 인용하며 감화를 주던 훈화가 끝났다. 지도 주임선생님이 조례대에 올랐다.

"다음에 호명되는 학생들은 조례가 끝난 뒤 교무실 앞에 집합하도록 한다.

2학년 허만길, 조진래, 이상갑, 오철희, 조수강, 문주열, 곽갑두, 강완호……."

처음에는 학생회 일로 학급 임원(반장, 부반장, 운영위원)들을 소집하는가 싶었다. 그러나 계속되는 호명은 임원 밖의 이름도 있었다. 심상치 않았다. 2학년 학생 이름이 끝나고, 1학년 학생들의 이름도 계속되었다.

"지도 주임선생님께서 태권도 하는 학생들을 조사하셨대."

누구 입에선가 나온 말이었다.

"형님요, 이거 어찌된 셈입니까? 지도부에서 명단을 거의 다 입수했으니 말입니다."

1학년 학생이 걱정스럽게 물었다.

"우리가 언제 태권도 수련을 숨긴 일이 있나? 다른 학교 학생들도 마찬가지고."

내가 담담하게 말했다.

"만길아, 그럼 우린 크게 처벌받는 것 아니가?"

2학년 학생들도 걱정스럽게 말했다.

"너무 걱정 말고, 교무실 앞으로 가서 집합하자."

"그렇게 하자."

조진래가 나의 말을 거들었다.

호명된 학생들이 교무실 앞 골마루어 옆으로 죽 서자, 나는 교무실로 들어갔다.

"선생님, 다 모였습니다."

나는 지도 주임선생님에게 거수경례를 하고, 집합 완료를 보고했다.

"알았어."

지도 주임선생님은 굳은 표정으로 짤막하게 응답하고는 수첩을 들고 골마루로 나왔다.

"너희들 이게 뭐야!

위험성이 높은 태권도 수련을 금지하고 있다는 건 이미 알고 있는 사실이잖아. 여기에는 1, 2학년 각 학급 임원들이 많이 포함되어 있고, 모두들 학교에서 신임받는 학생들이잖아.

난 너희들을 어떻게 해야 좋을지 모르겠으니, 다들 교장실로 가 봐."

사실 그랬다.

태권도를 올바르게 이해할 기회를 갖지 못한 사람들로서는 태권도는 급소 공격에 초점을 맞춘 위험한 운동으로 인식하고 있는 것이 현실이었다.

주동이 된 우리들 2학년 8학생이 태권도 수련 희망자를 알아볼 때 희망자가 너무 많아, 의논 끝에 일차적으로 학급 임원(반장, 부반장, 운영위원)들에게 우선권을 주자는 원칙을 세웠다. 학급 임원들에게 우선권을 줌으로써 임원들의 지도력이 보다 자신감과 활력이 넘쳐 각 학급 분위기에 좋은 영향을 미치리라고 생각했던 것이다.

1, 2학년 남학생 학급 수는 모두 6학급에 지나지 않았는지라, 학급 임원 모두라 해 봤자 18명밖에 되지 않았다. 그러니, 태권도 수련자 약 25명 중에 1, 2학년 학급 임원이 많이 포함되어 있는 것이 사실이었다.

평소 가슴을 울리는 언어로 학생 선도를 잘해 온 지도 주임선생님이었지만, 오늘은 말이 의외로 그렇게 짤막했다.

대부분의 학생들이 고개를 숙이고 있었다. 나도 지그시 눈을 감았다.

사오일 전 수련장에서 우리 학교 학생과 다른 학교 학생이 짝이 되어 자유 대련(겨루기)을 하다가 한 학생이 코에 상처를 입고 결석을 한 일이 있었다. 그 소문이 퍼지면서 학교에서는 큰 사고가 날까 봐 경종을 울릴 필요가 있었던 게 아닌가 싶었다.

지도 주임선생님이 우리들을 교장실로 가 보라고 야단하는 말에서, 나는 선생님들의 회의 모습이 선히 떠올랐다.

학생들의 태권도 수련에 대해 여러 갈래의 의견이 오간다. 문교부에서 학교에 태권반을 없애도록 한 것은 학생들이 위험한 태권도 운동을 하지 말라는 기본 정신이 강하게 들어 있는 것이므로, 이번 기회에 해당 학생들을 엄벌해야 한다는 주장이 제기된다. 학생들이 교외에서 태권도 수련을 하는 것은 어느 학교에서나 공공연한 사실로 되어 있으므로, 유독 우리 학교에서만 태권도 수련자를 처벌할 명분이 확실하냐는 반론이 나온다.

학생들의 젊은 기상과 평소의 모범된 행동과 애교심을 참작하여 교육적인 측면에서 훈계하는 정도로 이 일을 매듭짓자는 의견이 우세해진다.

내가 이렇게 상상하고 있을 때,

"왜 모두들 그러고만 있는 거야!

교장실로 어서 가."

지도 주임선생님이 이렇게 말하고는 교무실로 들어가 버렸다.

하는 수 없었다. 나는 일반 고등학교라면, 아예 문젯거리도 안 될 일이겠지만, 교사를 양성하는 사범학교이기에 미묘한 문제라는 생각이 들었다.

"지도 주임선생님의 말씀대로 교장실로 들어가자."

내가 앞장섰다.

"차렷! 경례."

나의 구령에 따라, 모두들 교장선생님에게 경례를 하고, 부동자세를 취했다.

"자네들이 하지 말라는 태권도를 배운 학생들인가?"

한복 두루마기에 군자풍이 넘치는 장지형 교장선생님이 학생들을 한 사람 한 사람 살펴보며 뜸직뜸직 말했다. 예순두 살의 교장선생님은 항상 눈가에 인자와 예지를 담고 있었다.

"교단에 설 사람들이 학교에서 말리는 그런 위험한 운동을 배워서 되겠는가?

그래 자네들은 졸업장을 받을 셈인가, 안 받을 셈인가?"

잠시 침묵이 흘렀다.

"한번만 용서해 주십시오."

한 학생이 공손하게 말했다.

"이번 일에 1, 2학년 학급 임원들이 많이 끼었다던데, 학교의 기둥들이 그런 짓을 하면 안 돼요. 이번에는 내가 특별히 용서해 주마."

교장선생님의 묵직한 타이름으로 태권도 수련 학생에 대한 심판은 이렇게 매듭지어졌다.

나는 나 자신을 이해하는 데 도움이 될까 하여 태권도 수련을 시작

66

했다. 육체와 정신의 양면을 두루 통찰, 접근해 보고자 했던 것이다. 그러다가 태권도의 유익함을 이해하게 되었다. 태권도를 수련해 본 학생들은 누구나 그것이 가치 있는 운동이라는 평을 하곤 했다.

그러나 학생 신분으로는 넘기 어려운 한계가 있었다. 교장선생님의 묵직한 타이름이 있은 그날로 우리들의 공공연한 태권도 수련은 그 막을 내렸다.

비록 집단적인 태권도 수련은 중단되었지만, 태권도 수련으로 말미암아 많은 것을 얻었음도 확실했다.

정열과 낭만

사범학교 1학년(1958) 10월 중순 고등 고시 공부를 중단한 뒤로부터 나는 비교적 융통성 있게 시간을 활용했다. 하지만, 하루의 시간은 늘 모자랐다. 공부 시간, 예체능 연습 시간, 독서 시간, 진리와 이상 추구 시간, 명상과 사색 시간, 이발소에서 일하는 시간 등을 정밀하게 계획하여 활용해야 했다. 나에게는 시시각각이 금싸리기보다 귀중했다.

밤 한 시 넘어 잠들면 그 밤은 어느새 아침을 부르는 새벽 다섯 시가 된다.

나는 부리나케 주섬주섬 옷을 걸쳐 입는다. 마당에서 간단한 맨손 체조에 이어 곤봉 체조를 한다. 줄넘기를 하고 역기를 잡는다. 몸이 가볍지 못할 때에는 역기 대신 5파운드짜리 아령을 들기도 한다. 이어서 태권도의 기마자세(말타기자세, 주춤자세)를 힘차게 취하여,

중단 공격, 상단 공격, 하단 공격을 한다. 그리 크지 않은 감나무를
표적으로 태권도와 권투 연습을 한다.

　모든 동작을 멈추고 마당 한가운데 고요히 선다. 오른손 주먹을
왼손바닥으로 감싸 배꼽에 다가붙인다. 마음과 몸을 가다듬는다.
묵상하는 동안 온 마음과 온 몸과 온 우주가 경건하다. 마음의 다짐
을 한다.

　아침 단련과 묵상은 30분 안으로 끝내고, 세수를 한 뒤 뒤 책상 앞
에 단정히 앉는다. 단칸방에 식구들이 함께 거처하고 있는지라, 되
도록이면 자리를 적게 차지하여 조용하게 공부한다.

　책상은 다른 사람들이 보기에는 전혀 책상으로 보이지 않지만 나
에게는 소중한 책상이다. 작은 나무상자를 옆으로 눕힌 책상, 그래
서 ‘책상 상자’ 라고도 했다. 겨우 공책 하나를 놓고 근근이 글을 쓸
수 있는 크기이지만 나의 온갖 때와 희로애락을 함께 하는 책상이
다. 책은 책상 옆 방바닥에 쌓아 두고, 학습 용구는 책상 상자 안에
넣어 둔다.

　책상 앞에 앉으면, 중학교 졸업식에서 최종 모의시험 1등상으로
받은 해바라기 탁상시계를 부드럽게 어루만진다. 우리 가족 모두가
애지중지하는 해바라기 탁상시계이다. ‘차각차각’ 하는 소리와 더
불어 빙글빙글 웃는 모습으로 무늬를 수놓는 시계이다.

　벽에 붙여 둔 두 개의 좌우명을 염돈한다. 두 개의 좌우명 중 하나
는 중학교 시절부터 좋아하던 것으로 종이에 내가 붓으로 횡서(가로
쓰기)로 쓴 “苦盡甘來” (고진감래 : 쓴 것이 다하면, 단 것이 온다)이
다. 또 하나의 좌우명은 사범학교에 입학한 뒤 도서관에서 빌린 ‘자

연 과학 개론'을 읽어 나가다가 9포인트 작은 활자로 삽입되어 소개된 뉴턴의 명상 글 가운데서 뽑은 것으로서 "너 또한 연약한 존재가 되려느냐?"라는 구절이다.

7시 20분경에는 아침식사를 시작하고, 7시 40분경에는 집에서 학교로 출발한다. 만약 그날 이발소에 사용할 물을 전날 저녁에 미리 길러 두지 않았다면, 동이 트기 전에 책을 들고 뒷산마루를 타거나 평지 길을 뛰어 물을 길러 놓고 온다. 시간이 모자라므로 걷는 경우보다 뛰는 경우가 많다. 이발소에 물 길어 넣는 일 때문에 아침 공부 시간을 줄일 수는 없었으므로, 그 대신 잠자는 시간을 4시간 이하로 줄인다.

평일 6시간 혹은 7시간의 학교 정규 수업이 끝나면, 운동장 가장자리나 화단 사잇길에서 미완성의 수채화에 붓을 대다가는 서예실, 공작실, 실험실 등을 찾는다. 잘 되지도 않는 기계체조에 진땀을 빼다가는 운동장에 놓인 긴 의자에 앉아 명상에 잠긴다. 오르간 연습을 하다가는 도서실로 가서 책을 읽기도 하고 관외 대출을 받기도 한다. 일주일에 한 번쯤은 책이야 사든 사지 않든 시내 몇 서점에 들러 책을 가까이 한다. 새 책을 파는 일반 서점뿐만 아니라, 헌 책 가게에도 들러 이 책 저 책을 살핀다.

집에 돌아와 책가방을 놓고는 곧장 이발소로 간다. 책과 노트를 읽으면서 바쁘게 걷기도 하고 뛰기도 한다. 바리캉으로 머리를 깎아 주고, 면도를 해 주고, 머리를 감겨 준다. 비질과 걸레질을 하고, 수건을 빨면서 손색없는 이발소의 직공('직공'의 원뜻과는 다를지라도 사람들은 일반 일터의 주인 아닌 종업원을 '직공'이라고 했음.)
이 되려고 애쓴다.

　집에 돌아와 저녁 밥숟갈을 놓고서는 밤길을 걷는다. 어둠도 밝음
도, 별도 달도, 비도 눈도 이때는 인생이란 의미를 속삭여 주는 최대
의 위안으로 나의 벗이 된다. 이때는 우주와 자아, 과거와 현재와 미
래, 현실과 이상이 가장 친근한 반려자가 된다. 숭고하고 경건한 시
간이다.

　전깃불은 밤 12시면 꺼지므로, 그 이후는 등잔불(호롱불)을 켜고서
새벽 한 시가 넘도록 때로는 새벽 2시까지 고요함 속에 공부에 몰입
한다.

　평일은 이렇게 날마다 바쁨으로 꽉 차 있다. 그래서 토요일, 공휴
일, 방학 기간은 나의 공부 시간을 크게 보충해 주는 날이 된다.

　고등 고시 공부 중단 이후의 독서의 영역은 교육학, 철학, 논리학,
종교, 사상사, 역사, 문학 작품, 국어국문학, 과학, 위인전, 한문, 명상
록 등 다양했다.

　아동 교육 실천 수기 '나의 사랑 안드레스', 전쟁의 틈바구니에서
중국 본토에서 대만으로 오기까지를 적은 수기 '붉은 집을 나와서',
유난히 '생명'이라는 단어가 많이 사용된 로런스(Lawrece, David
Herbert)의 소설 '무지개', 셰익스피어 작품, 그리스 신화, 삼국지,
바이런 시집, 괴테 시집, 실존주의 철학자 키에르케고르의 '이것이
냐 저것이냐', 김소월 시집 등 특별한 계통을 따지지 않고 가능한 넓
은 영역에 걸쳐 책을 읽었다.

　1954년 일간지에 연재되었다가 단행본으로 출판된 정비석의 화제

의 소설 ‘자유 부인’ 을 사범학교 1학년 때 밤샘으로 읽고서는 길을 가다가 전축 소리를 들으면 소설 속의 장면이 떠오르곤 했다.

‘행복론’ 에 관한 책들을 읽고서는, 마침 서울에서 발행되는 어느 교육 신문에서 논문 모집이 있어, ‘행복’ 을 주제로 한 논문을 초안했다가는 원고 정서 단계에서 고등학생의 신분으로는 응모 자격 미달일 것 같아 포기하기도 하였다.

박목월 지은 400여 쪽의 ‘문장 강화’ (文章講話), 한문식 혹은 국한 혼용식 각종 문틀(편지, 축사, 제문, 관혼상제례 축문 등의 모범 글), 중학교 때부터 간직한 정비석의 ‘소설 작법’ (문성당, 1957, 값 900환) 등을 비롯해 문장 작성에 관한 책들을 숙독하고 문장 연습을 했다.

항렬로는 집안 할아버지뻘이지만 나보다 사범학교 한 해 위 학년으로서 나이 차가 많지 않아 ‘아저씨’ 라고 부르던 허종찬 아저씨는 미술 재능이 특출했다. 학교 안팎의 미술 대회에서 늘 특상을 받곤 했다. 허종찬 아저씨는 추운 날 동네 골목길 볕살에 그림 도구를 놓고 나에게 수채화 그리기와 인물 데생을 가르쳐 주기도 했다.

아저씨는 좋은 글귀가 생각나면 따로 적어 두었다가, 내가 아저씨 집에 들르면 크게 읽고는,

“너는 문학성이 뛰어나니까, 내 글이 어떻는지 의견을 말해 줄 수 있겠지?”

라고 말했다.

“아저씨, 글재주가 대단해요. 그러다가는 미술 특기와 문학 특기를 겸하겠어요.”

나는 이렇게 말하면서, 내가 읽은 문장 작성에 관한 책이나 작품들을 기억하면서 나의 의견을 말했다. 그러면 허종찬 아저씨의 형님으

로서 신식, 구식 공부를 많이 하고 언변이 좋은 허종섭 아저씨가 보다 자세하게 평을 덧붙였다. 그리고 허종찬 아저씨를 어릴 때부터 지성으로 키워 온 허종찬 아저씨의 큰형수는 우리들의 이러한 모습을 보면서 온 얼굴에 흐뭇한 웃음을 띠고 있었다.

　나는 산문이거나 운문이거나 어떤 형식의 글이든 나의 문장 작성 연습에 참고 자료로 삼았다.

　내가 반장을 맡고 있던 2학년 매반(梅班, 3반을 가리키며, 출석 번호는 2번이었음.)에서는 학급 신문을 내기로 했다. 매사에 적극적인 신종문의 힘이 컸다. 친구들이 옹가종기 모여 줄판(가로세로로 잘게 홈이 팬 강철판) 위에 원지(기름종이의 일종)를 놓고 철필로 글을 쓰고 그림을 그렸다. 교무실 등사기의 그물 아래에 원지를 끼워 등사 잉크를 바른 롤러로 그물을 눌러 밀어서 학급 신문을 찍어 냈다. 그 신문을 학급 학생들과 모든 선생님들에게 나누어 주고, 1, 2, 3학년 전 학급에 두 부씩 돌렸다. 이때 기사 작성이나 원고 수정은 내가 주로 맡았다.

　2학년 때 친구가 혼인을 하게 되어, 신부 집에 마련된 전통 혼례식장에 몇 친구들이 우인 대표로 갔다. 신랑의 우인 대표가 식장에 참석하는 것이 유행이었다. 혼례식에서는 주례사가 따로 없었다. 우인 대표의 축사가 한몫을 차지했는데, 거기서 나는 내가 직접 작성한 축사를 낭독했다.

　4.19 혁명 때 학생회 위원장(학도호국단 운영위원회 위원장)을 맡았던 나는 선언문을 비롯해 각종 문장을 내가 직접 작성하였다. 나는 각종 모임의 규약 작성이나 친구들의 사사로운 문안 검토의 부탁

을 자주 받곤 했다. 평소 문장 연습에 관심을 가졌던 것이 도움이 되었다.

사범학교 졸업 후에는 언젠가는 대학에 진학하여야겠다는 생각은 변함없었다. 대학 공부에 대한 꿈은 버려서는 안 된다는 다짐을 하곤 했다. 만약 대학에 진학할 기회가 오지 않는다면, 교육자의 길을 걸으면서 독학을 해서라도 학문의 길을 개척해 나가야 한다는 다짐을 끊임없이 했다. 물론 진리 추구(깨달음, 수양)와 구현은 대학 진학 여부와는 상관없이 어떤 환경이나 어떤 상황에서도 지속될 일이었다.

나는 그 언젠가에 있을 대학 입시 준비를 위해 '국어', '수학', '영어', '제2 외국어' 교과목 공부에 유의하고 있었다. 사범학교에서는 대학 입시 준비 교육을 하지는 않으므로, 대학 진학을 고려하는 학생이면 누구나 스스로 이를 해결해야 했다.
나는 '수학' 참고서와 문제집을 꾸준히 공부했다.
'제2 외국어'를 입시 교과목으로 채택하고 있는 대학은 그리 많지 않았으나, 깊은 학문을 위해서는 제2 외국어 공부는 꼭 필요하다고 생각했다. 인문 고등학교의 학생들은 대부분 '독일어'를 제2 외국어로 선택하고 있었다.
나의 제2 외국어 공부는 우여곡절이 많았다.
사범학교 때에는 아버지에게서 '일본어'를 조금씩 배우면서, 일본 사람이 쓴 1, 2, 3권으로 된 독일어 학습 교본을 한국어로 번역한 책을 익혀 나갔다. 발음은 책에 나온 설명에 따라 그것이 정확한지 그렇지 않은지를 제대로 판단하지 못하면서 내 나름으로 익혀 나갔다.

부산에서 초등학교, 중학교 교원으로 근무하면서 야간 대학에 다닐 때에는 제2 외국어로서 '불어'를 교양 과목으로 선택하였다. 야간 대학은 주간 대학처럼 시간이 넉넉하지 않은지라, '불어 I', '불어II'를 동시에 선택하여 공부했다. 때때로 혼자서 '중국어'를 공부해 보기도 했다. 그러나 대학원 박사 과정 입학시험이나 졸업 시험에서는 제2 외국어로서 '불어'를 선택하였다.

나에게 있어 '국어' 과목은 어릴 때부터 아주 친근한 인상으로 다가왔다.

나의 서당 공부는 한자, 한문에 대한 이해뿐만 아니라, 글자와 글과 말에 대한 눈을 일찍 뜨게 했다. 나는 한자를 먼저 배우고 한글을 나중에 배웠다. 나는 혼자서 한자와 한글의 장단점을 비교해 보는 수가 있었다. 우리말에 알맞은 글자는 한자이기보다는 한글이라는 점을 이해하고, 한글의 뛰어난 점을 이해하였다.

국민학교 시절, 6.25 전쟁에 참전한 전사자의 영결식에서 추도사를 낭독하고, 운동장 모임에서 전교생 앞에서 글을 낭독하고, 학예회에서 웅변과 연극 출연을 하고, 학급 반장과 전교 자치회 회장으로 활동한 것은 나의 언어 경험 확충과 글짓기에 많은 도움이 되었다.

아버지에게서 어릴 때부터 들어 온, 일제 강점기에 일본이 조선에 저지른 온갖 만행, 우리말과 우리글과 우리 민족혼을 없애려 했던 정책, 아버지의 항일 활동 등은 나라와 겨레와 말과 글의 관계를 인식하게 하는 데 가치 있는 역할을 했다.

특히 일제 강점기에 항일 활동을 한 나의 아버지(허찬도許贊道, 1909. 6. 17.~1968. 12. 21.)는 나의 정신력에 많은 영향을 미쳤다

아버지는 봉건과 보수성이 강한 가난한 농촌 선비 집안의 둘째 아들로 태어났다. 아버지는 1929년(20살) 경남 의령군 칠곡면에서 가장 먼저 상투머리를 잘랐다. 소학교 교장을 찾아가 소학교에 야학 과정 설치를 건의하고, 친구들을 모아 1929년 11월부터 1931년 5월까지 2년 6개월간 야학 과정을 공부하였다.

1936년 경남 진양군 집현면과 도동면 공동 관할에 속하는 장재못에 양수기(물 끌어올리는 기계)를 설치하였는데, 가동 단계에서 주재소 일본 경찰관의 고의적 방해와 조선인이라며 모독하는 것에 분개하여 일본 경찰관과 격투하여 2개월간 진주에서 구치소 생활을 하였다.

아버지는 1940년 4월 일본의 군수물 공장 오사카의 '아사히 철공소'(朝日鐵工所)에서 고야마(湖山)로 불리며 일하다가 '아사히 철공소 조선인 화친회(和親會)'를 조직하여 회장직을 맡고, 1940년 한겨울 동맹 파업을 벌여 군수물 공장 가동을 멈추게 하였다. "조선인이 동맹으로 아사히 군수 공장의 불을 끄다. 주모는 조선인 화친회 회장 고야마(湖山)" 등의 제목으로 일본 여러 신문에 기사화되고, 밤중에 체포되어 경찰서로 호송되는 도중 형사들과 격투 끝에 탈출하였다.

아버지는 1943년 9월 일본 교토부에서 강제 징병되어, 시카경 훈련소에서 훈련을 받다가 이질을 앓아 병실에서 치료를 받으면서 군의관 우두머리 군의장과의 꾸준한 토론 끝에 일제의 한국 침략의 부당성을 감동적으로 일깨우고, 그 군의장의 도움으로 5개월 만에 병

역 해제증을 받고 귀가하였다.

　국민학교 5학년 때 자습 지도로 들어온 전복수 선생님은 어느 외국 학자가 한글이 세계에서 가장 우수하다는 갈을 했다고 간략히 소개해 준 적이 있었다. 국민학교 6학년 때 진주사범학교를 갓 졸업하고 발령받아 부임한 송대섭 선생님은 자습 시간에 들어와 한글의 우수성을 비교적 가닥가닥 설명해 주었다. 이런 생생한 기억은 나에게 국어와 한글에 대한 관심과 자부심을 높이게 했다.

　중학교 1학년 때 최현배 지은 '말본' (문법) 교과서는 나에게 말과 글자를 대상으로 하는 학문이 따로 있다는 사실의 경이감을 주었다. 이 교과서는 " '낱말' 이란 것은 생각을 나타내는 말의 낱덩이(단위)이니 : 제각기 무슨 뜻을 가지고서 월을 이루는 구실을 하는 것이다."와 같이 다른 교과서의 글투와는 달리 순 우리말 중심으로 글을 전개하려는 신선감을 주었다. 지은이 최현배 님이 일제 강점기에 우리말, 우리글을 지키려다가 감옥살이까지 했다는 사실은 국어 속에 담긴 정신을 심각하게 생각하도록 하는 일이었다.

　중학교 때 나에게 국어 과목을 지도한 김종성 선생님과 주창복 선생님은 우리말과 우리글에 대한 사랑을 강조하였다. 중학교 2학년 때 김종성 선생님이 진주 시내 국어과 교사들이 참가한 가운데 연구 수업을 하면서 이순신 장군의 일대기를 그림 연극으로 꾸며 나더러 입체낭독을 하게 한 것도 나에게는 자신감을 키워 준 특이한 체험이었다.

　중학교 3학년 때는 학교 초대 도서위원장으로서 도서 분류를 비롯해 도서관 일을 보면서, 많은 책을 읽을 수 있었다.

이런 바탕 위에서 나는 사범학교 2학년 겨울방학이 끝날 무렵 1960년 1월(내 나이 16살) 하순에는 국어국문학 및 국어 교육에 관한 전문 서적의 내용을 상당히 이해하고 있었다.

최현배 지은 '우리 말본' (907쪽의 두꺼운 현대 말본 종합 연구 책. 정음사, 1959. 값 6,000환), 김형규 지은 '국어사' (국어의 역사 및 국어학 연구 책. 본문 396쪽과 부록으로 구성. 백영사, 1959. 값 2,500환)와 '국어학 개론' (일성당서점, 1954)과 '고가 주석' (악학궤범, 악장가사, 불우헌집, 송강가사, 노계가사에 실린 가요와 농가월령가를 연구한 책. 백영사. 1958), 양주동 지은 '고가 연구' (약 960쪽의 두꺼운 향가 연구 책. 박문출판사, 1957. 정가 3,800환)와 '여요 전주' (436쪽의 고려 시가 연구 책. 을유문화사, 1947), 조윤제 지은 '국문학사' (1949), 이숭녕 지은 '국어학 개설' (1954), 이희승 지은 '국어학 개설' (1955), 유병석 · 이민택 · 윤근필 · 권영철 지은 '종합 고전 정해' (약 530쪽으로 된 고전 문법, 훈민정음, 옛 시가, 옛 산문, 옛 시조 등 국어국문학을 종합적으로 풀이한 책. 범조사, 1956. 값 800환), 노천문 지은 '국문학사 정해' (동국문화사, 1956.)를 비롯해 현대 문법, 옛 문법, 고어, 국문학사, 국문학 개론, 현대 문학, 국어 교육 등에 관한 전문 서적들을 상당히 이해하고 있었다.

인문 고등학교가 아닌 사범학교로 진학하면서 중학교 시절에 지녔던 과학자의 꿈은 실현하기가 어렵게 되어 감을 의식하지 않을 수 없었다. 그러나 실제로 과학자의 꿈을 접기까지는 적지 않은 세월이 필요했다. 사범학교 1학년 10월 중순경 고등 고시 공부를 중단했던 직후부터 상당한 기간에 걸쳐 과학에 관한 서적을 집중적으로 가까이했다.

학교 도서관에서 혹은 이 사람 저 사람에게서 과학에 관한 책들을 빌려 읽었다. 자연 과학 개론, 화학, 이론 물리, 원자학에 관한 책들을 중심으로 읽었다.

'자연 과학 개론'은 여러 종류를 읽었다. 과학에 관한 학문적 기초를 두루 살피고, 각 영역 사이의 관계와 과학의 바닥에 흐르는 근본 정신을 역동적으로 이해하는 데 도움이 되었다. 아인슈타인의 상대성 이론을 소개하고, 뉴턴과 퀴리 부처의 학구적 열의를 소개한 대목은 학문의 즐거움이 어떤 것인가를 말해 주는 것 같았다.

'화학' 과목을 가르치는 이장화 선생님 집, '물리' 과목을 가르치는 김형선 선생님 집을 찾아 과학에 관해 많은 질문을 했다.

노벨 화학 수상자 명단을 챙겨 보기도 했다. '동아일보'에 연재되는 허 령(許鈴) 교수의 과학에 관한 글은 꾸준히 읽었다. 허 령 교수는 서울 세종로에 소재하는 중앙화학연구소장의 직분을 겸하고 있었다.

과학 책을 읽어 갈수록 과학에 대해 알아야 할 것은 많았다. 진주 극장 옆에 위치한 큰 서점에 수시로 들러 책의 갈피를 수없이 뒤적이었다. 책을 사지는 않으면서 이 책 저 책을 뒤지는 것이 서점 주인에게 멋쩍기도 했다. 서점 문을 들어서서 안쪽으로 조금 걸어가다 왼쪽 벽면을 보면, 내 키보다 훨씬 높은 시렁에 꽂혀 있는 매우 두툼한 '양자역학'이란 책은 그 이름만으로도 매혹적이었다. 그러나 그 책은 언제나 나에게 환상적인 그림의 떡으로만 존재할 뿐이었다.

과학에 관한 책을 많이 읽은 덕택으로 나는 학교에서 '화학' 시험을 볼 때면 으레 주관식 문제의 답을 학문적으로 진술해 나갔다. 화학 준비실에서 채점하던 선생님은 나를 따로 불러 과학 공부의 성과를 칭찬해 주곤 했다.

신문에 나오는 과학 기사는 꼼꼼히 읽었다. 사범학교 3학년(1960) 때에는 '국방과학연구소' 회원소연구반(希元素硏究班)에서 모나사이트(모나자이트, monazite)에서 원자력 연료의 하나인 토리움(토륨, thorium)을 분석해 냈다는 신문 기사를 여러 번 읽었다.

기사는 모나사이트를 알카리 분해하여 산화토리움으로 만들고, 이를 다시 용융염전해(熔融鹽電解) 방법에 의한 환원 방법을 써서 토리움을 빼냈다고 했다.

그리고 기사는 해설란을 통해 토리움(thorium)에 대해 다음과 같은 내용으로 설명하고 있었다.

"〈해설〉 Thorium TH(원자 번호 90)(원자량 232)

독일의 슈미트와 프랑스의 퀴리 부인이 방사선 원소임을 발견한 것으로 근래에 와서는 원자로 운전에 우라늄235 다음 가는 원자력 연료"

진주사범학교는 내가 2학년일 때 서쪽 나직한 동산 근처에 '음악당'을 지었는데, 1959년 12월 17일에 낙성식(준공식)을 했다.

1층 앞쪽에는 무대가 있고, 무대 위에는 음악 감상을 위한 스테레

오 장치를 했다. 무대를 향해 학생들은 편안한 자세로 음악 학습을 할 수 있도록 좌석 배치를 했다. 2층은 현관 위에서부터 무대를 향해 왼쪽으로 벽을 따라 가장자리에 조그만 칸들을 만들어 오르간을 넣었다. 학생들은 그 전까지는 옛 기숙사 2층에서만 오르간 연습을 할 수 있었는데, 음악당이 생기고서는 주로 음악당 2층에서 오르간 연습을 했다.

이 '음악당' 공사가 한창 진행되고 있던 가을이었다.

가을 소풍이 있던 날, 나는 학급 반장이지만 학급 일을 부반장과 운영 위원에게 부탁하고 결석을 했다. 아버지와 나는 진주봉래국민학교 구내 이발소에서 일하고 있었지단, 이발소가 높은 지대에 있어 학생들이 집으로 돌아가서는 주로 집 근처의 무허가 이발소나 행상 이발사에게서 이발을 하곤 하여, 구내 이발소에는 손님이 적었다. 이발료도 워낙 싸서 식구들의 생계와 학비 충당이 너무나 어려웠다. 그래서 나는 교과서 진도가 나가는 날기 아닌 소풍날을 이용하여 어디선가 품삯 일을 해 보아야겠다고 작정하였던 것이다.

일자리가 없어 실업자들이 많고 끼니때가 되면 이집 저집을 돌며 밥 얻으러 다니는 사람들을 예사로 보던 시절이었다. 일찍부터 시내 곳곳을 찾아다녀도 일자리를 구할 수가 없었다. 오전 10시쯤에는 학교로 갔다. 학교에는 음악당 공사로 타쁜 일꾼들만 있고, 학생은 나 혼자뿐이었다.

나는 공사장 일을 할 테니, 품삯을 줄 수 있겠는가고 물어 보고 싶었지만, 그 말을 꺼낼 수가 없었다. 내 학교 일을 내가 하고서 삯을 달라고 하는 것은 염치없는 노릇이라고 생각했다. 나는 수북이 쌓인 모래더미로 가서 일꾼들의 지게에 삽으로 모래를 퍼 얹어 주었다.

그러다가 삽을 모래더미에 꽂아 세우고는 운동장을 맴돌았다. 언젠가 어느 화학 책을 읽은 대목이 문득 희미하게 떠올랐기 때문이다. 아마도 '파라핀'인 것 같은데, 그것이 확실하지가 않았다. 어쨌든 그 물질이 유리에 닿으면 유리가 녹는다는 대목이 떠올랐다.

혼인식 선물, 집들이 선물, 개업 선물로 사람들은 주로 거울이나 유리 액자를 준비했다. 거울과 유리의 표면에는 페인트로 "축 결혼", "축 개업", "행복을 빕니다" 등의 글씨를 써 넣곤 했다. 나는 화학 물질을 이용하여 거울이나 유리의 뒷면에 글자나 그림을 새기면 거울 표면이나 유리 표면이 본디의 모습을 잃지 않으면서 예술성을 드러낼 수 있을 것이라는 생각을 했던 것이다.

나는 그러한 물질이 '파라핀'이 틀림없는지 기억을 더듬어 보려고 애썼다. 그리고 그것이 현실적으로 가능할지 여러 모로 상상해 보았다. 야간 고등학교나 야간 대학을 다니는 학생이나 휴학을 한 학생들은 낮에 가정이나 직장을 돌면서 양말, 칫솔 등을 팔아 학비를 마련하는 수가 많았다. 만약 나의 생각이 현실로 옮겨질 수 있다면 집안 형편에 도움이 될 것 같았다.

그러나 그런 확실한 약품을 구하기도 어렵고, 모자라는 시간을 그런 제품을 만드는 데 사용할 수도 없어, 그날 저녁 무렵에는 결국 그 일을 포기하기로 했다. 이렇게 나의 과학 공부의 파장은 나의 생활 속에 문득문득 끼어들곤 했다.

1학년(1958) 9월 하순, '태권도반'이 해체되어 '영어 회화반'으로 옮긴 나는 영어 회화 실력이 뛰어난 정찬규 선생님의 지도를 받으며 좋은 시간을 보낼 수 있었다. 정찬규 선생님은 정규 영어 시간에는 학생들에게 교과서의 본문을 영어 연극으로 꾸며 보도록 했다.

학생들의 영화관 출입은 학교에서 인정한 단체 관람에 한하여 허용되었다. 그런데 1학년 때 10월 어느 날, 1, 2학년 영어 회화반 소속 10여 명의 학생들은 5교시 수업만 하고, 정찬규 선생님과 함께 지은 지 얼마 되지 않은 '국보극장' 에서 영화 관람을 하게 되었다. 그것도 '학생 관람 가(可)' 가 아닌 영화였으니, 우리는 매우 파격적인 영화 관람을 하게 된 것이다.

영화 제목은 '이유 없는 반항' (Rebel without a Cause)이었다. 주연 배우는 제임스 딘(James Dean)이었다. 나중에 안 일이지만, 제임스 딘은 미국 캘리포니아대학교 연극과를 졸업하고, 영화 '자이언트', '에덴의 동쪽' 에 출연하여 위대한 배우(one of the greatest actors of all time)로 평판을 받고 있었다. 그는 1931년에 태어나, 24살에 교통사고로 사망함으로써 짧은 생애를 마쳤다. 우리가 화면으로 제임스 딘을 보았을 때, 그는 이미 이 세상 사람이 아니었던 것이다.

영화의 대사는 원어로 나왔고, 한글이 자막으로 나타났다. 영화는 원만한 가정에서 자리지 못한 반항적인 주인공의 절망감과 고독감과 심리적 갈등을 개성 있게 잘 나타내었다. 주인공이 입고 있는 빨간 잠바가 인상적이었다. 자동차 경주에서 친구가 절벽으로 떨어져 죽은 뒤의 충격과 하루 저녁에 친구 둘을 잃은 주인공의 울부짖는 모습 등은 미국 사회가 품고 있는 청소년 문제의 한 단면을 폭로하는 것 같았다.

영화 관람 이후 '영어 회화반' 학생들은 클럽 활동 시간이 되면,

정찬규 선생님이 영화관에서 녹음한 영어 대사를 들으면서, 듣기 훈
련을 되풀이했다.

2학년 때에도 나는 '영어 회화반'에서 클럽 활동을 했다.

나를 비롯한 몇 친구들은 가끔 영어 선생님의 녹음기를 빌려 학교
숙직실에서 영어 대화 연습을 했다.

    Dick : Hell, Bob.

    Bob : Hi, Dick.

          How are you?

    Dick : Fine. Thank you. And you?

    Bob : I'm fine too. Thank you.

      (이하 생략)

타자로 쳐 등사를 한 교재의 표지를 위로 넘기면, 'Dialogue One'
(대화 1)은 위와 같이 시작되었다. 우리는 교재를 보지 않고 따라 할
수 있을 때까지 연습을 되풀이했다.

세월이 지나면서 친구들과 널리 사귀어 갈수록 나는 일반 사회인
들이 말하듯이 사범학교 학생들은 모두가 두뇌가 뛰어나고 저마다
특출한 그 무엇을 지니고 있음을 알았다. 비록 영어 수업 시간 수는
적었지만, 영어 회화 실력을 꾸준히 가꾸는 학생들도 많았다. 얼른
보아도, 1학년 2학기 때에는 조무제, 최우림, 정현식, 박순영, 김영
종, 박인현, 박영조, 김삼주 등의 영어 회화 실력은 돋보였다.

2학년 어느 날, 나는 최우림을 비롯해 몇 학생들과 함께 촉석루 근

처에 있는 '미국공보원' (USIS)을 방문했다. 미국공보원 가까이에 살고 있는 최우림은 그곳 한국인 직원들과 친근한 모습으로 말을 나누었다. 최우림의 적극적인 노력으로 우리는 영어 회화 공부에 도움이 될 영상물 상영을 관람할 수 있었다.

모두 13부로 된 'The Making of America' (미국의 건립)라는 영상물이었다.

이것은 '미국의 소리' (Voice of America) 방송을 위하여 미국의 저명한 역사가인 콜롬비아대학교 교수 앨런 너빈스(Allan Nevins)가 집필한 것으로서 각 부가 7분간씩 상영되었다. 미국의 식민지 시대, 독립 전쟁 시대, 독립 초기의 미국 역사를 주제로 삼고 있었다. 각 부는 스크린에 비치는 영상에 맞추어, 먼저 아나운서의 개론적인 말이 나오고 이어서 해설자의 해설이 끝까지 진행되는 형식을 취하고 있었다.

내용은 제1부 '미국의 인종 혼합의 발단' (Beginning of The American Melting-Pot), 제2부 '식민지 시대의 종교적 분쟁' (Religious Difference in The Colonies), 제3부 '초기 식민지인들의 애로' 등으로 전개되었다.

우리는 미국공보원에서 처음 영상물 감상 겸 영어 듣기 공부를 한 후로는 한동안 수시로 미국공보원에 들러 직원에게 영상물을 상영해 달라고 했다.

역시 2학년 때, 친구 박영조의 주선으로 나와 또 다른 한 학생은 진주시 옥봉북동에 있는 진주성당에 가서 외국인 신부와 영어 대화를 나누었다. 한 분은 이탈리아에서 온 신부였고, 또 한 분은 미국에서 온 신부였다. 일주일에 한두 번씩 들러 약 40분 동안 영어 대화를 했다. 이탈리아에서 온 신부는 우리들처럼 영어가 서툴렀지만 친절했다. 대화 장소는 성당 정문을 들어서면 오른편에 조그만 콘크리트 건물이 있었는데, 주로 그 건물의 난간을 이용했다.

성당은 내가 일하는 진주봉래국민학교 이발소에서 멀지 않은지라, 다른 친구들이 신부와의 영어 대화를 중단한 뒤에도 나는 상당한 기간에 걸쳐 이탈리아에서 온 신부를 찾아 영어로 대화 나누기를 즐겼다. 화제는 성경, 고대 로마 신화, 이탈리아의 화산 등 다양했다.

사범학교는 영어 수업 시간 수가 적으므로, 영어 실력을 향상하자면 개개인의 노력이 그만큼 더 요구되었다. 당시 인문 고등학교 학생들의 대학 입시 준비 영어 참고서로는 '삼위일체'가 가장 인기가 있었다. 대학 수험 준비 학원에서도 주로 '삼위일체'를 교재로 사용했다.

나는 '삼위일체'를 공부하면서도, 영어 전문 서적에 해당하는 'AN OUTLINE OF ENGLISH SYNTAX'(영어 구문론) 책을 애용했다.

이 책은 내가 진주중학교 졸업 때 학교 도서위원장으로 성실하게 일한 것을 기리기 위해 연구부 선생님들이 별도로 돈을 모아 마련해 나에게 졸업 선물로 준 것이었다. 본문 708쪽에 index(찾아보기) 9쪽(경문사 발행, 단기 4290)으로 되어 있는데, 표지를 열면 하얀 면지에 붓글씨로 다음과 같이 씌어 있어 나에게 항상 기쁨을 주는 책이었다.

축 졸 업
허만길 군의 성실한 인간성을 이 책자로써 기림.

단기 4291년 3월 3일

진주중학교 연구부 일동

내가 직접 소속한 클럽 활동 부서는 아니지만, '서예반' 과는 특별한 사연이 있었다.

교원이 되려는 사범학교 학생들에게는 글씨 공부가 매우 중요하다. 그런데 학교에는 내가 입학하기 몇 해 전부터 서예를 지도하는 선생님이 없었다. 서예과 교원 자격증을 지닌 선생님을 찾기가 쉽지 않았던 것이다. 내가 사범학교에 입학하고 나서 몇 달 뒤에 비로소 서예과 선생님이 부임하였다.

새로 부임한 서예과 선생님의 직전 보직은 초등학교 교감이었는데, 국가에서 시행하는 고등학교 서여과(서도과) 교원 자격 검정고시에 합격하여 자격증을 취득한 실력 있는 분이었다. 하재옥 서예 선생님이 부임하자, 서예실이 새로 만들어졌다. 서예실에는 학생들이 분단별로 앉아 붓글씨를 공부할 수 있도록 대형 책상이 비치되었다. 각 대형 책상 위에는 큰 벼루와 먹이 놓여 있었다.

하재옥 선생님은 국가 시행 고등학교 서예과 교원 자격 검정고시에 합격한 후에는 여러 해 동안 고등학교 국어과 교원 자격 검정고시 준비를 해 왔다고 했다. 그래서 하 선생님은 우리들에게 '국문학사' 도 일주일에 한 시간씩 지도했는데, 학생들에게 실력을 크게 인정받았다.

부임한 그 해 10월이 되자마자, 하 선생님은 전교생 대상으로 서도 경시 대회를 열었다. 하 선생님이 부임한 지 몇 달밖에 되지 않은지라, 수업 진도로는 한글 기본 자모 쓰기 연습에 머물러 있던 즈음이었다.

나는 큰 붓으로 "발 없는 말이 천리 간다"를 흘림체로 내리쓰기(종서)를 했다. 나의 붓글씨는 어릴 때 서당에 다니면서부터 붓 쥐는 법(집필법), 붓 놀리는 법(운필법), 글씨에 넣는 힘(필력) 등을 어느 정도 이해해 왔던 터였다.

상의 등급은 특상, 우수상, 가작, 입선, 장려상 등으로 구분되었다. 1학년에서는 특상과 우수상을 받은 학생은 없었다. 내 붓글씨는 '가작'으로 뽑히었다. 나는 전교생 운동장 모임에서 상장과 상품(벼루)을 받았다.

상 장

가작   제1학년 송반

허만길

위는 금번 실시한 교내 서도 경시 대회에서

두서의 성적을 얻었으므로, 이에 표창함.

단기 4291년 10월 15일

진주사범학교장 장지형

서도 경시 대회가 있고 난 뒤에 학교에서는 클럽 활동 부서에 '서예반'을 신설하기로 했다. 서예반에 들어갈 학생들을 새로이 모집했다.

하 선생님은 내가 서도 경시 대회에서 상을 받은 이후로 서예 시간
이 되면, 나에게는 더 높은 수준의 한글과 한자를 시범으로 써 주고
서 별도로 연습하도록 했다. 그리고 하 선생님은 내가 서예반으로
옮겨 서예를 열심히 해 보기를 권했다.

나는 '태권도반'에서 '영어 회화반'으로 옮긴 지가 얼마 되지 않
았고, 영어 회화반이 나에게는 더 어울려 그대로 머물렀다. 그 대신
가끔 서예실에 들러 서예 연습을 했다. 시조, 대한민국 헌법 전문, 방
정환의 '어린이 예찬', 민태원의 '청춘 예찬' 등을 붓글씨로 썼다.
하 선생님은 2학년 때에도 내가 '서예반'에 들기를 권했지만, 나는
'영어 회화반'에 머물렀다. 그 대신 서예실에 자주 들러 선생님에게
인사를 드렸다.

진주에는 정부 수립 후 전국 문화 예술제로서는 처음이면서 전국
최대 규모인 '영남 예술제'가 1949년부터 해마다 가을에 열렸다. 내
가 사범학교 2학년일 때(1959)부터는 그 명칭이 '개천 예술제'로 바
뀌었다. 개천 예술제 기간에는 학생, 주부, 노인, 일반 직장인, 공무
원 할 것 없이 모든 시민들의 가슴은 설렘과 낭만으로 출렁이었다.

나는 2학년 때와 3학년 때 '개천 예술제'에 서예 작품을 내어 두
차례 모두 입선하여 '입선장'을 받았다. 하 선생님은 내가 서예반이
아니면서도 서예에 계속 관심을 지니고서 개천 예술제에 서예 작품
을 내어 입선하는 것을 기뻐했다. 그러나 하 선생님은 내가 서예반
에서 활동하지 않는 것을 늘 아쉬워했다.

2학년 때 받은 '개천 예술제'의 상장(입선장)은 다음과 같았다.

입 선 장

1. 部(*부) : 미술부

1. 科(*과) : 서예회과

1. 班(*반) : 고등부

소속 진주사범학교

성명 허 만 길

右者(*우자)는 독립 기념 제10회 개천 예술제의 두서에

입선되었기 본장을 준다.

단기 4292년 11월 8일

전국문화단체총연합회 진주지부

위원장 설 창 수

(참고 : ‘입선장’ 은 세로글씨로 되었음.)

나에게는 하루하루가 새로움이었다. 그 새로움의 하루하루에는 고통과 진통과 몸부림과 분주함이 요동치고 있었다. 그 요동치는 고통과 진통과 몸부림과 분주함은 나의 의욕과 희망에 찬 정열과 눈부신 낭만이 늘 함께하고 있었다.

사범학교 2학년 때의 낭만에 부푼 한 단면을 떠올려 본다.

아침밥을 먹은 뒤 책가방을 들고 집을 나서 100미터쯤 거리의 개울다리에 이르기까지 나는 먼저 오늘은 어느 쪽 길을 택할 것인가를 생각한다.

플라타너스가 울창한 시내의 포장도로를 걷기로 작정하면, 그것은 뭇 사람의 표정 읽기와 골똘한 생각의 등교 길이 된다.

10환에 두 동이의 물을 받기 위해 줄지어 선 공동 수돗가의 동네 아주머니들은, 나의 인사를 받고는 "저 학생의 맑은 눈동자를 보라."며 좀처럼 내게서 시선을 놓치지 않는다. 그 공동 수도에서 다시 200미터쯤을 걸어 진주중학교 동편 문을 지난다. 그 문으로는 진주고등학교 학생들도 중학생들과 함께 드나든다.

거기서부터 법원 로터리에 이르기까지는 중학교 동기와 후배를 연속으로 만난다. 나의 중학교 동기들은 진주고등학교에 가장 많이 진학했기 때문이다. 시선과 미소와 가벼운 안부와 악수를 나누며 분주하게 걷는다.

드디어 로터리의 오른쪽 넓은 길을 지나 다시 왼쪽으로 들어서서 조금 걸으면, 포장도로가 나오고 파출소, 헌병대, 간호학교, 경찰서가 나온다. 또 오른쪽으로 돌면 진주배영국민학교, 진주중안국민학교, 방직 공장을 차례로 스치게 된다. 포장도로에서 방직 공장에 이르기까지는 짙은 플라타너스 가로수에 심취하게 된다.

이 길은 명상과 사념의 분위기를 자아내는 가로수 길이다. 나와는 반대 방향으로 오는 사람들의 뭇 표정을 읽는 길이기도 하다. 일터로 향하는 밝은 감정과 무거운 어깨가 있고, 친구들과 상냥한 미소를 지으며 지나가는 단정한 여학생이 있다. 모자를 깊숙이 눌러쓰고 침울한 발자국을 남겨 무한한 연민을 주는 남학생도 있다. 희망찬 삶과 고달픈 세태가 일기장처럼 엮어지는 등교 길인 것이다.

만약 등교 길을 들판 쪽으로 택하게 되면, 그것은 낭만과 꿈과 우정의 길이 된다.

개울다리를 내려서서 진주고등학교의 뒷담과 비봉산 자락 사이의 좁은 샛길을 빠져 진주여자고등학교 앞을 지난다. 형무소(교도소)가 보이는 넓은 들을 가로지르고 남강으로 이어지는 큰 시내를 건넌다. 그리고는 들길을 걸어 학교의 뒷문으로 등교하게 된다.

이때는 진주여자고등학교와 들판의 중간 지점에 있는 친구들의 하숙집에 일단 들른다. 박길식, 안영조, 유정림, 정원효 등이 하숙하고 있다. 아침 시간에 곽갑두, 강완호, 조진래, 김일봉 등도 가끔 들르는 집이다. 하숙집 마당에는 간이 철봉대, 역기, 펀치볼, 주먹 단련용 샌드백(모래자루)과 정권대 등을 비롯하여 여러 운동 기구가 갖추어져 있다.

친구들의 아침 식사가 늦어지면, 나는 한바탕 운동 기구를 다룬다. 두 딸을 데리고 살아가는 하숙집 아주머니의 친절에 친구들이 늘 즐겁게 지내는 곳이다. 3학년 초에 내가 학도호국단 운영위원회 위원장(학생회 위원장)으로 선출되었을 때에는 하숙집 아주머니의 음식 장만으로 자축회가 열리던 집이기도 하다. 4.19 혁명 때 나와 나의 참모들이 모여 시위 계획을 은밀히 논의하던 곳이기도 하다.

늠름하고 믿음직하고 건장한 우리들 젊음의 행렬이 넓은 들의 논두렁길을 활개 치며 걸어가는 모습을 보았다면, 어느 누구도 감동하지 않을 수 없었으리라.

"너 요새 어느 정도 진행됐지?"

"묻지도 마아. 사슴('가슴'의 속어)이 아파서."

"아직도 혼자 닳아서 야단이구나."

"그러지 말고, 나한테 빵만 사 줘. 멋지게 소개해 줄 테니."

"웃기지 마아."

“하하하······.”

“하하하······.”

이렇게 즐거운 웃음이 있는가 하면, 속 깊은 이야기도 오갔다.

“만길아.”

“응.”

“내 좀 심각한 걸 물어 보겠는데, 넌 어려운 일을 당하면, 그 일을 처리해 나가기 위해, 어떤 마음자세를 지니나?”

“그건 한 마디로 말하기는 곤란하지 않을까? 왜냐하면, 부딪히는 장면에 따라 적응 방법이 다를 테니까.”

“그렇겠군.”

“그렇지만, 이런 마음자세를 가질 수도 있겠지. 즉 공자나 석가나 예수나 소크라테스나 칸트라면 이런 장면을 어떻게 대처할 것인가 하고 말이야.”

파란 냄새 풍기는 너르디너른 논밭이랑, 영혼 깊이 스미는 계절마다 독특한 바람 줄기, 그리고 황금의 보리이삭의 물결을 타고 오는 뻐꾹새의 울음소리는 한없이 멀고 먼 그리움들을 얼마나 아름답게 아롱지게 했던가!

나는 점심시간이면 책을 들고 자주 학교의 서쪽 동산을 올랐다. 벗들과 나란히 잔디밭에 눕곤 했다. ‘동심초’, ‘한 송이 흰 백합화’, ‘가고파’ 등 벗들은 멋들어지게 가곡을 불렀다. 가곡이 끝나면 노래는 유행가(가요)로 이어졌다. 책을 보고 있던 나는 책을 덮고 지그시 눈을 감았다 떴다 했다. 파드닥파드닥 바로 내 눈 위 낮은 허공의 한 점을 떠나지 않으려고 갖가지 재주를 부리며 무척 애쓰는 종달새와

호흡을 맞춘다. 종달새가 훌훌 날아가고 나면, 드디어 나도 어쩔 수
없이 친구들의 노래에 어울렸다.

　　"두견화 피는 언덕에 누워
　　풀피리 맞춰 불던 옛 동무야.
　　흰 구름 종달새에 그려 보는 청운의 꿈을
　　어이 지녀 가느냐, 어이 세워 가느냐."
　　(가요 '고향에 찾아와도' 에서)

　　"파랑새 노래하는 청포도 넝쿨 아래로
　　어여쁜 아가씨여, 손잡고 가잔다.
　　그윽이 풍겨 주는 포도 향기
　　달콤한 첫 사랑의 향기"
　　(가요 '청포도 사랑' 에서)

관찰 교육 실습과 누나의 죽음

사범학교 2학년(내 나이 16살) 겨울방학 중 1960년 1월 16일 토요일이다.

지금의 어려운 환경은 나를 참도록 하는 환경이다. 참도록 하는 것도 인생 환경 중의 하나이다. 어떤 시련이 불어 닥쳐도 참아야 할 때에는 참으면서 헤쳐 나가야 한다. 참더라도 학창 시절을 뜻있게 보내는 참음이어야 한다. 능력을 최고로 키우고 포부를 값지게 펼치는 그날을 위한 뜻있는 참음이어야 한다.

나를 갈고 닦아서 세상을 위해 크게 이바지할 수 있고, 사람들을 올바른 길과 진실 속으로 인도할 수 있게 된다면, 뜻있는 인생이 아니겠는가? 내 가슴에 간직된 불꽃을 크게 피워 인류의 선구자, 인도자, 개척자로서 빛을 보일 수 있도록 하자.

나의 결심과 정의 앞에는 가난이 허물일 수는 없다. 나의 기상아, 나의 기백아, 아무리 헐벗고 굶주리더라도 한 걸음 한 걸음 굳세게

나아가야 한다. 그리하여 내 자신과 세상과 많은 사람들에게 밝은
빛이 되어 비추어 보자.

　나에게는 다른 학생들보다 학업에 열중할 수 있는 시간이 너무도
적다. 다른 학생들이 한 시간에 이해할 것을 나는 일 분간에 이해하
고, 다른 사람이 열 자를 배워서 열 자를 알 것을 나는 한 자를 배워
서 열 자 백 자를 이해할 수 있어야 한다.

　지난날보다 매진할 앞날이 더 많다. 다른 사람이 이불 속에서 따뜻
이 지낼 때에도 나는 쉬지 않고 매진해야 한다.

1960년 1월 23일 토요일

　아침 5시 30분에 일어났다.

　북서풍이 앞산, 뒷산의 나무를 매섭게 때려 치는 소리가 어둠을 가
르고 방 안에까지 달려든다. 그 소리는 내 귓가에서 간신히 멈춘다.
문 밖에 나서니, 땅은 얼어붙을 대로 얼어붙었다. 땅을 조금만 잘못
디뎌도 뒤로 넘어질 판이다. 앙상하게 서 있는 말 못하는 나무들은
얼마나 차갑고 아프고 신경이 날카롭고 환경 적응이 어려울까.

　해가 늦게 뜨는 겨울이다. 어둑어둑한 가운데 이발 기구를 싼 이발
보퉁이를 들고 골목을 나섰다. 얼음덩이가 온몸에 들어앉는 듯했다.
콧날은 따갑고 소매 깃으로는 찬 바람이 드나들고 귀는 바늘로 찌르
는 듯했다.

　그래도 젊은 기운으로 뛰었다. 이발소 문을 열고 전등을 켜고 운동
을 했다. 조그만 난로에 장작불을 피워 몸을 녹이니, 솜이 부풀어 오
르듯 온몸이 날개 없이도 공중을 훨훨 날아갈 듯했다. 후련하게 날
아 더 높은 경지에 앉아 또 다른 경지에 도달할 것만 같았다.

누나 집에 갔던 여동생이 오늘 오후에 돌아왔다.

밤에 누나 집에서 가지고 온 땅콩을 먹어 가며 공부도 하고, 마당에 나가기도 하고, 앉은 자리에서 일어서기도 했다. 지각없는 아이처럼 행동하다가 누워 잤다.

1960년 1월 24일 일요일

음력 12월 26일이다. 요 며칠간의 추위는 어른들도 좀처럼 경험하지 못한 심한 추위라고들 한다. 아무리 추위를 느끼지 않으리라 마음먹어도 몸은 오들오들 떨렸다.

설날이 며칠 남지 않았는지라, 추위 속에서도 조그만 공간의 이발소에는 손님들이 차례를 기다리기 시작했다.

오후 4시에는 중학교 2학년쯤 되어 보이는 낯익은 여학생이 초등학생과 함께 이발하러 왔다. 이 시간쯤부터는 오래 기다려야 이발차례가 된다. 그 여학생은 날이 어둑해질 무렵 이발을 했다.

함께 온 초등학생과 나누는 대화에서 그 여학생의 집은 '배 건너'라는 것을 알았다. '배 건너'라는 말은 남강 건너라는 뜻이다. 이발소가 있는 진주봉래국민학교가 남강을 가운데 두고 진주의 북쪽 끝자락에 자리하고 있으니, 배 건너까지는 아주 먼 거리이다. 'KSS'라 새겨진 운동화를 신은 여학생이었다. 오래 기다려 멀리까지 가야 하는 여학생에게 미안하다는 생각이 들었다.

내일은 겨울방학을 마치고 개학하는 날이다.

'마음', '정신', '영혼', '육체', '물질'이란 무엇이며, 그들 사이의 본질적 관계는 무엇인가를 구명하려고 하면 할수록 어렵다는 생각이 든다.

잠들기 전에 몇 가지 금언을 명상해 보았다.

"군자는 나이가 장차 쇠할 것을 근심치 않고, 뜻이 게을러질까를 근심한다."(중용)

"한가한 사람은 방죽 물과 같다. 마침내 썩고 말리라."(프랑스 격언)

"착한 사람이란 자신의 양심의 명령에 순종하는 사람인데, 착한 사람이 되자면 양심의 소리가 신의 소리라는 것을 체득할 때까지는 불가능하다."(간디)

"진리는 오직 충실한 추구의 성의로써만 파악할 수 있는 것이다."(마명)

1960년 1월 26일 화요일

겨울방학을 마치고 처음 등교한 날이다.

오전 수업으로 정규 일과가 끝나고, 오후에는 2학년 담임선생님 네 분의 요청에 따라, 2학년 학생회 대의원회(각 학급 반장, 부반장, 운영위원으로 구성)가 열렸다. 매반(3반) 반장인 나도 참가했다.

방학 생활에 대한 반성을 하고, 3월 한 달을 지나면 3학년이 되는데, 그때까지 2학년 생활을 성실히 이루어 가자고 다짐했다. 선생님은 대의원회에서 지금까지는 없었던 2학년 학생들의 관찰 중심 교육 실습이 다음 달에 있게 될 것이라고 했다.

1960년 1월 27일 수요일

음력 섣달 그믐날(12월 29일)이다. 음력으로 기해년(己亥年) 마지막 해가 지는 날이다.

어머니는 설을 맞이하기 위해 오늘 고향으로 갔다.

학교에서 집으로 돌아오니, 진주봉태국민학교에 다니는 여동생도 뒤따라 들어왔다. 이발소 일이 한가하니, 나더러 천천히 이발소로 가도 될 것이라고 했다. 막상 그믐날이 되고 보니, 어제보다 오히려 손님이 뜸한 것이었다.

방에 누워서 잠깐 쉬었다가 이발소로 갔다.

이발소 창문으로 보이는 능금 같은 저녁 해가 한 해의 마지막을 크게 아쉬워하는 듯 장엄한 황혼을 장식하고 있었다. 장엄한 장식 속에 떠 있는 몇 개의 구름덩어리는 황홀하면서도 약간의 시름이 깃들인 것 같았다.

능금 같은 저녁 해와 장엄한 황혼을 바라보는 나의 온몸의 피는 나의 눈을 상기시키고, 상기된 눈은 굳은 결심이 되어 불꽃을 튀겼다.

해가 가고 달이 가서 세월이 흐르니, 이 젊음 또한 뜨겁게 전진하지 않을 수 있으랴. 말은 고요하여도 마음은 항상 진리와 이상에 대한 물음으로 가득하다. 목말라 허덕이는 밤하늘의 외로운 별처럼 흥분을 가라앉히지 못하고, 나의 가슴이 터질 것만 같다.

나의 앞날을 생각해 본다.

인제 다른 도리가 없다. 우선 4월부터 시작되는 3학년 때에는 국가 시행 중학교 교원 자격 검정고시를 치러, 중학교 교원 자격증을 받아야 한다. 책을 사 보고 빌려 보고 어떻게 해서든 이 관문을 이루어내야 한다. 그리고 고등학교 교원 자격 검정고시 응시 자격(학력이 고등학교 졸업 이상이라야 함.)이 갖추어지는 대로 고등학교 교원 자격 검정고시에도 합격하여야 한다. 전공은 여러 가지를 고려할 때

국어과로 하는 것이 좋겠다. 이 점을 염두에 두고 나의 시간 운영을 착실히 하여야겠다.

고진감래(苦盡甘來)! 열심히 갈고 닦아서 훌륭한 사람이 되어, 인류와 세상의 빛이 되자. 어떤 역경에 부딪쳐도 역경을 넘고 넘어 이루어내자.

1960년 1월 28일 목요일

설날이다. 음력으로 경자년(庚子年)이 시작되는 날이다.

아버지는 새벽차를 타고 고향에 가려고 버스 정류소로 나갔지만, 오늘은 새벽 버스가 없어 집으로 되돌아왔다가, 그 다음 버스로 출발했다.

정부에서 양력설만 인정하고, 이중과세(양력과 음력으로 두 번 설을 쉼)를 금하고 있다. 그래서 오늘이 음력설이지만 학교에 공부하러 갔다. 오전 수업만 했다. 음력설을 금하는지라 관공서와 학교가 문을 열었지만, 명절 분위기는 곳곳에서 풍기고 있었다.

아들과 같은 음식점에서 종업원으로 일하는 집주인 할머니가 점심을 함께 먹자고 했다. 여동생은 우리 방에서 점심을 먹고 나 혼자 집주인 방으로 갔다. 집주인 방에는 할머니의 아들과 아들의 친구가 있었다.

따뜻하게 차려 주는 점심을 세 사람이 함께 먹었다. 식사 후 두 청년은 영화 보러 갔다. 집주인 할머니가 떡과 과자와 유과를 가져왔다. 단단한 떡을 화롯불에 구워 나에게 먹기를 권했다.

그러면서 할머니는 아들의 친구 이야기를 했다.

100

그 청년은 제주도가 고향이라고 했다. 그는 어릴 때 아버지를 여의었다. 어머니는 개가하고, 할아버지와 여동생을 고향에 남겨두고 바다 건너 멀리 경상도 진주에까지 왔다. 이발소에서 이발 기술을 익혀 가며 생계를 유지하고 있는데, 나이는 스물세 살이다.

그 청년은 할아버지와 여동생이 보고 싶어 못 견뎌하고 있다고 했다. 혼인을 언약한 처녀가 있다. 셋방을 얻어 혼인을 하고 가족이 한데 모여 지내는 것이 큰 꿈이라고 늘 말한다는 것이다.

그래서인지 그 청년은 아까 점심 식사를 하면서도,

"나는 명절이 닥쳐오면 오히려 눈물이 난다." 고 말하며, 북받쳐 오르는 감정을 억누르려는 듯 술을 벌컥벌컥 마구 마시던 것이 생각났다.

또 집주인 할머니는 자신이 근무하는 식당에서 함께 일하는 열대여섯 살 되는 종업원에 대해서도 걱정을 했다

그 종업원은 양친이 다 돌아가시고, 고향에 어린 동생 둘만 남겨두고 있다. 그 종업원은 옷도 제대로 챙겨 입지 못하면서, 얼마 안 되는 월급을 모아 두었다가 명절이 되면, 제사장을 보고 동생들의 양말과 옷가지를 사 가지고 고향으로 간다는 것이다.

이번 설에도 고향에 가서 동생들을 만나고 아버지, 어머니에게 차례를 올려야겠는데, 모아 둔 돈이 없어 고향에 갈 형편이 되지 못했다. 이를 태산같이 걱정하고 있기에 집주인 할머니가 식당 주인에게 말하여 5,000환을 빌려 주도록 했다. 그 종업원은 그 돈으로 조기 몇 마리를 사고, 어린 동생들의 양말과 속옷과 겉옷을 사 가지고 갔다는 것이다.

명절이지만 헐벗은 몸으로 쓸쓸하게 지내는 사람들이 오죽이나 많을까.

아버지, 어머니가 고향으로 간 뒤, 여동생과 함께 있는 나도 쓸쓸함을 느끼는데, 그들의 마음은 오죽할까. 그리고 도시에 와서 하숙이나 자취를 하며 공부하고 있는 내 친구들은 이 설날에 떡국 한 그릇이라도 설날 기분을 느끼며 따뜻하게 먹었는지 마음이 쓰인다.

1960년 1월 30일 토요일

그저께가 설이었는지라, 이발소 문은 다음 주부터 열기로 했다.

토요일 오전 수업을 마치고, 오후 3시부터는 단체 영화 관람을 하기로 되어 있었다. 나는 영화 관람을 하지 않고 책 읽기에 열중했다.

저녁에는 우리 집 가까이에 사는 허종찬 아저씨 집에서 연락이 왔기에 '토정비결' 책과 책력을 들고 갔다. 해마다 음력 정월 한 달 동안은 동네 사람들에게 토정비결을 보아 주어 왔는데, 오늘도 몇 사람이 차례를 기다리고 있었다. 대가는 받지 않으려고 했지만, 100환을 두고 가는 아주머니도 있었다.

사람들은 가끔 나에게서 혼인날, 이삿날을 받아 가기도 한다.

1960년 2월 20일 토요일

새벽 4시 30분에 일어나서 호롱불을 밝히고 공부하다가, 6시쯤 뒷산을 올랐다. 겨울과 봄의 경계에 와 있는 즈음인데, 산꼭대기에서 바라보이는 포근한 구름은 봄의 소생의 자비를 머금고 있었다. 차갑지 않은 산 공기에 봄 향기가 실버들처럼 하늘거리고 있었다.

산 아래 시내를 하얗게 덮고 있는 안개는 내가 신선처럼 공중을 두

둥실 떠다니는 것으로 느끼게 했다. 어느덧 나는 풍월주가 되어 있었다.

토요일 오전 수업을 마치고, 2학년 전체 4학급(남학생 3학급, 여학생 1학급) 217명은 강당에 모였다.

지난 1월 26일 학교에서 2학년 학생회 대의원들에게 예고했던 대로 모레(1960. 2. 22. 월요일)부터 실시하게 될 관찰 중심 교육 실습에 대한 지침 설명이 있었다. 문경철 교감선생님의 격려에 이어, 교육학 전공 신윤철 선생님의 구체적 설명이 있었다.

종전까지의 교육 실습은 재학 중에 두 차례 있었는데, 모두 3학년 중에 실시되었다. 하나는 3학년 여름방학이 끝나고 나면 곧 진주 시내 각 국민학교(초등학교)에서 약 2개월간의 교육 실습을 하는 것이고, 또 하나는 졸업을 앞두고 진주 시내 외의 각 지역 국민학교에서 2주간 동안 교육 실습(이를 '지방 교육 실습'이라고들 했음.)을 하는 것이었다. 지방 교육 실습은 그렇잖았지만, 진주 시내 교육 실습은 학업 성적 평가 대상이었다.

그런데 이번에는 사범학교 학생들의 교육자 자질 연마에 더욱 더 기여하기 위해 2학년 때 관찰 중심의 교육 실습을 실시하기로 한 것이다. 국민학교 교육의 실제 장면을 직접 관찰함으로써 교육 정신의 체득, 교육 활동의 계획과 실천, 아동의 이해를 통하여 교육자로서 지녀야 할 자질을 연마하는 데 기여하고자 하는 것이 그 목적이었다.

교육 실습 기간은 2월 22일(월요일)부터 2월 27일(토요일)까지 1주일 동안이다. 217명의 학생들은 진주사범학교 부속 국민학교(55명), 진주중안국민학교(54명), 진주봉래국민학교(54명), 진주천전국민학교(54명)로 나뉘어 교육 실습을 하게 된다.

나는 진주봉래국민학교로 배정되고, 교육 실습생 대표로 지명되었다.

각 국민학교별 교육 실습생 대표는 집에 가는 길에 교무실에 들러 달라는 선생님의 말씀에 따라, 나도 신윤철 선생님에게로 갔다. 교육 실습생(줄여서 '교생', '실습생'이라고 함.) 출근부를 인수하고, 실습 학교 교원들이 사용할 교생 지도용 '교육 실습 지침서' 14권을 받았다.

저녁 때 진주에서 약 22km 밖에 사는 매형이 우리 집에 잠깐 들렀었다. 누나가 몸이 많이 아프다고 했다. 가슴이 철렁했다. 불길한 생각도 덮쳤다.

누나가 어서 건강하기를 빌었다. 집에 앉아서만 빌 수 없어서 의곡사 절로 달려갔다. 스님들의 저녁 공양 목탁 소리가 들렸다. 사천왕상을 지나 돌계단을 올라 절 마당에 들어섰다.

절 마당에서 대웅전을 향하여 절하며 누나의 몸을 어서 낫게 해 주기를 빌었다. 나의 기도가 부처님의 귓전에 제발 울리기를 바랐다. 작년 가을에 태어나 5개월이 될락 말락 하는 아기 순옥이와, 두 돌이 되자면 아직 한 달이 지나야 하는 첫딸 순희가 엄마를 향해 먹을 것을 찾는 모습을 상상했다. 어서 누나의 건강이 회복되기를 빌었다.

한참을 기도하고 절 문을 나서니 스님 한 분이 절을 향해 올라오고 있었다. 산기슭을 내려와 동네로 들어서기 전에 또 한 분의 스님이 절을 향해 오르는 것을 지나쳤다. 나는 다시 스님의 뒤를 따라 절에 들어섰다. 절 마당에 서서 고통받는 누나의 건강이 어서 회복되도록 도와주기를 빌고 빌었다.

1960년 2월 22일 월요일

어디에서 무엇을 하든, 누나의 건강 회복을 비는 마음이 가득했다.

진주봉래국민학교에서 교육 실습을 하는 첫날이다. 진주봉래국민학교는 바로 내가 일하는 이발소가 있는 학교이다. 매일 대하던 학교의 학생들이지만, 교육 실습 기간에는 학생들의 낱낱의 행동과 활동을 교육적인 관점에서 관찰하고 교육적 지도를 모색해야 한다.

우리들의 '관찰록' 은 교직원회 지시 및 전달 사항, 학교 행사, 학급 행사, 학생들의 아침 생활, 수업 시간별 학습 활동, 청소 및 점심 시간 활동, 정규 시간 후 학생 활동, 실습 학교 교원의 실습생에 대한 강화 내용, 실습생 토의 내용, 그리고 하루 생활의 반성 및 소감을 기록하도록 구성되어 있었다.

사범학교에서는 우리들에게 실습 학교에서 치밀하게 끊임없이 관찰하고 배우고 생각하고 지도하고 토의하고 반성하면서 교육자의 자질을 연마해 나가기를 바랐던 것이다.

나는 일찍 등교하여 이발소의 난롯불을 피우고, 이발 기구를 정리했다. 교직원 및 학생들과의 인사가 있기 전이지만 학생들의 아침 생활을 관찰했다.

어린이들은 순진하고 생기발랄했다. 활발히 교정에서 뛰노는 모습은 어린이들이 품고 있는 약진하려는 심정을 그대로 드러내고 있는 것 같았다.

이상한 것이 있으면 신기하게 접근해서 살펴보는 모습은 스스로의 교육적 성장을 의미하는 것이다. 모자를 쓰고 교복 차림을 한 청년들이 여기저기 눈에 띄자, 그들은 조심성 있게 슬쩍슬쩍 다가가 여러 가지를 물어 보기도 했다. 저것이 어린이들의 호기심이며 기상이라는 생각이 들었다.

아침 교직원 조례에서 김정호 교장선생님이 교육 실습생들을 위한 격려의 말을 했다. 이어서 사범학교 서홍규 지도 주임선생님이 실습 학교 교직원들에게 고마움의 인사말을 했다. 그리고 나서 내가 남학생 40명, 여학생 14명 모두 54명의 교육 실습생을 대표하여 교직원들에게 인사말을 했다. 운동장에서 거행된 전교생 모임에서 교육 실습생 소개가 있었다. 소개가 끝난 다음 나는 교육 실습생 대표로서 학생들을 향해 인사말을 했다.

첫째 시간에는 전체 실습생들이 교무실에 모여 실습 학교에서 준비한 '교육 실습 요항'을 배부받았다. 박민기 교감선생님의 격려와 교무 주임선생님의 실습 기간 중 유의 사항을 들었다. 교무 주임선생님은 끝말에서 진주 시내에서 가장 역사가 오래고 실력이 가장 뛰어난 본교에서 교육 실습의 효과를 크게 거두어 주기를 바란다는 것을 강조했다.

54명의 실습생들은 11학급에 배정되었다. 나는 2학년 6반 정현자 선생님 학급에 배정되었다.

둘째 시간에 학급에 들어가 학생들과 인사를 나누고서, 곧 산수과 수업을 관찰했다.

학생들은 시계판을 통해 시계 보는 법을 학습했다. 교사는 '큰 바늘'은 '긴 바늘'로, '작은 바늘'은 '짧은 바늘'로 말해야 옳다는 언어 지도도 했다. '10시 50분'과 '11시 10분 전'이 같다는 것을 시계판으로 알기 쉽게 지도했다.

　교구가 잘 마련되었고, 홍미 있게 수업이 전개되었다. 주로 문답식 수업법을 택했는데, 학생들의 발표력이 활발했다. 학생들은 쉬는 시간이 되자, 책걸상을 잘 정돈하고 질서 있게 행동했다. 당번은 쉬는 시간에 창문을 열어 공기를 바꾸고 간단한 청소를 했다.

　셋째 시간은 국어과 시간이었으며, 단원은 '장난꾸러기 토끼'였다.

　교사는 이 시간 학습 내용에 대한 홍미를 불러일으켰다. 때때로 교사가 일부러 동화에 대해 거짓 설명을 하면, 학생들은 날카롭게 잘못을 지적했다. 교재를 설명하기 위해 학생들이 그려 온 토끼, 거북, 고래 그림을 칠판에 걸었다. 교사는 학생들이 동물원에 있는 여러 동물을 상상하도록 했다. 학생들의 글 읽기 실력은 비교적 좋았다.

　넷째 시간은 미술과 시간이었다. '고실을 깨끗이'라는 주제를 주어, 9절 켄트지에 크레용으로 상상화를 그리도록 했다.

　수업이 끝나고 청소 시간이었다. 모든 학생들이 책걸상을 뒤로 옮기면서 교가를 제창하도록 했다. 교실은 우렁찬 소리 바다였다. 이것은 정서 함양에도 도움이 되고 딱딱한 청소 시간을 부드럽게 만드는 역할을 했다.

　청소가 끝난 뒤, 일부 학생은 내일 국어과 시간의 극화 학습을 위해 담임교사와 함께 교실에서 극화 학습 연습을 했다.

　극화 학습 연습을 하는 학생들 외에도 남은 몇 학생들은 건물 주변에서 통차기(깡통차기) 숨바꼭질을 했다. 그들이 희희낙락 즐기는 놀이를 보며, 이런 놀이를 통해 그들은 사회성을 기르고 있다는 것을 곰곰 생각했다.

수업이 끝난 뒤 교육 실습생들은 다시 교무실에 모였다.

먼저 교감선생님으로부터 학교 경영에 관한 이야기를 들었다. 학교의 위치가 소란한 시내 중심지를 벗어나 뒷산 숲을 간직하고 있어, 교육에 악영향을 미치는 요인은 별로 없다고 했다. 학교가 높은 위치에 있는 관계로 학생들의 기상이 높은 편인데, 학교의 면적이 적고 울타리가 없는 것이 고민이라고 했다.

교무 주임선생님은 실습생들이 학습 참관을 할 때에는 교사의 교재관 확립, 학습 지도의 명확성, 학생 활동의 다양, 학습 환경 구성, 학습 평가, 학급 관리 등에 유의해 보라고 했다.

교직원 조례, 종례는 매일 있었는데, 종례 후 실습생과 지도 교사는 교실로 가서 여러 가지 이야기를 나누었다.

정현자 선생님은 학습 효과를 위해 마련된 교구는 보통 각 교사들이 방학을 이용해 만들었던 것을 학교 자료실에 간직해 두었다가, 수업 중에 사용한다고 했다. 학생들의 작품을 솜씨 그대로 교실에 진열해 학습 동기 유발 및 생활 지도에 활용한다고 했다.

우리는 학생들의 숙제에 관해서도 이야기를 나누었다. 적당한 양의 숙제는 교육적으로 유익하며, 실력 향상에 도움이 된다는 것에 공감했다. 만약 숙제를 해 오지 않은 학생이 있으면, 벌 청소 등을 부과하는 것도 괜찮지만, 다른 학생들과 보조를 맞추기 위해 별도의 시간을 내어 숙제를 완전히 하도록 하는 것이 좋겠다는 생각이 들었다.

정현자 선생님은 학습 방법이 용의주도하고, 매우 숙련된 교수법을 발휘했다. 칠판 글씨는 어린이들의 글씨 모방에 영향을 미치게 되는데, 정 선생님은 글씨도 또박또박 깨끗하게 잘 썼다.

　나는 교육자가 될 사람으로서 첫 교육 실습의 첫날을 이렇게 보내고서, 다음과 같이 하루를 반성했다.

　"이때까지 학교에서 이론에만 그치던 우리들의 공부는 일변하여 실질적인 교육 장면에 부딪혔다.

　처음 교실에 들어섰을 때에는 행여나 아동들에게 실수를 저지르지 않을까 염려되어 서먹하였으나, 곧 그런 생각은 떠나고 어린이의 세계에 뛰어들 수 있었다.

　'백문불여일견' (百聞不如一見 : 백 번 들어도 한번 보는 것만 못하다)이란 말은 어느 시대, 어느 곳에나 두루 통할 수 있는 관용어임에 틀림없다. 교육 장면을 직면하고 보니, 교사가 능숙한 수업 기술로써 어린이를 잘 이끌어가는 것이 보는 이에게는 자연스럽기까지 하지만, 여간 어려운 일이 아닐 것이므로 우리들 후진은 현장에서 많이 배워야 할 것이다.

　비록 교육하는 일이 어렵다 할지라도, 거기에는 심오한 즐거움도 동반한다. 가르치는 이와 배우는 이 사이에는 신비로운 인연의 끈이 이어지게 된다. 광막한 사막에 꽃 한 송이 길러내는 데는 갖은 심혈의 고통이 필요하다. 사람을 가치의 방향으로 이끌어가는 것은 어둠 속에서 불꽃을 발견하는 것과 같이 보람찬 일이다.

　무르익을 대로 무르익은 교사의 세련된 수업 기술, 자연스러운 분위기를 조장하면서 개성을 존중하는 가운데 수업 목표를 질서 있게 달성해 가는 것은 얼마나 많은 노력과 경륜의 결과이겠는가.

　가족적인 교실 분위기는 축복받을 일이다. 좋은 교육은 이론만이 아니라, 연구와 정성과 기술적 연습과 희생적 보살핌을 절실히 요구한다는 것을 명심해야 하겠다.”

교육 실습 근무를 마치고 이발소로 향했다. 지나가는 학생들이 “교생 회장, 교생 화장…….” 하면서 자기들끼리 무어라 말들을 했다. 오늘따라 이발 손님들이 많았다. 교복 웃옷을 벗어놓고 일했다. 아버지는 나 없을 때에 실습 나온 친구들이 몇 다녀갔다고 했다.

1960년 2월 23일 화요일

출근하던 길로 교실에 들어가니, 교실 청소를 하는 학생이 있었다. 당번인가고 물었더니, 아니라고 했다. 2월의 생활 목표가 ‘스스로 일하는 태도를 갖자’ 이어서 생활 목표에 감화받아 스스로 청소를 하는 것일까 하고 그 학생에 대해 여러 가지를 생각해 보았다.

시간이 지나자 학생들이 더 많이 모여들었다. ‘어린이’ 라는 잡지를 읽는 학생이 있었다. “재미있느냐?”고 물었더니, 재미있다고 했다. 그런가 하면, 교실에서 활발히 장난하는 학생들도 있었다.

아침에 학급 일을 하거나 책을 읽는 학생들과 교실에서 장난하는 학생들이 수업 중 학습 태도에는 각각 어떻게 나타나는가를 비교해 보았다. 앞의 학생들은 대체로 수업 중에도 주의 집중을 잘했다. 뒤의 학생들은 수업에 열중하는 학생과 주의가 산만한 학생들로 나누어졌다.

교직원 조례가 있은 다음, 교실에 가니 학급 조례가 ‘아침 협의회’ 라는 이름으로 진행되었다.

학급 회장이 앞에 나와서,

"지금부터 아침 협의회를 시작하겠습니다."라고 아침 협의회 시작을 선언했다.

회장은 "분단장은 결석자 있으면 말씀해 주십시오.", "건강이 좋지 않은 학생이 있으면 말씀해 주십시오." 등으로 진행하다가, "선생님의 말씀이 있으시겠습니다."라고 했다.

담임교사는 "유리창을 잘 닦자", "교생선생님께 인사를 잘 하자" 등의 말을 했다.

정규 수업이 끝난 뒤 전체 실습생에 대한 학교 차원의 '강화' (가벼운 강의)가 있었다. 주제는 '산수과 교과 경영에 대하여' (교사 심도준)와 '음악과 교과 경영에 대하여' (교사 송상희)이었다.

2월 24일에는 '국어과 교과 경영에 대하여' 와 '자연과 교과 경영에 대하여', 2월 25일에는 '보건과 교과 경영에 대하여' 와 '특별 활동에 대하여', 2월 26일에는 '미술과 경영에 대하여' 와 '사생과 경영에 대하여' 의 주제로 강화가 있게 된다.

우리 학급 실습생과 지도 교사와의 협의회에서는 실습생의 활동 참여에 대하여 의견 조정을 하였다.

'실습생은 학습 부진아, 문제아 등을 관찰하여 수업 중이라도 그들을 교사의 처지에서 개별 지도를 할 수 있다.', '실습생은 아동들과 놀이를 같이할 수 있으며, 청소 시간에는 함께 참여한다.' 등으로 활동 범위를 조정하였다.

관찰 중심 교육 실습 이틀을 보내고서, 나는 다음과 같이 반성했다.

"웃음 속에서 전개된 학습은 학습 내용을 오래도록 인상적으로 기억하게 할 뿐 아니라, 학습 피로를 해소시킴으로써 학습 능률을 올릴 수 있게 할 것이다. 학습의 성립은 새로운 행동의 획득과 성공적 반응의 선택이라는 두 축을 중시한다. 국어과 시간의 입체 낭독은 가끔씩 교실을 큰 웃음바다로 만들었다. 이 웃음소리는 읽기, 듣기, 말하기 학습 목표 달성을 성공적인 강도로 오래 지속시킬 것이다.

몇몇 어린이의 복장은 단정하지 못했다. 단추가 제대로 달려 있지 않았다. 아직 추위가 가시지 않았는데, 속옷을 충실히 입지 못한 어린이도 있었다. 옷을 허술하게 입은 어린이 가운데는 몸을 웅크리고서 학습 활동에 활발히 참여하지 못하기도 했다. 모든 어린이가 옷만은 따뜻하게 입을 수 있는 날이 어서 왔으면 하고 소망했다.

어린이들은 칠판에 과제로 제시한 아침 공부를 성실히 이행했다. 학급 아침 협의회가 있은 뒤 교사가 답을 정리해 갈 때 학생들의 호응도가 높았으며, 그 답도 모두들 정확했다.

2학년 학생들의 놀이는 교실 한 구석이나 건물 주변을 주로 활용했다. 편을 갈라 하는 놀이를 많이 했다. 그러나 싸움은 일어나지 않았다. 놀이의 기능이 또래 집단의 친밀성과 사회성 향상에 기여하는 것이 틀림없다. 여학생들은 고무줄놀이를 많이 했다. 어느 학급에서나 고무줄놀이가 있을 때에는 그 학급의 많은 여학생들이 망설임 없이 함께 참여하였다."

1960년 2월 24일 수요일

운동장에서 전교 조례가 있었다. 전교 조례는 학생 중심으로 진행되었다.

주번 학생 대표가 일주일의 중간 반성을 했다. 주간 생활 목표(주훈)가 '모르는 동무를 잘 지도하자' 인데 아직 좋은 성과를 거두지 못했다고 했다.

전교 조례는 교사들이 참석하지 않더라도 잘 진행될 것 같은 인상을 받을 정도로 자치적이고 질서정연했다. 교육에서는 교사의 권위도 중요하지만, 권위가 배우는 이들의 자율성을 조성하는 데 기여한다면 권위의 가치는 한결 높아질 것이다.

둘째 시간에는 5학년 4반에서 자연과 연구 수업이 있었다. 단원은 '소켓과 스위치' 였다. 책상 위에는 배선이 되어 있었다. 소켓, 스위치, 전선들이 넉넉히 준비되어 있었다. 소켓 얼개 조사 공부가 끝나고, 소켓에 전선을 이었다. 실제로 불이 켜지는가는 학교 전체의 정전으로 인하여 확인되지 못했다. '암페어', '볼트', '와트' 의 관계에 대한 설명도 있었다. 생활화와 연계된 연구 수업이었다.

전쟁 이후 학교 재정이 넉넉하지 못한데, 학습 준비물이 잘 갖추어졌다는 느낌이 들었다.

우리 학급의 셋째 시간은 자연과 수업이었고, 단원은 '겨울 밭' 이었다.

교사는 실내 수업에서 벗어나 야외 수업을 했다. 직관 교수법을 택한 것이다. 꽃밭에 나가 가느다란 봄기운이 감도는 가운데 파릇파릇 솟아나는 꽃나무의 싹에 대하여 설명했다. 여러 가지 식물이 있는 온상을 관찰했다. 온상 만드는 과정을 이해하고, 학교 주변 보리밭의 푸른 잎을 감상했다.

정현자 선생님은 설명이 유창하고 어휘력과 묘사력이 풍부했다.

사방을 둘러보면, 산들은 땔감 감당에 시달려 붉은 살을 드러내고 있었다. 정 선생님은 황폐한 산들을 가리키며, 다가오는 4월 5일 식목일에는 나무를 많이 심자고 했다. 순진한 어린이들에게 애국심을 길러 주는 것은 멀리 있지 않다는 생각이 들었다.

2학년은 4시간 오전 수업으로 끝나지만, 학생들은 도시락을 가져와서 교실에서 점심을 먹고 각자의 일을 하는 경우가 있었다.

오늘은 강미자, 서숙재, 최정숙 등 세 여학생이 도시락을 가져왔다. 그들은 한자리에 모여서 점심을 먹었다. 교육 실습생들이 도시락을 먹으면서 이쪽으로 와서 함께 먹자고 했으나, 수줍은 표정만 짓고 오지 않았다. 조금 뒤에 어린이들은 실습생들에게 컵에 물을 떠다 주었다.

실습생들이 점심을 다 먹고 그들에게로 가서 재미있는 이야기를 들려주니, 기분이 퍽 좋은 모양이었다.

교무실에서 강화를 듣고 교실로 오니, 몇몇 학생이 남아서 공부를 하고 있었다. 점심은 집에 가서 먹고 온 모양이었다.

내가 "너희들 아직도 집에 가지 않았느냐?"고 했더니, 그들은 싱긋이 웃기만 했다.

사정을 좀 더 알아보니, 그들은 선생님이 내어 준 숙제를 오순도순 하고 있었던 것이다. 그들은 평소 서로 친밀한 관계였다. 한자리에 모여 공동으로 어떤 일을 하는 것은 서로의 장단점을 주고받을 수 있으며, 감정을 포근하게 하고, 피로를 덜 느끼게 하고, 희망의 이야기를 들을 수 있을 것이라는 생각이 들었다.

실습생들이 쓴 관찰록은 매일 지도 교사, 교무주임, 교감, 교장의 도장을 받아, 다음날 오전에 실습생들에게 전달된다. 어제 내가 쓴 관찰록에는 정현자 지도 교사가 빨간 잉크로 "세밀하고 연구적으로 관찰하고 있는 점 대단히 좋습니다."라고 적어 두었다.

2월 24일의 반성 소감란에는 실물 관찰과 현장 관찰의 장점, 생활을 통한 생활 교육의 중요성 등을 중심으로 썼는데, 지도 교사는 "참으로 좋은 말씀입니다."라고 빨간 잉크로 격려의 글을 적었다.

1960년 2월 25일 목요일

아침 일찍 이발소에 들러 불쏘시개로 난롯불을 지피고 있었다. 교육 실습을 하는 동안 내가 이발소에 도착할 즈음 학교에는 교육 실습생이나 교사들은 물론 학생들도 거의 보이지 않는 시각이었다. 오늘은 좀처럼 장작에 불이 붙지 않고 연기가 많이 났다. 아침 찬바람이 연통으로 들어오기 때문이 아닌가 싶었다.

불을 피우느라고 한창 애쓰고 있는데, 이발소 문이 열렸다. 교육 실습 나온 여학생 2명이 들어왔다. 천만뜻밖이었다. 내가 이발소에 없는 시간에 남자 교육 실습생들이 쉬는 시간이나 방과 후에 가끔 들러 아버지에게 인사를 하고 간다는 이야기는 들어 왔다. 여자 실습생들도 가끔 들르거나 스쳐간다는 이야기도 들은 바 있다.

그러나 이렇게 이른 시각에 교육 실습생이 등교하는 일이 특별하기도 하지만, 갑자기 이발소 문을 들어섰다는 것은 나로서는 몹시 당황할 수밖에 없었다. 아마도 그들은 교육애가 지극하여 어린이들을 일찍부터 보살피고 관찰하기 위해서 일찍 출근했으리라는 생각이 들었다.

나는 학교에서 공부할 때에도 여학생들과는 이야기할 일이 거의 없었다. 사범학교는 교과 시간마다 이동 수업을 해 왔는데, 쉬는 시간에 골마루를 남녀 학생들이 스치며 지나갈 때에도 나는 수줍기만 했던 것이다. 그러니, 이 아침에 두 여학생의 방문은 몹시 당황스러웠다. 나는 얼른 허리를 펴고 일어나 목례를 했다. 달리 말이 나오지 않았다. 그들도 목례를 했다.

그 찰나 남자 어린이가 이발소로 뛰어들어 왔다. 막깎기 이발을 하기 위해 온 것이다. 어린이는 이발의자에 앉았다. 아직 난로의 장작에는 불이 제대로 붙지 않았지만, 나는 어린이의 목에 이발보를 두르고 이발기계(바리캉)를 들었다. 그런데 제대로 불붙지 않은 난로 속의 장작에 두 여학생이 입바람을 불며 부채질을 했다. 연기를 쐬면서 난롯불을 피워 주는 것이 아닌가. 나는 고맙다는 말도 명확히 표현하지 못하고 수줍기만 했다.

교직원 조례에서는 민주당 대통령 후보 조병옥 박사의 국민장이 오늘 있게 되므로, 가무(노래와 춤), 음주 등을 삼가고 엄숙한 하루를 보내자고 했다.

첫째 시간은 사생과 수업인데, 단원은 '병원에서' 이었다.

학급 아침 협의회 때 머리가 아프다는 어린이가 있었는데, 교사는 그 어린이의 이름을 불렀다. 여러 급우들에게 "이 학생이 병원에 간다면 무슨 병원으로 가야 할까요?"라는 질문을 대뜸 던졌다. 각종의 답이 나왔다. 학습의 도입 단계를 이렇게 시작한 것은 참으로 기발했다.

둘째 시간은 전교 공개 수업이 있었다. 실습생들이 어느 교실에나

116

들어가 수업을 관찰할 수 있었다. 나는 모든 학급을 방문했다. 학습 자료가 잘 갖추어져 있었다. 같은 학년, 같은 교과 수업에서는 학습법이 비슷했다. 이래서 교사들의 동학년 협의회(같은 학년 교사끼리의 협의회)가 필요하다는 생각이 들었다.

다섯째 시간에는 4학년 이상 특별 활동으로서 클럽 활동이 이루어졌다. 20여 부서의 어린이들이 교과 수업 시간과는 달리 한결 자연스러운 분위기에서 각자의 적성을 닦아 나갔다.

1960년 2월 26일 금요일

어제 오후 늦게 누나가 진주의 우리 집으로 왔다. 누나는 왼쪽 가슴속이 아파서 견디지 못했다.

진주에는 병원이 많지 않다. 진주에서 5년을 살면서 병원에서 치료받아 본 적이 없는 우리 가족으로서는 병원에 대해 구체적으로 알지 못했다. 나는 만약의 경우를 위해 파출소에 가서, 진주 시내 병원에 대한 이야기를 들었다.

밤이 되어도 누나의 가슴 통증은 누그러지지 않았다. 나는 통행금지 속에 파출소로 가서 사정 이야기를 했다. 파출소에서는 손바닥에 둥근 보라색 도장을 찍어 주며 검문이 있으면 보여 주라고 했다.

우선 택시 회사를 찾아 택시 대절을 했다. 아버지와 나는 이리저리 경황없이 헤매다가 새벽 4시경에야 도립 병원 근처 '김 내과'의 문을 두드렸다.

꼭 닫혔던 문은 한참 만에 열리고 누나는 입원했다. 아침이 되어 어머니와 나는 누나의 간병을 교대했다.

교직원 조례에서는 하루 행사로서 학급 학생회, 2학년 4반 산수과 연구 수업, 학년별 교사 협의회, 소방 훈련 등이 있고, 교사와 교육 실습생 간의 친목 배구 대회가 있음을 알렸다.

둘째 시간에는 2학년 4반에서 산수과 연구 수업이 있었는데, 단원은 '생일' 이었다.

도입 단계에서 달력 보기를 환기시켰다. 교사는 각 분단별로 생일 조사를 하도록 하기 위해 용지를 배부했다. 분단별로 만든 생일표를 토대로 칠판에 붙인 학급 생일표를 만들어 갔다.

어느 달에 생일이 제일 많은가, 어느 달에 생일이 제일 적은가를 알아보았다. 달력을 보고 큰달, 작은달을 알도록 했다.

달력, 크레용, 모조지, 생일표 용지 등 준비물이 제대로 준비되었고, 어린이들은 생일을 중심으로 흥미 있게 산수과 학습을 했다.

셋째 시간은 음악과 수업이었는데, 단원은 '뻐꾸기' 였다.

발성 연습, 리듬 연습, 앞 시간에 배운 '싸리비' 노래 복습을 하고, 본시 학습의 전개 단계로 들어갔다.

교사는 '뻐꾸기' 노래에 흥미를 돋우기 위해 모두들 뻐꾸기 소리를 감정을 넣어 흉내 내도록 했다. 어린이들은 이 순간부터 완전히 수업에 도취되기 시작했다. 돌림 노래를 하고, 3화음 이해에 이르기까지 학생들은 흥미 있게 주의를 집중했다.

어린이들은 '이야기' 라는 말에는 무척 관심이 많다고 본다. 교사가 자연과 시간에 칠판에 '온실, 온상 구경 이야기' 라고 쓰고 온실과 온상에 대해 설명을 해 나가자, "선생님, 칠판에 쓰인 이야기 해 주세요."라고 하는 학생이 있었다. 어린이들이 생각하는 이야기는 어른들이 생각하는 포괄적인 뜻의 이야기와는 좀 다른 흥미진진한 세계의 이야기를 상상했던 것이다.

어린이들의 과제나 시험 점수 처리에서 그냥 '100' (점)이라는 숫자로만 적는 경우와 숫자 밑에 줄을 하나 혹은 둘을 긋는 경우와는 어린이들이 이를 수용하는 감정에는 차이가 있음을 알았다. 숫자 밑에 줄이 없는 학생들은 줄을 그어 달라고 졸랐다. 교육자는 항상 제자들의 학습 심리를 잘 이해해야 할 것이다.

오늘은 교육 실습 수료 하루 전날이다. 오후에는 실습생들이나 지도 교사나 아쉬운 마음들이 역력했다. 교사와 실습생 간의 친목 배구 대회가 열리기 전후로 하여 어느 학급에서나 석별의 다과회가 열릴 예정이었다.

배구 대회 시간이 되어 가자, 나는 각 교실을 돌며 실습생들은 배구 대회장으로 모이자는 전달을 했다. 먼저 남자 실습생들에게 전달을 한 다음, 여자 실습생들이 있는 교실을 돌았다.

1학년 2반 교실에 갔더니, 교사 두 분과 강영희, 구정현, 권기자, 김정자, 정문자 등 실습생 5명이 다과를 놓고 한창 이야기의 꽃을 피우고 있었다. 교사와 여학생들이 나에게 자리에 앉기를 권했지만, 당황스럽기도 하고 다음 교실에도 들러야 하므로 사양했다.

1학년 1반 교실에 갔더니, 교사 두 분, 학부모 한 분, 권계숙, 설업자, 윤숙경, 정영자 등 실습생 4명이 다정다감한 분위기 속에 교육을 논하고 있었다. 내가 교실 밖으로 나오려 하니, 이혜필 지도 교사가 할 말이 있다고까지 하면서 나에게 자리를 권했다. 과자를 먹으며 잠깐 시간을 함께 보냈다.

교직원 조례에서는 직원회가 끝나는 대로 운동장에서 전교 조례가 있고, 전교 학생회가 열린다고 했다. 주번 인계 인수식, 각 교실 국기 보관 상황 조사, 교육 실습 종료식, 교육 실습 지도 교사와 실습생의 합동 기념사진 촬영도 있다고 했다.

첫째 시간은 국어과 수업이었다. 단원 '장난꾸러기 토끼'를 마무리하면서 단원 내용을 재구성한 연극을 했다.

두꺼운 종이로써 토끼 귀와 고래와 코끼리 얼굴을 만들어 미리 연습해 두었던 대로 세 어린이가 연극을 했다. 토끼의 깡충거리는 모양, 고래와 코끼리가 토끼에게 속아 줄을 마주 잡고 당기는 모습을 보고 모두가 손뼉을 치며 웃었다.

몇 시간 배운 것을 종합하여 어린이들 자신의 행동과 언어로 표현하여 마무리하는 것이 학습 체득에 크게 이바지할 듯했다. 한 단원 한 단원마다 시작과 종말이 뚜렷해야만 효과적인 학습 목표가 달성될 것이다. 그러자면 교사로서는 도입과 결말의 내용 선택이 여간 어려운 일이 아닐 것이다.

둘째 시간은 보건과 수업이었는데, 무용 학습이었다.

운동장에서 우리들 교육 실습생 5명이 각각 한 분단씩 나누어 맡아 무용 지도를 했다.

2학년은 토요일에는 세 시간으로 끝나는데, 셋째 시간은 '정서 시간'이었다. 정서 시간은 정서로써 인격을 도야하는 것이 목적이었다.

교실에서 수수께끼, 노래, 이야기, 놀이 등으로 수업이 전개되었다. 어린이의 복잡다단한 감정과 잡념을 정서 시간을 통해 천성 그

대로 순진한 마음씨로 여과하도록 한다는 것은 어려우면서도 값진
일이 아니겠는가.

　일주일 동안 가슴 두근거리고 설레던 교육 현장이었다. 교사들의
뛰어난 교육 활동을 보며 많은 감동을 받았다. 사랑스러운 어린이들
과 같은 공간에서 따스하게 지내면서 교육애를 내 몸과 마음에 담았
던 나날이었다. 따스한 봄날로 가는 길목에서 그야말로 춘정으로 맺
어진 인연이었다. 교실 한번이라도 더 둘러보고 싶고 어린이들과 다
시 한번 일체감을 느끼고 싶은 허전함이 가득했다.
　실습 학교를 떠나려 하니, 나도 모르는 사이에 물아일여(物我一
如), 자타일체(自他一體)의 경지에서 교육 실습을 했구나 하는 생각
이 들었다.
　우리의 지도 교사 정현자 선생님의 어린이를 향한 교육애는 교실
을 가족적인 분위기로 만들고 있었다. 어린이들의 뜨거운 학습 의
욕, 무엇을 열심히 찾으려는 맑은 눈망울들은 애틋하기까지 했다.
　학생들 앞에서 교사가 능수능란한 경지의 교육을 베풀려면 얼마나
많은 보이지 않은 노력과 쓴 맛을 겪은 뒤의 일일까.
　정현자 선생님의 교육 열의, 시청각 교육 자재의 구성과 활용, 생
활 교육의 솔선수범, 입체적인 교실 환경 구성, 자유롭고 민주적인
학급 분위기 조성, 흥미와 주의를 끄는 수업 기술 등은 교육자의 자
질을 연마하는 사람에게는 부럽기까지 했다.

　김정호 교장선생님의 실습생들에 대한 세심한 배려, 교감선생님,
교무 주임선생님을 비롯해 모든 교직원들의 진정한 관심과 지도는

교육 실습생들에게 실질적인 용기를 북돋아 주고 교육자가 가야 할 길에 대한 자부심과 희망을 뚜렷이 인식하게 했다.

1년 남짓 있으면 우리도 독립되고 책임 있는 교사로서 어린이들 앞에 서게 될 것이다. 교육애와 교육 능력을 두루 갖춘 훌륭한 교육자가 되려는 포부를 다시 한번 가다듬어 본다.

지도 교사, 교무주임, 교감, 학교장의 결재 도장이 선명한 교육 '관찰록'을 되돌려 받고서, 맨 끝장을 펼쳐보니, 나의 지도 교사는 나에게 빨간 잉크로 다음과 같이 글을 써 두었다.

"선생님의 연구하시려는 태도 대단히 좋습니다. 앞으로 훌륭한 교사가 될 것이라고 믿습니다."

교육 실습생으로서 일을 다 마치고 교실에서 마지막 정리를 하고 있는데, 교무실에서 급한 전화가 왔다는 전갈이 있었다.

달려가 전화를 받으니, 어제 새벽에 입원한 누나가 운명했다고 했다. 눈앞이 캄캄하고 정신이 멍했다.

꽃다운 누나의 죽음

무슨 꿈 같은 소리
무슨 날벼락 같은 통곡.
1933년 6월 4일(음력 5월 12일) 태어나
17살 1950년 12월 1일에 혼인하고
아직도 예쁜 청춘의 나이 26살밖에 안 되었는데,
오늘 1960년 2월 27일(음력 2월 1일)

나의 누나
이 세상 덧없이 떠났다고 그러네.
한 맺히게 떠난 나의 누나 어이할꼬.
우리 가족의 기막힌 슬픔 어이할꼬.

내가 잘 자라 누나의 희생 어린 우애에
기쁨의 꽃다발 바쳐야 할 일 태산처럼 많은데,
그날의 기쁨들 기다리지도 못하고
나의 누나 비통하게 떠났네.
누나야, 누나야,
슬픈 누나야.
누나야, 누나야,
내 애끓는 슬픈 누나야.

뛰어난 재주
지극한 효심
내 누나.

혹독한 일제 강점기
아버지가 항일 활동하던 매서운 일본 땅어서
어린 나이로 어머니에게 일본말 통역 잘하여
주위 사람들로부터 똑똑하다는 평 듣던 누나.

일제 압박 말기 아버지가 강제 징병되어

시카경 훈련소 병실에 누웠을 적
일본인 군의관 우두머리 군의장에게
"아저씨도 고향에는 보고 싶은 가족이 있겠지요?
우리 아기동생은 아버지의 얼굴도 모르고
'아빠, 아빠.' 하고 부른답니다.
우리 아버지 어서 우리 집으로 보내 주서요."
그리도 당차게 말하여 군의장을
감동시켰던 누나.

교토부(京都府) 구세이군(久世郡)
오큐보 심상소학교 3학년
교사는 누나의 글재주에 놀라
동네 사람들이 볼 수 있도록
집 대문에 누나의 글을 붙이도록 했다.

11살에 조국 고향에 돌아오고,
수예 솜씨도 뛰어나
혼인집 수예품들은 누나의 손결로 아름다웠지.
혼인 후에는 옷 맞춤 재봉틀 솜씨 칭찬도 자자했단다.
두 돌도 채 안 된 귀여운 첫딸
난 지 다섯 달 될락 말락 둘째 딸
그렇게 어리게 남겨두고
누나는 어이 눈을 감았을까.

처녀 시절 가난에 시달려
한 술 밥도 힘들던 시절
누나는 밥상 앞에 앉아 숟갈도 들지 않고
부엌에서 배불리 먹었다며 한사코 끼니 사양하며
두 동생 한 숟갈이라도 더 먹기를 바랐었지.

누나야, 누나야,
슬픈 누나야.
누나야, 누나야,
내 애끊는 슬픈 누나야.
스물여섯 살 꽃다운 나이의 누나야.

1960년 3월 1일 월요일

누나가 이 세상을 떠난 그저께부터 가족들은 실성한 듯이 몸과 정신을 가누지 못했다. 나는 텅 빈 머릿속이 뼈개지듯 몸부림 났다. 정신의 중심이 잡히지 않았다.

그래도 어머니, 아버지를 생각해야 했다.

누나가 떠난 그 다음날, 바로 어제였다. 어머니에 대한 부축은 여동생에게 맡기고, 나는 이발 기구 상자를 들고 아버지를 이발소로 이끌었다. 그래야만 조금이라도 아버지의 마음이 가누어질 것 같아서였다.

오늘이 누나 장례식 날이다.

아버지가 누나의 살던 집에서 치러지는 장례식에 다녀왔다. 장례식을 본 아버지의 마음은 오죽했을까.

아직 나는 이 세상에 와서 보이지 않는 근원적인 의문에 대한 수수께끼를 풀지 못하고 있다. 다른 사람이 풀지 못하더라도 온 인류를 대신해서라도, 나는 기어이 이 문제에 대한 깨달음을 찾고 해답을 얻어야 한다.

내가 보지 못하는 길을 누나는 어떻게 가고 있나요?

누나, 지금 누나의 영혼은 나의 생각을 알고 있겠지요? 누나가 이 세상에서 못다 한 소원들을 부디 그 세상에서는 잘 이루어 주세요.

하느님이시여, 부처님이시여.

우리 누나를 부디 가장 행복한 세계로 안내해 주십시오.

학생회 위원장으로서 4.19 혁명을 이끌며

1960년(내 나이 17살) 음력 이월 열엿샛날, 나의 음력 생일날이었다. 나는 꿈이라는 것을 전혀 의식하지 못하며 꿈을 꾸고 있었다. 나의 모교 진주중학교 본관 건물 동쪽과 담장 옆에 늘어선 큰 플라타너스가 보였다.

너무나도 우람하고 너무나도 거대한-, 뱀 같기도 하고 당장이라도 승천할 용 같기도 한 것이 건물 동쪽에서 담장 옆에 늘어선 큰 플라타너스 있는 곳으로 꼬리를 틀기도 하면서 늠름히 꿈틀거리면서 움직이고 있지 않은가. 굵기는 두어 아름에 길기는 육칠십 미터나 되었다. 거무스레한 몸통에 은빛이 찬란하고 눈동자가 영롱하다. 어질고 꿋꿋하고 영웅스럽고 신성스러운 인상이다. 참으로 신령스러운 존재이면서 신기한 일이라는 생각이 들면서 학교의 지킴이인가라는 생각도 하고, 하늘에서 내려온 어떤 화신인가라는 생각도 해 본다.

나는 놀라면서도 두렵지는 않게 이 영물을 가까이 하다가 문득 잠에서 깼다. 아쉬움으로 눈을 뜨니, 어머니는 벌써 나의 머리맡에서 생일상을 차려 놓고 손을 비비며 치성을 드리고 있었다.

2년 전(1958년) 만 15살이 되던 음력 생일날 새벽에 고향 논을 배경으로 나타났던 현상과 거의 같은 꿈이었다.

그 해에 나는 특차 시험으로 신입생을 뽑는 진주사범학교(고등학교 과정)에 입학하고, 어려운 일도 극적으로 극복하고, 신비스러운 일도 겪은 바 있다. 이번 생일날 새벽꿈은 무슨 의미를 지닌 것일까?

4월 중순이면 두 돌이 되는 누나의 첫 딸, 나의 생질녀 하순희는 우리 집에서 기르기로 했다. 둘째 딸 하순옥은 친가의 할머니가 기르기로 했다.

순희는 너무 귀엽고 사랑스러워 우리 집을 밝고 즐겁게 만들었다. 이웃 사람들도 순희를 몹시 예뻐했다. 순희는 동네 사람들로부터 귀염을 담뿍 받았다.

"새 신을 신고

뛰어 보자.

팔짝.

머리가 하늘까지 닿겠네."

노래를 하며 팔짝 뛰어 보이는 순희의 재롱은 보는 이마다 눈가에 주름이 잡힐 정도로 활짝 웃게 했다.

순희는 외할머니와 이모(나의 여동생)가 가는 곳이면 어디나 따라나서고 싶어했다. 물 긷는 곳에도 따라가고, 시장에도 따라갔다. 이모의 심부름 길에도 따라나섰다. 업히기도 하고 아장아장 걷기도 하고 순희는 귀엽게 따라다녔다. 외할머니가 고향에서 짐을 가지고 올

적에는 머리에도 짐, 양 손에도 짐이었는데, 그럴 때에도 순희는 외할머니의 등에 업혀 다녔다.

3월 28일 나의 여동생 맹임이가 진주여자잠사중학교 1학년 수료식을 마치고 상장을 받아 왔다. 우등상, 개근상, 실습상 등 세 가지 상을 받아 왔다. 작년 2월 진주봉래국민학교 6학년 졸업을 앞두고 집안 경제 사정이 어려워 중학교에 진학하느냐 안 하느냐로 고심하다가 진주여자잠사중학교(도립으로서 2년제이며 수료 후 3년제 중학교 편입 가능)에 시험을 치러 1등 합격을 하여 장학금으로 공부할 수 있게 되어 진학이 가능했던 여동생이다. 그때 담임교사를 비롯해 많은 교직원들이 무척 기뻐하며 이발소에까지 찾아와 아버지에게 축하해 주던 기억이 생생하다.

그런데 벌써 1년이 지나 상장을 받아 왔다. 누나가 살아 있었더라면 작년 합격 때처럼 얼마나 기뻐했을고.

순희는 상장에 발갛게 크게 찍힌 학교의 직인을 만져 보며 경사스러운 분위기를 알아차리고 우쭐우쭐 뒤며 좋아했다.

1960년 3월 15일은 대통령, 부통령 선거일이었다.

장기 독재와 탄압과 부정부패로 말미암아 국민의 신뢰를 잃은 자유당 정권은 이승만 대통령 후보와 이기붕 부통령 후보를 당선시키려고 온갖 부정 선거 운동을 했다. 정당한 선거로써는 야당 후보를 이길 수 없음을 예상하고 관권을 동원한 부정 선거 운동을 했던 것이다. 내무부 장관 최인규는 전국 경찰의 대대적인 인사이동을 단행하고, 자유당 후보의 득표를 위한 활동을 지시했다.

게다가 미국에 신병 치료로 떠났던 민주당 조병옥 대통령 후보가

2월 15일 갑자기 사망하자 민주당 장 면 부통령 후보의 인기가 크게 올랐다. 부통령은 대통령 유고 때에는 승계권을 갖게 된다. 자유당은 장 면 후보가 당선될까 염려하여 부정 선거 지침을 전국 각급 기관장에게 극비리에 하달했다.

사전 투표, 3인조 또는 5인조에 의한 반공개 투표, 유령 유권자의 조작과 기권 강요, 기권자의 대리 투표, 투표함 바꿔치기, 득표 수 조작 발표, 금품 살포, 야당 선거 운동 방해 등의 부정 선거를 꾀하였다.

애국심과 의분과 정의감이 강한 진주에서도 금품 살포가 있었다. 나는 어느 날 저녁 박순천 여사를 비롯해 야당 인사가 선거 유세를 하는 로터리에 가 보았다. 알 수 없는 차들이 군중 사이를 지나가며 청중들을 분산시켰다. 청중들은 이리저리 피해 다니며 선거 연설을 들었다.

3인조 또는 5인조에 의한 반공개 투표 행위도 쉽게 볼 수 있었다.

선거 결과 이승만 대통령 후보가 약 88.7% 득표, 이기붕 부통령 후보가 약 79% 득표를 하여 각각 대통령과 부통령으로 당선되었다. 그러나 많은 국민은 이를 인정하지 않았다. 민주당에서는 선거 무효 주장을 하였다.

4.19 혁명은 1960년 4월 학생들이 중심 세력이 되어 일으킨 민주주의 혁명이다. 그리고 4월 19일은 혁명 진행 과정에 나타난 주요 날짜들 가운데 하나이다.

4.19 혁명의 근본적인 원인은 자유당 정권의 장기 독재와 탄압과 부정부패가 되겠지만, 직접적인 계기는 그 해 3월 15일에 실시된 부정 선거였다.

이 부정 선거에 대한 학생 시위는 2월 28일 대구에서 불붙기 시작했다. 민주당의 대구 선거 유세일인 2월 28일은 일요일이었으나, 교육 행정 당국은 학생들이 유세장에 가지 못하도록 초·중·고교 학생들을 등교하도록 강요했다. 그래서 이날 고등학교 학생들이 시위를 벌였던 것이다.

3월 1일부터는 서울을 비롯해 여러 지역에서 수시로 부정 선거 규탄과 관련한 학생 시위가 일어났다. 물론 진주에서도 그러했다.

선거 당일인 3월 15일의 마산 학생 시위에서는 경찰의 발포로 많은 사상자를 냈다. 민주당에서는 선거를 포기한다는 선언을 했다. 이 시위에서 행방불명되었던 마산상업고등학교 김주열 군의 시체가 낚시꾼에 의해 해안에서 발견되자, 4월 11일 마산의 학생과 시민의 분노어린 시위가 크게 일어났다.

4월 18일에는 서울에서 고려대학교 학생들이 국회의사당 앞에서 시위를 마치고 돌아가다가 괴한들의 습격을 받고 피를 흘리며 쓰러졌다. 이에 국민들의 감정은 몹시 상했다.

4월 19일에는 서울에서 학생과 시민들이 경무대 앞까지 다가가 "이승만은 물러가라"고 외쳤다. 오후 1시에 서울에 경비 계엄령이 선포되고, 오후 4시에는 부산, 대구, 광주로 경비 계엄령이 확대되었다. 오후 5시에는 경비 계엄령이 비상 계엄령으로 바뀌면서, 경무대 앞의 발포와 충돌로 시작되어 183명의 사망자와 6,259명의 부상자가 나왔다.

4월 25일에는 전국 27개 대학의 교수 300여 명이 삼엄한 경비를 무릅쓰고 시위했다.

드디어 4월 26일 오전에 라디오에서는 이승만 대통령의 하야 성명이 발표되었다. 이로써 이승만과 자유당의 12년 집권은 종지부를 찍었다. 이어 4월 28일 이기붕 일가족의 자살이 있었고, 5월 29일 이승만 부처는 하와이 망명길에 올랐다.

그리고 7월 29일에는 제5대 국회의원(참의원과 민의원 양원제) 선거가 있었고, 8월 13일 제2공화국이 탄생하였다.

이러한 일이 이어지는 가운데 나는 4월 초 전교생의 직접 선거에 의해 학생회 위원장(학도호국단 운영 위원회 위원장)으로 선출되었다.

학교의 학도호국단은 학교장이 당연직으로 되어 있는 단장, 학도호국단을 지도하기 위해 교원으로 구성되는 지도 위원회, 학생 대표로 구성되는 운영 위원회, 학생회 위원회 등으로 조직되었다. 학도호국단 운영 위원회는 학도호국단 임무를 달성하기 위한 학생 자치 활동의 대표 의결 기관인데, 우리 학교 학도호국단 규약에는 학생회 위원장(남녀 제한 없음)과 부위원장(남자 1명, 여자 1명), 각 학급에서 선출된 반장(1명), 부반장(1명), 운영 위원(1명)으로 구성하도록 되어 있었다.

그래서 나는 '학생(회) 위원장'으로 불리기도 하고, '운영(위원회) 위원장'으로 불리기도 했다. 학도호국단 지휘 체계에서는 운영 위원장 소속에 대대장(학도호국단 운영위원회 훈련부장, 전 학년 학생 지휘자), 중대장(각 학년 학생 지휘자), 소대장(각 학급 학생 지휘자로서 학급 반장), 여러 부장 등이 있었다.

학도호국단 운영위원회 위원장(운영 위원장)은 각종 학생 자치 활동 사업의 기획과 추진, 예산 편성 및 결산 등 많은 일을 민주적이고 창의적이고 효과적으로 처리해 나가야 한다. 4월부터 새 학년도가 시작되었으므로 4월은 운영 위원장에게 몹시 바쁜 시기였다. 그런데 이 시기는 4.19 혁명의 한복판에 있었으므로, 진주의 어느 고등학교 운영 위원장에게나 시국과 관련된 학생 활동이 또한 어렵고 민감한 일일 수밖에 없었다.

이 시기의 시국에 관한 학생들의 개입은 주로 시위의 형태로 나타났다. 운영 위원장은 정치계와 사회계의 움직임, 각 학교 학생들의 의견 흐름 등을 두루 파악하고 예측할 수 있어야 했다. 그리고 경찰은 항상 학생들의 움직임을 주시하고 있었으므로, 학생들의 활동 계획은 비밀 유지가 큰 과제이기도 했다. 그러면서도 신문 기자와는 적절히 이야기가 오갔으며, 신문에서는 각 지역의 학생들의 움직임을 예상하는 보도를 하곤 했다.

진주의 고등학교 운영 위원장끼리는 한자리에 모여 의견을 나누기도 하고 간접적으로 의견을 전달하기도 했다.

진주의 고등학교에는 비공식적 학생 집단(클럽, 서클)이 많았다. 속된 말로는 이를 '쿠로' 라고도 했다. 비공식적 학생 집단은 자기 학교 학생들만으로 구성된 것도 있고, 다른 학교 학생들과 연계된 것도 있었다. 그 구성 인원도 다양했다. 십 명 안팎, 수십 명, 수백 명에 이르기까지 다양했다.

진주의 학생 시위(데모)는 초기에는 동일 학교 동일 집단이 중심이 되어 일어나기도 하고, 집단 개념 없이 같은 학교 학생들끼리 소규모로 모여 일어나기도 했다. 진주의 학생 시위는 비공식적 학생 집단의 역할이 상당했음을 기억해야 할 것 같다. 각 학교 운영 위원장들의 의견 교환에 의해 여러 학교가 연대하여 시위를 일으키기도 했다.

나는 다른 학교 학생들과의 정보 교환이 비교적 다양했으며 큰 어려움이 없었다. 진주고등학교 학생 위원회 주요 간부들은 진주중학교 나의 동기들이었고, 진주농림고등학교에도 나의 동기들이 많았기 때문이다. 또 내가 진주사범학교 1, 2학년 때 태권도를 수련하면서 다른 학교 학생들과 직접 간접으로 친분 관계를 많이 유지한 것도 도움이 되었다.

나는 시국에 관한 학생 활동의 참여를 구상하기 위해 1, 2, 3학년 학생들의 의견을 두루 참작했다. 그리고는 학생회 임원들과 토론을 거쳐 계획을 수립하고 시위 준비를 했다. 시위 준비는 비밀을 요했으므로 사범학교 안의 비공식적 학생 집단 대표와 협의하는 경우도 있었다.

이승만 대통령이 하야 성명을 발표하기 직전 진주에서는 가장 큰 규모의 시위가 있었다. 이 시위를 위해 각 고등학교 운영 위원장들은 함께 모여 의논하였다. 외칠 구호와 준비물에 대해서도 의논하였다. 경찰과 계엄 관계 기관의 예상 반응에 대해서도 의견 교환을 했다. 각 고등학교 학생들은 같은 날 같은 시에 각자 소속 고등학교에서 중심 시가지를 향해 질서 정연하게 출발하기로 했다.

진주의 고등학교들은 서쪽에 진주사범학교, 남쪽에 진주농림고등학교와 해인고등학교, 북쪽에 진주고등학교와 진주여자고등학교 등으로 배치되어 있었다.

진주사범학교 학생들의 시위 준비는 진주공원 근처 한적한 곳에서 밤늦게까지 진행되었다. 일부 학생은 그곳에서 밤샘을 했다.

나는 책임 있는 운영 위원장으로서 시위 학생들의 신체적 피해가 있을까 봐 항상 걱정이었다. 또 진주사범학교 학생들은 졸업 후에는 교원이 될 사람들인데 정치적인 일에 함부로 개입해서는 안 된다는 말을 많이 듣곤 했다.

드디어 각 고등학교 운영 위원장들이 약속한 시각이 되었다. '운영 위원장' 이라고 새긴 완장을 두른 나는 학고 운동장의 단상에 올랐다. 여러 고등학교 학생들이 연합으로 시위하지 않을 수 없는 위기적 상황에까지 이른 배경을 간결히 말했다. 질서를 존중하면서 젊은이들의 애국과 정의를 한껏 외치자고 했다. 그리고 경찰의 발포가 있을 때에는 임원들의 행동 요령에 잘 따라 주기 바란다고 했다.

학생들의 함성이 터졌다. 내가 맨 앞장을 서고 대대장이 뒤따랐다. 어깨띠를 두른 학생, 구호를 선창하는 학생, 팻말을 흔드는 학생들이 각자의 역할을 했다. 신안벌 버스 도로를 걸어 남강으로 흘러드는 큰 냇물의 다리를 건넜다. 높은 둑을 넘고 시가지로 들어섰다. 시위대는 한적한 시가지에서 점점 번잡한 시가지를 향해 행진했다.

시위대는 진주경찰서 정문 앞에서 멈추었다. 나와 나의 참모들이 경찰서 현관에 들어섰다. 총을 들고 긴장했던 경찰들이 우리를 에워쌌다. 내가 경찰서장을 만나고 싶다고 했다. 경찰은 순순히 나를 서장실로 안내했다.

서장은 침착하고 온순하고 점잖아 보였다. 나이도 많은 편이 아니었다.

"우리들이 시위에 나선 까닭은 서장님도 잘 아실 것입니다. 오늘은 진주사범학교 학생들뿐만 아니라, 시내 모든 고등학교 학생들이 같은 시각에 시위를 시작한 것도 이미 알고 게 시리라 생각합니다.

나라와 국민과 진주를 사랑하는 우리들은 질서 있게 우리의 주장을 내세우기로 했습니다. 결코 폭력에 의한 충돌이 없었으면 합니다. 시위 학생들의 생명에 위협이 없도록 해 주시기 바랍니다."

서장은 차분히 생각을 가다듬는 듯했다. 그리고는 말했다.

"무슨 말인지 알겠소."

나는 비로소 어느 정도 안심이 되었다. 운영 위원장으로서 학생들의 귀한 생명이 희생될까 봐 밤새도록 걱정이었는데, 서장의 그 정도의 대답은 경찰이 적어도 시위 학생들을 함부로 대하지 않으리라는 생각이 들었던 것이다. 그러나 우발적인 충돌은 있을 수 있는 일이기에 완전한 안심은 아니었다.

우리는 북쪽 진주고등학교 쪽으로 향했다. 가는 길에 남쪽으로 향해 오는 진주여자고등학교 학생들의 시위대와 마주쳤다. 우리는 법원 로터리에서 다시 남쪽을 향해 걸었다. 진주에서 가장 넓은 길을 걸어 가장 번화한 곳인 진주극장 앞쪽으로 행진했다. 길가에서 시민들이 두 팔을 들어 만세를 외쳤다. 시민들 중에는 내 앞까지 달려와서 만세와 찬사를 보내는 이도 있었다.

진주극장 앞 광장에 모였다. 맞은편에는 큰 시장의 상인들이 몰려 나와 있었다. 큰 시장 입구 경전여객버스회사의 버스에 탔던 사람들이 도로 내려 시위대를 바라보았다. 얼핏 보니 까만 두루마기를 입은 나의 오촌 아저씨(허점도)도 있었다. 아마도 볼 일을 보고 고향으로 가는 길인가 싶었다.

학생들의 정렬이 이루어지자 나는 호주머니에서 선언문을 꺼내어 들었다.

선 언 문

학도여!
저 푸른 하늘을 향하여 마음껏 소리 높여 봅시다.
인제는 우리 대한 국민, 우리 배달민족이 스스로 새 길을 찾아 나섰다고.

동포여!
우리가 갈망하는 자유와 민주와 정의와 평화를 반드시 우리 손으로 찾아, 자손만대에 물려줍시다. 그래야간 애국, 애족으로 몸 바친 뭇 선열들도 우리를 자랑스러워할 것입니다.

우리의 핏속에는 민족의 뜨거운 정기가 흐르고 있습니다. 그 뜨거운 정기가 우리에게 이야기해 줍니다.
"학도여, 그대는 이 나라, 이 겨레의 젊은 기둥이니, 꿋꿋한 기상과 기백을 먼저 민주주의를 위해 고결하게 펼쳐 달라"고.

학도여!

조국과 민족의 자유와 민주와 정의와 평화를 위해 수많은 사람들이 이 순간에도 고귀한 생명을 바치고 있음을 어찌 듣고만 있으리오?

학도여! 동포여!

조국과 민족의 새 길이 창창히 열릴 때까지 쓰러진 동포에게 따뜻한 동포애를 발휘하면서, 우리의 의로운 길을 굳세게 굳세게 나아갑시다.

감사합니다.

진주사범학교 학도호국단 운영 위원회 위원장 허만길

선언문 낭독이 있은 다음 우리는 시가지를 다시 행진했다. 시청 앞에서 멈추었다. 나를 비롯해 이십여 명의 학생이 시청 안으로 들어갔다. 관권 부정 선거에 적극 개입한 기관이므로, 청사 안을 한 바퀴 돌며 팻말과 어깨띠 시위를 했다.

이날의 대대적인 시위에는 진주농과대학과 해인대학 학생들도 참여했다. 심지어 중학생과 초등학생까지도 길거리에서 동참하는 분위기였다.

4월 26일 이승만 대통령의 하야 소식이 퍼지고, 국민들은 환호성을 올렸다.

그런데 나라 안은 독재에 대한 시위의 소용돌이에서는 벗어났으나, 질서는 쉽사리 회복되지 못했다. 정치인드 혼란스럽고 일반 국민도 혼란스러웠다.

진주에서도 혁명의 후유증을 앓았다. 경찰의 치안 능력이 크게 떨어졌다. 하찮은 일에도 시위가 들썩이었고, 학생들의 동맹 휴학이 일어났다. 진주시청 업무에 대해 시민들이나 서울서 내려온 대학생들이 함부로 간섭하려고 했다. 학생들 중 일부는 종전보다 무절제하게 행동하는 경향이 있었다. 학생들끼리 단체로 싸워 신문에 기사화되는 경우도 있었다. 사회의 여러 분야에서 어수선한 분위기가 역력했다. 시민들은 한결같이 질서 회복을 희망했다.

5월 21일 학교 소풍회가 있었다.

남강은 맑은 햇살을 받으며 눈부시게 흐르고, 대나무밭은 푸른빛으로 싱싱했다. 강의 가장자리와 대나무 사이사이의 깨끗한 모래알들은 젊은이들의 꿈을 수놓아 주는 듯했다.

선생님들과 학생 위원회 임원들이 한자리에 앉아 점심 식사를 했다. 선생님들은 학생들의 의견을 들으며, 4월의 학생 운동이 어떻게 규정되어야 할 것인가를 토론했다. 현재 주로 '4.19 의거'로 불리는 것이 '4.19 혁명'으로까지 불릴 수 있느냐는 문제는 더 두고 볼 일이라는 말도 있었다. 혁명은 헌법에까지 영향을 미치는 것이 원칙이라는 주장이었다. 그리고 4.19 의거는 나라의 정치를 독재에서 벗어나게는 했으나, 사회의 무질서가 큰 과제라는 걱정을 했다.

나는 기회가 있는 대로 우리 학교 학생들이나 다른 학교 학생들에게 자진해서 질서 회복에 앞장서자는 것을 강조했다. 그래야만 4월의 혁명은 그 생명력이 돋보일 것이며, 학생들의 의식 수준이 높게 평가받을 것이라고 했다. 그러면서 나는 일과 공부와 사색에 열중했다.

나는 다섯 식구가 지내는 단칸방에서는 책 읽기가 힘들었으므로, 여기저기를 찾아다니며 책을 읽는 경우가 많았다. 가가운 의곡사(절)를 찾아 정자에서 책을 읽고 사색하는 수가 많았다.

의곡사는 큰 절은 아니지만 유서 깊은 절이다. 확실한 기록이나 문화재는 찾지 못하고 있지만, 신라 시대 창건된 절이라고 전해 오고 있었다. 대웅전 뒤편에는 한겨울에도 푸름을 잃지 않는 대나무 숲이 있었다. 임진왜란 때 왜병들이 진주성을 침공하자, 승병들이 모여 죽기를 각오하고 칼과 창과 활을 들고 나섰던 곳이다. 임진왜란 이전에는 월명사, 숭의사 등으로 불리었다. 임진왜란 이후 '의로운 골짜기에 있는 절' 이는 뜻으로 '의곡사' (義谷寺)라 불리었다고 한다.

스님들이 공양(식사) 시간에 문을 열어 놓고 공양하는 모습을 보면, 때로는 그 수가 열 명이나 될 때도 있었다. 여러 스님들 가운데서 세 스님이 나에게는 인상적이었다.

한 분은 나이가 아주 많았는데, 절의 입구 옆에 섰는 정자에 자주 앉아 있었다. 옆에서 사람들이 떠들어도 묵묵히 앉아 있었다. 그런데 사람들은 그 스님에 대해 말하기를, 방안에 앉아 있어도 절 바깥에 오가는 사람들은 다 볼 줄 아는 스님이라고 했다.

또 한 분은 학생 스님이었다. 학생 스님은 해인고등학교 야간부에 다닌다고 했다. 학생 스님은 한쪽 다리를 약간 절었다. 저녁 무렵 학

140

교로 출발하기 전에는 반드시 대웅전에서 예불을 올리는 것이었다. 나는 학생 스님과 가끔 이야기를 나누기도 했다.

또 다른 한 분은 주지 스님이었다. 나이가 쉰 살 안팎으로 보였는데, 움직임이 가볍고 항상 부지런했다.

그런데 6월 6일에는 학교에서 돌아오던 길로 의곡사 정자에서 내내 책을 읽고 사색을 했다. 주지 스님이 나에게로 다가왔다. 내가 고개를 들었다. 주지 스님은 나를 향해 합장하고서 말없이 바라보았다. 내가 얼른 일어서 합장으로 인사를 했다. 지금까지 주지 스님과 나는 얼굴을 직접적으로 서로 마주본 적이 없었기에 나는 약간 긴장되었다.

"학생, 붓글씨를 쓸 줄 아는가요?"

주지 스님이 나에게 말했다.

"예. 조금……."

"학생이 쓴 글을 좀 받고 싶소."

붓글씨라면 주지 스님도 잘 쓸 테고, 다른 여러 스님들도 붓글씨는 생활화가 되어 있을 것이었다. 그런데도 주지 스님은 나에게 글씨를 청했던 것이다. 나는 주지 스님이 왜 나의 글씨를 받고 싶어 하는가를 생각할 겨를도 없이 그 청을 받아들였다.

대웅전은 비봉산 골짜기를 뒤로 한 남향 건물이었다. 스님들이 식사하고 거처하는 집은 대웅전의 서쪽에 'ㄴ' (니은)자로 되어 있었다. 나는 스님들이 한자리에 모여 식사하는 큰 방으로 따라 들어갔다. 그 방은 동향이었다.

벼루와 붓과 한지를 꺼낸 주지 스님은 나에게 '참선방' 이라는 글을 써 달라고 했다. 보통 절에서는 한자로 글씨를 많이 쓰는데, 주지 스님은 한글로 써 달라고 했다.

내가 '참선방' 이라고 가로로 썼다.

주지 스님은 글씨를 받아서 남향의 방문 바깥 윗벽에 붙였다. 글씨는 정자에서도 잘 보이는 위치였다.

대웅전 동쪽 바로 옆에도 한 사람이 앉아 참선할 수 있는 조그만 방이 있었는데, 따로 큰 방을 '참선방' 이라고 한 것은 주지 스님 나름으로 특별한 계획이 있기 때문이라고 생각했다.

주지 스님은 '참선방' 에서 붉은색 줄이 그어진 두 장의 편지지를 내놓았다. 한 장은 나에게 주었다. 주지 스님은 만년필을 들었다. 나도 만년필을 들었다.

"내가 주문을 적겠소. 학생도 따라 적으오.

어려운 일이 있거나 귀신의 침범이 있을 때 이 주문을 외면 도움이 될 것이오."

라고 했다.

주문은 한자로만 적었다.

北斗呪(북두주)

北斗九辰中天大神(북두구신중천대신)

上朝金闕下覆崑崙(상조금궐하복곤륜)

調理綱紀統制乾坤(조리강기통제건곤)

大魁貪狼巨門祿存(대괴탐랑거문녹존)

文曲廉貞武曲破軍(문곡염정무곡파군)

高上玉皇紫微帝君(고상옥황자미제군)

大周天界細入微塵(대주천계세입미진)

何災不滅何福不臻(하재불멸하복부진)

元皇正氣來合我身(원황정기내합아신)

天罡所指晝夜常輪(천강소지주야상륜)

俗居小人好道救靈(속거소인호도구령)

願見尊儀永保長生(원견존의영보장생)

三台虛精六淳曲生(삼태허정육순곡생)

生我養我護我身形(생아양아호아신형)

魁魁魁魁魁魁魁(괴작관행필보표)

尊帝(존제) 急急如律令娑婆訶(급급여율령사바하)

(* 주지 스님은 첫 행의 '辰'의 음은 여기서는 '진'이 아니고 '신' 임을 강조했다.)

내가 주문을 다 쓰고 난 뒤 주지 스님은 한번 죽 읽어 보였다. 내가 한번 낭독했다.

그리고 나니, 저녁상이 들어왔다. 주지 스님은 큰 방에서 다른 스님들과 함께 식사를 하고, 나는 혼자 '참선방'에서 식사했다.

이승만 박사 하야 이후 과도 정부가 들어선 뒤 학도호국단은 해체되었다. 1949년 9월 28일 대통령령 제186호르 공포된 '대한민국 학도호국단 규정'에 따라 교직원 및 학생으로 조직된 각급 학교 학도호국단이 해체된 것이다.

그래서 나는 새로운 형태의 학생회가 조직될 때까지 학도호국단

산하 조직으로서의 학생회가 아닌 순수한 학생회의 대표로서 일을 보았다. 내가 학생회 대표에서 물러날 때까지 나는 학교 안팎으로 얽힌 학생 사회의 갖가지 혼란과 갈등의 수습, 학생 자치 활동 및 행사 활동 추진, 학생회비 지출 청구, 미국 피바디(George Peabody College for Teachers) 교육 사절단에서 보낸 공작 기구, 실험 기구, 피아노 등 각종 교구 인계인수 확인서 서명의 일들을 보았다.

6월 20일 오전, 장지형 교장선생님이 나를 찾았다. 나는 교장실로 갔다. 미국 피바디 교육 사절단 새들러 박사가 와 있었다. 교장선생님은 새들러 박사가 학생 대표와 이야기를 나누고 싶다고 하기에 나를 불렀다고 했다.

새들러 박사는 4.19 의거(당시에는 '4.19 혁명' 이라는 말보다는 '4.19 의거' 라는 말을 많이 썼음.) 이후 학생들의 분위기, 학생회의 바람직한 역할, 사범학교 학생들의 애로 사항 등 여러 가지를 알고 싶어 했다. 나는 서투른 영어로 나의 생각을 말했다. 가끔은 통역인이 의사 소통을 도왔다.

이날 점심을 먹고 난 뒤 5교시 수업 종이 울리기 시작하는데, 지도 주임선생님이 나를 찾는다는 전갈이 왔다.

"허 군, 5교시 수업이 끝나면 학생들을 곧 강당으로 집합시켜야겠어."

라고 지도 주임선생님이 말했다.

"갑작스런 행사가 있게 됩니까?"

"응, 조금 전에 전화 연락을 받았어. 안호상 철학박사가 순회강연을 하고 있는데, 오후에는 우리 학교에서 강연을 하고 싶다는 거야. 그래서 의논 결과 이를 받아들이기로 했어."

"알겠습니다."

나는 5교시 수업이 끝나자마자, 2층 방송실로 가서 이를 전교생에게 알렸다.

그리고 대대장에게 학생들의 정렬과 인사 그령을 하도록 말했다. 나는 1층 나의 교실에 있다가는 다시 2층 영어 회화반 교실로 올라갔다.

나는 강연회장에는 들어가지 않았다. 시국 이야기를 섞어 학생들의 자세에 대해 말할 것이 뻔했다. 또 그 밑바닥에는 자신의 정치적 의도가 깔려 있을 것이라는 것이 느껴져, 나만이라도 개관적으로 초연히 있고 싶었다.(실제로 그 뒤 안호상 박사는 7월 29일 실시되는 제5대 국회의원 참의원 후보로 출마하여 당선되었다.)

약 1시간 동안 나 혼자만의 시간은 값지고 행복하기까지 했다. 강연이 끝나고 골마루가 떠들썩해서야 나는 의자에서 일어났다.

나는 서무과로 들어가 교장실 문을 두드렸다.

"어서 이리로 오게, 허 군."

장지형 교장선생님의 너그러운 음성이었다.

"이 학생이 학생회 위원장입니다."

교장선생님이 안호상 박사에게 나를 소개했다.

안 박사는 동아대학교 대학원생을 비서로 동행하고 있었다.

"보시다시피 우리 학교는 사범학교인 까닭에 빨리 안정된 분위기를 회복했습니다. 아직도 전국 각지에서는 일부 몰지각한 학생들의 분별없는 행동이 끊이지 않고 있습니다. 외국의 신문 기사에서조차 그들에게 비판적인 태도를 취하고 있는 상태에서 박사님께서는 학원의 안정을 어떻게 하면 바로잡을 수 있다고 생각하십니까?"

하고, 내가 먼저 말을 꺼냈다.

"그게 참 걱정이란 말이오. 인제 학생들은 너 나 할 것 없이 자숙해서 자신들의 직분인 학업으로 되돌아가야 하는데, 테러다 패싸움이다 참 야단이란 말이오.

나는 이 문제에 대해 두 가지로 생각하고 있어요.

하나는, 하루속히 경찰이 강력해져야 하겠어요. 학생이든 사회인이든 무질서한 행동을 하는 자에 대해서는 용서 없이 처벌해야 할 것이오.

또 하나는, 학생 자치 단체의 조직 확립이 필요해요. 말하자면 내가 초대 문교부 장관으로 있을 때 조직했던 학도호국단과 같은 전국적인 자치 단체 말이오. 이번에 그 학도호국단이 해체되긴 했지만, 앞으로 어떤 형태로든 학생 자치 단체의 체계가 이루어져, 정치의 영향을 전혀 받지 않으면서 학생 스스로의 정화 운동을 펼쳐 나가는 것이 중요하다고 보아요."

"이번 학생 의거를 겪으시면서, 특히 교육과 연관지어 절실히 느끼신 바가 있다면 어떤 점을 들 수 있겠습니까?"

나의 진지한 질문에 교장선생님과 비서는 한마디 참견 없이 신중하게 듣고 있었다. 교장실의 공기는 차분했다.

"나로서는 이 점을 들 수 있겠어요. 뭐고 하니, 국회, 행정, 사법의 삼권 분립에서 한 걸음 나아가 국회, 행정, 사법, 교육의 사권 분립을 주장해야겠다는 것이오. 따지고 보면, 4.19 학생 의거는 학생들이야말로 정치에 점염되지 않았다는 과시이며, 또 어떤 억압에도 굴하지 않겠다는 정의의 파수꾼다운 존재라는 증거가 아니겠소?

이로 미루어 우리의 민주주의가 영원히 살고 뻗어나가기 위해서는 교육의 독립을 포함한 사권 분립이 이루어져야만 안심이 될 수 있다는 뜻이오."

"박사님의 뜻은 어느 정도 이해가 갑니다.

저는 학생 의거를 직접 주도하면서 많은 정치인 내지 어른 세대에 대해 불신과 환멸을 느끼면서 이런 생각을 해 보았습니다.

우리나라의 중요한 자리에는 진실한 인재가 드물다고요. 그 진실한 인재가 드문 것은 정말 인재가 없어서 드문 것이 아니라, 진실한 인재를 진실하게 찾아내고, 사람을 진실한 인재로 기르려는 시책의 빈약에서 온다고요.

특권인이 특정한 자리에 무원칙하게 사람을 뽑아 앉히는 식의 인재 발탁은 부정부패를 낳고 불의를 저지르게 하는 요인이 되지 않을 수 있겠습니까?

진실성을 갖추고서 재주가 있고 능력이 있고 의욕이 있고 포부가 있어도, 가난하고 뒷줄이 없어 그 재주, 그 능력, 그 의욕, 그 포부를 불태우지 못하는 풍토가 조성되어서야 되겠습니까?

일찍이 진실한 인재의 지도자, 진실한 인재의 지성인들을 더 많이 찾아내고 길러냈더라면, 이처럼 허무하게 민주주의의 뒷걸음질은 없었을 것이며, 낙오된 국민이라는 자리를 지키지 않았을 것입니다.

사심 없이 유능한 장군이야말로 수많은 대군을 올바로 통솔할 수 있듯이, 진실하고 유능한 사람이라야 국민들의 희망이 될 수 있습니다. 광범위하게 진실한 인재를 발굴하고 양성하는 일이 나라와 겨레의 장래를 위해 절실하다고 생각합니다.

그런 뜻에서 인재 발굴과 활용에 제도적 개선이 있어야 할 것이며, 장학 제도와 연구 보조 제도가 널리 이루어져야 할 것입니다."

나는 과자를 손에 쥔 채 열띠게 말했다.

"허 군, 자네의 말이 퍽 옳아요. 그런 방향으로 눈 돌리는 날이 어서 와야 할 텐데."

안호상 박사가 공감하는 표정을 지으며 말했다.

이 밖에도 나는 실업 교육의 진흥, 우리 고유문화의 전승, 초등학교 학생들에 대한 실질적 의무 교육 시행, 사범학교 교육의 국가 지원 강화 등을 화제로 내세우며, 안 박사와 이야기를 계속했다.

그런데 안호상 박사와의 만남은 그로부터 2년이 지난 1962년(내 나이 22살)에 또 있었다.

내가 부산에서 교원으로 있을 때였다. 국어학자 외솔 최현배 박사 가족이 부산 근처 일광 해수욕장에서 여름휴가를 즐기면서 나를 초청했다. 8월 3일 일광 해수욕장에서 최현배 박사, 안호상 박사, 부산고등학교 추월영 교장, 그리고 내가 함께 시간을 보냈다. 그때 안호상 박사와 나는 1960년 6월 20일 진주사범학교 교장실에서 있었던 일을 회상했다.

국가 시행 중학교 교원 자격 검정고시 준비

순희가 우리 집에서 즐겁게 지내는 것이 느무 고마웠다. 밥도 잘 먹고 건강하게 자라는 것이 또한 고마웠다. 대로는 울다가 다른 아이들 같으면 "엄마!"라고 소리할 텐데, 순희는 "할매(할머니)!"라고 소리했다. 이럴 때면, 나의 가슴은 한없이 무너지는 것을 어쩔 수가 없었다.

태어난 지 5개월밖에 되지 않아 엄마를 잃은 순희의 동생 순옥이는 친할머니가 길렀다. 동네 아주머니들의 젖을 얻어먹기도 하다가, 결국은 오래지 않아 하늘나라 엄마의 곁으로 가고 말았다. 그 소식을 들은 우리 가족의 슬픔은 또 한번 이루 말할 수가 없었다.

내가 저녁밥을 먹고, 사색의 밤거리를 방황하다가 들어오면 방안은 순희의 재롱이 한창이었다.

어머니는 바느질을 하면서 연방 웃음을 감추지 못하고, 여동생은 시조창을 하는 아버지의 다리를 주무르면서 귀염둥이와 맞장구쳤다.

"앵두나무 우물가에 동네 처녀 바람났네.

물동이 호메자루 나도 몰라 내던지고

말만 들은 서울로 누굴 찾아서

이쁜이도 금순이도 단봇짐을 쌌다네." (앵두나무 처녀)

순희가 한창 유행하는 노래를 여기저기서 듣고서는 이를 흉내 내느라고 애쓰는 것을 보고 가족들은 계속 웃었다.

"순희야, 이제 할머니하고 잠자."

외할머니가 이렇게 말하면, 순희는 서슴지 않고 두 개의 베개를 챙겼다.

아버지의 시조창이 그치면, 나는 책상 앞에서, 여동생은 엎드려서 각각 공부에 열중했다.

이 시간이 되면 나는 잡념 없이 오직 '정진' 이라는 삼매에 들어가게 된다. 판자 울타리 밖에서 동네 사람들의 싸움 소리가 높든, 방탕한 주정뱅이들의 노랫가락이 판을 치든, 나는 어떤 구애도 받지 않고 공부에 열중한다. 밤 12시 전깃불이 꺼지면 다시 호롱불을 켜고서 골똘히 공부에 파묻힌다.

1960년 무더운 여름이 다가왔다. 장쾌한 7월이기도 하였다.

7월에 제1차 졸업 시험이 있었다. 3학년 때의 졸업 시험은 1학기 때 제1차 졸업 시험, 2학기 때 제2차 졸업 시험으로 구분되어 있었다.

사범학교이기 때문에 졸업 시험은 일반 고등학교와는 그 의미가 사뭇 달랐다. 제1, 2차 졸업 시험 성적, 교육 실습 성적, 행동 발달 상황 등이 졸업 후 교원 발령 순서에 그대로 영향을 미쳤다. 지난 3월에 졸업한 선배들 가운데서도 아직 발령을 받지 못한 사람들이 있었으므로, 발령 순서는 큰 관심의 대상이었다.

부산시 초등학교 교원으로는 부산사범학교 졸업생들이 주로 발령을 받았다. 진주사범학교 졸업생은 성적 순서에 따라 남자 2명, 여자 1명이 부산시로 발령을 받았다. 부산시로 발령을 받게 되면, 교원으로 근무하면서 야간 대학에서 공부할 수 있다는 장점이 있기 때문에 졸업 시험은 이런 점에서도 중요성을 띠고 있었다.

따라서 학교에서는 졸업 시험을 매우 엄격하고 공정하게 관리했다. 1, 2학년 때의 정기 고사는 각기 자기 교실에서 치렀지만, 졸업 시험은 3학년 4학급 모두가 강당에 책걸상을 갖다놓고 선생님들의 공동 감독을 받으며 치렀다. 이른바 수재들로 구성되었다는 사범학생들 모두가 졸업 시험에 임하는 열기는 매우 뜨거웠다.

여러 날 계속되는 시험으로 학생들은 누구나 지쳐 있었다. 마지막으로 '논리학' 시험만 치르면, 제1차 졸업 시험의 무거운 고비를 넘기게 된다.

쉬는 시간이면 학생들은 더위도 식힐 겸 강당 밖에서 시험공부를 했다. 시험 준비종이 요란하게 울렸다. 나는 본관 현관 앞의 바윗돌에서 일어나 강당으로 발걸음을 옮겼다. 교두실에서 시험지 뭉치를 든 선생님들이 강당으로 몰려 들어가는 학생들의 뒤를 따랐다.

내가 강당으로 들어서려는 찰나였다.

"만길이."

등 뒤에서 내 이름을 크게 부르는 소리가 있었다. 나는 문득으로 들여놓으려던 발걸음을 멈추고 책에서 눈길을 돌렸다.

서예와 국문학사를 가르치는 하재옥 선생님이 빠른 걸음으로 내게로 다가왔다.

"예, 선생님."

"중학교 교원 자격 검정고시 날짜가 발표되었다고 하는데, 한번 응시 안 해 보겠니?"

"예?"

나는 혼자 속으로만 궁금했던 일에 대한 소식이었기에 내심으로는 귀가 기울여지면서도 겉으로는 주저하는 표정을 지었다.

"그러지 말고, 이 시간이 끝나고 나면 다시 이야기하자고."

광복 이후 우리나라 중등학교(중·고등학교) 교사 자격증의 종류는 변천을 거듭했는데, 당시는 준교사, 2급 정교사, 1급 정교사(2급 정교사 취득 후 경력과 연수로 취득)로 구분되었다. 그리고 그 자격증을 취득하는 방법은 다음과 같았다.

- 2년제 사범대학을 졸업하면 중학교 2급 정교사 자격증 취득
- 2년제 일반 대학을 졸업하면 중학교 준교사 자격증 취득
- 중학교 교원 자격 검정고시에 합격하면 중학교 준교사 자격증 취득
- 4년제 사범대학을 졸업하면 고등학교 2급 정교사 자격증 취득
- 4년제 일반 대학을 졸업하면 고등학교 준교사 자격증 취득
- 고등학교 교원 자격 검정고시에 합격하면 고등학교 준교사 자격증 취득

그리고 사범대학이나 일반 대학을 졸업하지 않고, 국가에서 시행하는 교사(교원) 자격 검정고시('고시 검정'이라고도 하였음)를 통해 교사 자격증을 받는 절차는 다음과 같았다.

- 고등학교 교사 자격 검정고시 응시 자격자는 고등학교 졸업자, 초등학교 준교사 이상의 자격증을 가진 자
- 중학교 교사 자격 고시 검정 응시 자격자는 중학교 졸업자, 초등학교 준교사 이상의 자격증을 가진 자
- 고시 검정은 학력고사, 실지 수업, 구술, 실기 고사, 신체검사로 행함.
- 학력고사 공통 과목 : 교육학, 사회(정치, 경제, 법률, 사회, 문화, 교양 등 종합)
- 학력고사 전공과목 : 각 전공과도(보기 : 국어과, 수학과, 영어과 등)
- 학력고사에 합격한 자에 한하여 실지 수업, 구술, 실기 고사(예체능 과목에 해당), 신체 검사를 하게 됨.
- 학력고사 합격은 전공과목, 공통 과목 교육학, 공통 과목 사회에서 각 60점 이상을 받아야 하고, 학력고사 합격자에 한하여 실지 수업, 구술, 실기 고사에 응시할 수 있는데, 각 성적이 60점 이상이어야 최종 합격을 할 수 있음.
- 사범학교 졸업자, 초등학교 정교사 자격증 소지자가 중학교 또는 고등학교의 교사 자격 고시 검정에 지원하는 경우에 학력고사의 공통 과목을 면제함.
- 2년제 사범대학 졸업자는 고등학교 교사 자격 고시 검정에서 공

통 과목을 면제함.

- 고등학교 졸업자가 중·고등학교 교사 자격 검정고시에 지원하
  는 경우에는 공통 과목 중 사회 과목을 면제함.
- 학력고사에만 합격한 자는 학력고사 합격증을 수여하고, 이후
  2회의 고시 검정에 한하여 본인의 지망에 따라 학력고사를 면
  제함.

중학교, 고등학교 교원 자격 검정고시는 정부가 수립된 뒤 1949년
부터 실시하게 되었는데, 시행 7년째인 1955년도에는 그 수험자 수
가 전국적으로 수천 명에 달하였다.(* '중·고등학교 교사 자격 고시
수험 지도서' 의 '머리말' 참고. 고시연구회 편, 서울 박문서관.
1956. 9. 30.).

1955년도 시행 합격률에 대해 일부 과목을 예로 들어 본다.

중학교 국어 과목의 경우 응시자는 336명인데, 학력고사에 38명이
합격했으나, 구술에서 11명이 불합격하여 최종 합격자는 27명으로
서 합격률은 약 8%였다. 사생 과목은 151명이 응시하여 최종 합격자
는 3명으로서 합격률은 약 2%였다. 영어 과목은 223명이 응시하여
최종 합격자는 5명으로서 합격률은 약 2%였다.

고등학교 국어 과목의 경우 응시자는 256명인데, 학력고사에 23명
이 합격했으나, 구술에서 7명이 불합격하여 최종 합격자는 16명으로
서 합격률은 약 6%였다. 수학 과목은 42명이 응시하여 최종 합격자
는 2명으로서 합격률은 약 5%였다. 영어 과목은 135명이 응시하여
최종 합격자는 10명으로서 합격률은 약 7%였다. 불어(프랑스어) 과
목 응시자는 4명으로서 최종 합격자는 2명이었는데, 합격률은 50%

였다. 서도(서예) 과목 응시자는 33명으로서 최종 합격자는 한 사람도 없어 합격률은 0%였다.(* '중·고등학교 교사 자격 고시 수험 지도서' 27~30쪽 참고. 고시연구회 편, 서울 박문서관, 1956. 9. 30.).

중등학교(중·고등학교) 교원 자격 검정고시 수험자 수는 해마다 늘어 가고 있었다. 학력고사 시험 장소는 수험자들의 편의를 위해 꼭 같은 문제지로서 전국적으로 4곳에서 동시에 실시하였다. 서울, 부산(혹은 대구), 광주, 춘천에서 실시하였다.

학력고사 출제 위원은 각 과목별로 학계의 권위자들로 구성하였다. 구술시험은 서울에서 출제 위원(시험관)이 직접 실시하였다.

실지 수업 시험은 사범학교 졸업자도 아니고 교단 경력도 없는 수험자가 치르게 된다. 실지 수업 점수는 학습 지도안 작성 점수와 서울대학교 사범대학 부속 중학교 혹은 부속 고등학교 학생들을 대상으로 실시한 실지 수업 점수의 합산으로 평가하였다.

학력고사 공통 과목은 교육학 과목과 사회 과목인데, 사범학교 졸업자와 초등학교 정교사 자격증 소지자는 교육학 과목이 면제되고, 고등학교 이상 졸업자는 사회 과목이 면제되었다.

그런데 나는 현재로서는 중학교 졸업장밖에 없는 상태이다. 따라서 고등학교 교원(교사) 자격 검정고시에는 응시할 자격이 못 된다. 그래서 중학교 교원 자격 검정고시에 국어 과목을 전공으로 하여 응시해 보겠다는 각오를 몇 달 전부터 해 왔다.

만약 올해 1차 시험인 학력고사에서 전공과목 성적이 60점 이상이 되면, 그 이후 2년간은 전공과목 시험은 면제가 된다. 그리고 내년에는 고등학교 과정인 사범학교 졸업장을 받게 되므로, 공통 과목인 교육학 과목과 사회 과목 모두가 면제된다. 또 내년에는 사범학교 졸업자가 되므로 2차 시험(구술, 실지 수업) 가운데서 실지 수업도 면제되고, 구술시험만 치르면 된다.

중학교 졸업장밖에 없는 이 상황에서 내가 1960년도 시행 중학교 교원(교사) 자격증을 받자면, 우선 1차 시험(학력고사)에서 전공과목은 물론 공통 과목인 교육학 과목, 사회 과목에도 합격해야 한다. 1차 시험에 합격하고 나면, 2차 시험을 볼 수 있다. 2차 시험에서도 구술시험은 물론 중학생을 대상으로 한 실지 수업을 하여야 한다. 그러니까, 나는 어떤 면제 혜택도 없는 시험을 치러야 하는 것이다.

중·고등학교 교원 자격 검정고시는 초등학교(국민학교) 교사들에게는 매우 큰 선망의 대상이었다. 국가 시행 자격 고시인지라 공신력이 있고, 매우 어려운 시험인지라 합격하면 그 실력을 높이 평가받고 있었다. 이 고시에 합격하여 중·고등학교 교원 자격증을 받은 사람은 중·고등학교 취직이 매우 힘든 상태에서도 여러 중·고등학교에서 그를 모셔 가는 형식을 취할 정도였다.

그래서 해마다 신문에서 중·고등학교 교원 자격 검정고시 합격자가 발표되면, 교육계에서는 이와 관련하여 여러 가지 화제가 일곤 하였다. 이것은 장차 졸업 후 초등학교 교사로 발령받게 될 사범학교 재학생들에게는 큰 관심의 대상이었다. 진주 시내 초등학교 교사 중에서 이 고시에 합격한 사실이 알려지면, 그것은 매우 큰 뉴스였다. 선생님들도 수업 중에 이를 화제로 삼곤 했다.

'논리학' 시험을 마지막으로 제1차 졸업 시험을 마치고 나니, 긴장이 풀리면서 해방감이 엄습해 오는 것을 어쩌지 못하면서 서예실로 갔다.

"어서 이리로 와."

하재옥 선생님이 반가이 말했다.

"어쩔래? 국어 과목을 전공으로 하여 자격 그시에 한번 응시해 보는 게 어때?

경험이다 생각하고서 한번 응시해 봐."

하재옥 선생님은 나에게 전공과목으로 국어 과목을 콕 집어 말했다. 여성처럼 피부가 곱고 둥근 얼굴에 반짝반짝하는 선생님의 눈이 나의 표정을 깊게 살폈다.

하재옥 선생님이 나에게 국어 과목을 콕 집어서 교원 자격 검정고시에 응시해 보도록 권하는 데는 그만한 이유가 있었다.

선생님은 1학년 때 교내 서예(붓글씨) 경시 대회에서 내가 뛰어난 것을 보고, 내가 클럽 활동 서예반에 들어 서예를 열심히 해 줄 것을 기대했다. 그러나 나는 서예에 집중할 수가 없었고, 영어 회화반에서 활동하였다.

그런데 선생님은 '국문학사' 과목도 줄곧 가르쳤는데, 선생님은 서술형 국문학사 시험에서 내가 특별히 점수가 좋은 것을 발견했다. 서술형이기 때문에 만점은 줄 수 없다는 생각에서 40점 만점에 39.5점을 주면서 나의 답 구성이 매우 놀랍다고 공개적으로 칭찬하곤 했다. 하재옥 선생님은 국어를 가르치는 연구주임 구연재 선생님에게 나의 국어 공부에 대해 알아본 결과 나는 문장력 수준이 높고, 국어

이론 공부가 전문 영역에까지 들어갔다는 이야기도 들었던 것이다.

하재옥 선생님은 내가 서예에 집중하지 않는 것에 대해 서운하게 여겼지만, 점차 국어 과목 실력자로서의 나를 주시했다.

하재옥 선생님은 초등학교 교감으로 있으면서 고등학교 서도(서예) 과목 교원 자격 검정고시에 합격하고서는, 몇 해 동안 중·고등학교 국어 과목 교원 자격 검정고시를 준비해 오던 터였다.

나는 학교 도서관에서도 국어에 관한 전문 서적들을 많이 빌려 읽었고, 구연재 선생님에게서도 '고가 주석'(김형규 지음)을 비롯해 전문 서적을 빌려 읽었다. 그리고 하재옥 선생님한테서도 국어에 관한 책을 빌려 읽었다. 지난 5월 말에 나는 하재옥 선생님한테서 '국문학 개론'(김형규, 구자균, 손낙범 지음)을 비롯해 몇 권의 전문 서적을 빌려 읽어 왔다.

이런 배경에서 하재옥 선생님은 나에게 올해에 경험 삼아 중학교 교원 자격 검정고시에 응시해 보기를 권했던 것이다.

나는 선생님의 관심이 고마웠다. 나는 그렇잖아도 올해에 이 시험에 응시해 보고 싶었다. 그리고 나는 경험 삼아가 아니라, 자격 고시에서 어떤 면제 혜택도 없지만 떳떳하게 그 모든 것을 합격해야겠다고 혼자서 다짐해 보기도 한 일이었다.

"선생님, 시험 날짜는 언제입니까?"

"확실한 건 다시 알아보아야겠는데, 9월 하순으로 들었어. 해마다 그맘때 이 고시가 있기 마련이지."

제2차 졸업 시험은 12월 중순에 있게 된다. 졸업 시험과는 중복되지 않는 시기이므로 다행이라는 생각이 들었다.

9월 하순. 앞으로 꼭 두 달 남았다. 곧 여름방학이 시작된다. 한 달 간의 방학이다. 그것도 다행이었다. 그런데 여름방학을 마치고 개학을 하면 바로 8월 25일부터 10월 25일까지 두 달 동안 진주 시내 초등학교에서 교육 실습을 하게 된다. 교육 실습 성적 역시 졸업 성적에 들어가므로 소홀히 해서는 안 된다.

그러나 하면 될 것이다. 지금까지 공부해 둔 실력도 있으그로, 여름방학 한 달 동안에 모든 공부를 거의 끝낸다고 생각하면 된다. 이미 결심했던 일이 아닌가.

"어쩔래? 한번 해 보지 않을래?"

한참을 생각하고 있는 나에게 선생님이 다시 물었다.

"선생님. 그렇지만, 책을 다 구하기가 쉽지 않을 것 같습니다."

"그건 염려할 것 없어.

내가 공부하던 책들도 상당히 있어.

그리고 학교 도서관에도 책이 상당히 있고.'

"선생님, 감사합니다."

"됐어. 됐어.

열심히 해 보아. 경험이 중요해.

응시 원서는 내가 써 줄게."

"선생님, 감사합니다."

나의 결심을 확인하고서 선생님은 붓을 힘차게 쥐고서 글씨 쓸 준비를 하였다.

"선생님."

"왜."

"선생님께 부탁드릴 게 있습니다."

"뭔데?"

선생님은 붓을 벼루에 대다 말고 말했다.

"다른 사람들에게 제가 교원 자격 고시 준비를 하고 있다는 말씀은 안 하시는 게 좋겠습니다."

"그래. 내 그러기로 약속하마."

선생님은 얼마 동안 나를 바라보다가 빙그레 웃으며 말했다.

7월이 다 가기 전에, 나는 국어과 교원 자격 고시 준비와 관련된 책들을 최대한 확보했다. 부분적으로 더 필요한 것은 공부를 진행하면서 확보하겠다는 생각이 들었다. 내가 이미 가지고 있던 책, 여러 사람과 도서관에서 빌려 온 책, 새로 구입한 새 책 혹은 헌 책 등 수험 준비와 관련된 책들은 어떤 어려움도 무릅쓰고 구할 수 있는 한 거의 다 확보했다.

빈번히 책을 날라 오고, 이를 분류하는 모습을 본 아버지는 나에게 무엇인가 새로운 계획이 있음을 눈치 채는 듯했다.

"아버지."

"왜."

"이번 여름방학에는 특별히 책을 많이 읽을 생각입니다. 학창 시절에 공부를 많이 해 두어야 장래 여러모로 도움이 될 것 같아서입니다."

본격적인 공부를 시작하지 않은 시점에서 중학교 교원 자격 검정 고시 준비 이야기는 차마 꺼낼 수가 없었다.

"그래. 그렇게 해.

누가 네 공부하는 걸 말리는 사람이라도 있나?"

"그게 아니고요. 이번 방학 중에는 조용히 들어앉아서 책만 읽어야 할 것 같아서입니다."

"그러니까, 이발소 나오기가 어렵다는 뜻이지?"

"전혀 안 나갈 수야 있겠습니까?

여름 날씨인지라 낮에는 별 일거리가 없을 것이고, 저녁 무렵에는 이발소에 가도록 하겠습니다. 이발소에 쓸 물도 그때 길러 두도록 하겠습니다. 그 대신 동생이 이발소에 주로 있으면서 잔심부름을 했으면 합니다. 낮에라도 바쁠 때에는 부리나케 가도록 하겠습니다."

"그럼, 그렇게 해."

귀한 책과 알찬 시간을 만나니, 기쁘기 그지없었다. 그러나 다른 사람들이 여러 해 동안 준비하는 것을 나는 두 달 동안에 이루어내어야 한다.

나는 세 단계 계획을 세웠다. 세 단계 가운데는 공통 과목으로서 '교육학'과 '사회'는 염두에 두지 않기로 했다. 그것은 순전히 평소 실력에 맡기기로 했다. 자격 고시의 핵심인 전공과목으로서 국어 과목 공부에 몰두하기로 했다.

첫째 단계는, 7월 말까지 약 일주일 동안은 많은 책들을 두루 읽어 내용을 개략적으로 파악하고, 책별 영역별 난이도를 찾고, 본격적인 공부를 위한 체계를 잡도록 한다.

둘째 단계는, 8월 1일부터 여름방학을 마치고 교육 실습을 시작하는 날까지 25일 동안 영역별 필수 기본 서적을 완전히 익히도록 한다.

셋째 단계는, 교육 실습 시작하는 날부터 자격 고시 당일까지 약 30일 동안 공부 내용을 계속 반복하여 심화하고, 책의 범위를 보충하여 넓히고, 답안 구성 요령을 연구하도록 한다.

나는 체계적인 공부를 위해 영역을 설정하고, 영역별 필수 기본 서적을 선정했다. 영역별 필수 기본 서적을 선정하는 데에는 학자 개개인의 독보적 연구, 학설의 차이 등을 고려하여야 했다.

- 국어학 개론 영역 : 국어학 개론(김형규), 국어학 개설(이희승), 국어학 개설(이숭녕)
- 국어사 및 국어학사 영역 : 국어사(김형규), 조선 문자 급 어학사(김윤경), 한글갈(최현배)
- 현대 문법 영역 : 우리 말본(최현배), 국문법 개론(김성배)
- 고전 및 옛 문법 : 고가 연구(양주동), 여요 전주(양주동), 국문학 고전 독본(양주동), 고가 주석(김형규), 용비어천가(허 웅 주해), 고어의 음운과 문법(이숭녕), 고전 문법(이숭녕), 고시조 정해(방종현), 고전 정해(유병석, 이민택, 윤근필, 권영철)
- 국문학 개론 영역 : 국문학 개론(김형규, 구자균, 손낙범), 국문학 개설(조윤제)
- 국문학사 영역 : 국문학사(조윤제), 한국 시가 사강(조윤제), 국문학사(김사엽), 국문학 전사(백철, 이병기), 교육 국문학사 정해(조윤제), 국문학사 요해(유창돈)
- 문학 일반 및 현대 문학 영역 : 문학 개론(백철, 김기림), 조선 신

문학 사조사(백철), 문장 강화(박목월), 소설 작법(정비석), 현대
세계 문학 사전(곽종원 편, 창인사. 1954))

• 국어 교육론 영역 : 신국어 교육론(김성배), 국어 교육론(박태윤)
• 중 · 고등학교 교과서 영역 : 중학교 국어 교과서, 중학교 말본(문
법) 교과서, 고등학교 국어 교과서, 고등학교 말본(문법) 교과서
• 국어 연습 영역 : 국어 I , 국어 II(홍웅선)
• 그 밖 : 음운론 연구(이숭녕), 세계 문예 사조사, 시론, 소설론, 희
곡론, 시나리오 작법, 수필 작법, 문예 평론, 고사 성어, 속담과
격언, 현대문 연습

공부할 장소가 문제였다.

한여름 오전 10시부터 해가 질 때까지는 방 안이 몹시 뜨거웠던 것
이다. 우리가 살던 집은 차음 기와집으로 지었지만, 우리가 사는 방
의 지붕은 양철로 이어 낸 부분이었다. 그래서 햇볕에 가열된 양철
지붕의 뜨거운 기운이 방 안을 몹시 뜨겁게 하여 공부하기가 힘들었
다. 그래도 한동안은 오전에는 방안에서 공부하고 오후에는 의곡사
(절) 입구 그늘이나 정자에 앉아 책을 읽었다.

그러던 차에 마침 이웃 사람의 소개로 우리 집에서 약 300m 거리
에 있는 조용한 집의 마루에서 공부할 수 있게 되었다. 산중턱에 있
는 집인데, 동네의 맨 윗집이었다. 낮이면 며느리는 장사하러 나가
고, 할아버지 혼자 집을 지키고 있었다. 나는 낮이면 그 집 마루에서
열심히 공부할 수 있었다. 참으로 고마운 일이었다.

나는 앉아서도, 서서도, 밥 먹으면서도, 길을 걸으면서도, 책과 눈

은 멀어지지 않았다. 이발소에 사용할 물을 펌프질할 때도 책은 항상 내 손에 들려 있었고, 물지게를 지고 걸으면서도 나는 글을 읽었다.

새벽 1시경 잠자리에 들 때에는 조금 뒤 새벽 5시경 읽을 책의 페이지를 머리맡에 미리 펼쳐 두었다. 호롱불을 켤 성냥은 언제나 손이 잘 닿는 곳에 두었다.

날마다 책의 진도 계획을 짰다. 계획대로 되지 않으면 다시 효율적인 계획을 세웠다. 예를 들어, '국문학사'를 몇 시간 동안에 다 읽어야 하며, 10분 동안에 '국어사'를 몇 페이지 넘겨야 하는가를 염두에 두면서 공부했다. 시간 단위가 문제가 아니라, 10분 단위까지도 나에게는 중요했다.

시간 계획대로 진도가 나아가지 않을 때 가슴은 아프게 조였다. 무더위와 수면 부족으로 말미암아, 깜박 낮잠에 정신을 놓고 말았을 때의 후회감은 참으로 아찔했다. 공백이 되어 버린 그 시간을 어떻게 메울 것인가가 안타까웠다.

이해가 잘 되지 않는 부분은 이 책 저 책을 대조해 가며 공부하기도 하고, 서점에 달려가 도움 되는 자료를 찾아보기도 했다.

같은 주제이면서도 학자에 따라 학설이 서로 다른 부분들을 답안 구성에서는 어떻게 소화할 것인가도 꼼꼼히 고려하여야 했다.

어떤 경우는 모래알을 씹듯 무미건조한 기분으로 공부하기도 하고, 어떤 경우는 이해와 기억이 잘 된 책장을 빠른 속도로 펄펄 기분 좋게 넘기기도 했다.

그런 가운데서도 내게는 때때로 천만 다행스럽다는 생각이 들었다.

하나는 책의 양은 많지만, 내용에 있어 막히는 것이 그리 많지 않았다는 점이다. 그것은 내가 평소에 국어에 관한 서적을 많이 공부해 왔고, 또 암기하는 것이 좋겠다고 생각되는 것은 이미 암기를 많이 해 둔 결과였다. 또 하나는 약 한 달 동안의 여름방학이 너무 고마웠다. 온전히 공부에 집중할 수 있었기 때문이다.

교육 실습과 중학교 교원 자격 검정고시 응시

1960년 8월 여름방학을 마치고 개학하자마자, 3학년 학생들은 제1
기 교육 실습을 시작하게 되었다.

교육 실습은 사범학교 졸업 후 교원이 될 사람으로서 교육 현장에
서 교육 실제 경험을 통하여 학습 지도 기술, 학생 생활 지도, 학급
관리, 교육 과정 계획, 교육자로서의 인간성 등 다방면의 교육자 자
질을 향상시키는 데 목적이 있었다.

제1기 교육 실습은 1960년 8월 25일(목요일)부터 10월 25일(화요
일)까지 두 달 동안 218명의 학생들이 진주 시내 6개 초등학교에서
실시하기로 되어 있었다. 진주사범학교 부속 국민학교(46명), 진주
금성국민학교(16명), 진주배영국민학교(24명), 진주봉래국민학교
(44명), 진주중안국민학교(44명), 진주천전국민학교(44명)가 교육
실습 학교로 지정되었다.

나는 진주중안국민학교에서 실습하게 되었다. 진주중안국민학교

에 배정된 44명의 교육 실습생(교생, 실습생)는 11개 학급으로 분산
되었다. 나는 권인호, 이광자, 장중자 실습생과 함께 2학년 7반에 배
정되었다. 학급 담임은 윤수현 선생님이었는데, 2학년 주임교사를
겸하고 있었다.

　교육 실습 첫날.
　학급 학생들과는 학급 조례 시간에 인사를 나누었다. 나는 학생들
과의 만남이 감개무량했다.
　첫째 시간에 조용재 교장선생님은 따스한 말로 효과적인 교육 실
습에 관해 말했다. 실습생들은 2시간 동안 자유로이 수업 참관을 했
다. 넷째 시간에는 교육 실습 지도 계획 발표를 들었다. 그리고 다섯
째 시간에 이수곤 교감선생님은 특별 강화를 통해 실습생들이 학교
생활에 어서 익숙하고, 학교의 교육 정신을 눈여겨 찾아보기 바란다
고 했다.
　교육 실습 첫날의 소감이 여러 가지로 떠올랐다.

　"어린이들은 인제 나와 함께 있다. 그들의 생기발랄한 웃음에는
그들의 무한한 희망과 용기가 용솟음치고 있다. 나의 마음은 흐뭇
한 정열로 지금 닳아 오르고 있다.
　가르치는 자리에 있다고 생각하니, 내 주위에는 노래가 감돌고,
원대한 꿈이 약동하고, 순진한 인간애가 싱그럽다.
　어린이의 어린이다운 참된 모습은 나의 교육애를 더욱 충만하게 자
아낼 것이다. 그래서 나는 그들을 더 높은 경지로 이끌어갈 것이다.
　오늘은 마음가짐을 경건하고 떳떳하게 하자. 익숙하지 못한 첫날

이기에 마음의 갈피를 잘 잡을 듯하면서도 주저해진다."

우리는 6일 동안은 관찰 위주로 실습을 했다. 윤수현 선생님은 소박하면서 인정이 넘쳤다. 둘째 날 수업을 참관하면서 나는 벌써 윤 선생님의 학습 지도 기술이 뛰어나고 임기응변으로 학생들을 흥미 있게 이끌어 가는 것을 뚜렷이 알 수 있었다.

2학년인데도 학생들은 읽기 능력이 좋았다. 학급 문고 활용 훈련이 잘 되어 있었다. 학생들의 그림일기를 교사는 매일 지도하면서 어린이들의 생활 습관을 성실히 지도하고 있었다. 이 정도만으로도 교사의 교육열을 충분히 가늠할 수 있었다.

8월 31일(수요일) 교육 실습 7일째였다. 드디어 교생(교육 실습생)들이 실제 수업을 하기 시작했다. 내가 먼저 시작하였다. 첫째 시간에 국어를 지도하였다. 나는 그 다음날에도 둘째 시간에 국어, 셋째 시간에 보건, 넷째 시간에 산수를 지도하였다.

나는 국어 수업에서는 두 시간 동안 '이야기회'라는 단원을 지도하고, 보건 수업에서는 '달리기 놀이와 고리짓기' 단원을 지도하고, 산수 수업에서는 응용문제를 지도했다.

나는 실제 수업에서 지나치게 긴장이 되어 학생들에게 어색해 보일까 봐 걱정이었는데, 막상 수업을 진행해 나가니까 마음의 평정이 이루어져 다행이었다.

학생들의 학습 흥미와 의욕을 계속 유지시켜 나가기 위해 학습 지도자는 언어의 사용에 있어 새로움과 변화가 있어야 하고, 학생들이 선행 단계의 학습 내용을 충분히 이해하여만 후속 단계의 학습 내용

168

을 제대로 이해할 수 있으리라는 생각이 머릿속에서 떠나지 않았다.

그래서 사전에 작성한 학습 지도안이 그대르 기계적으로 활용되기 어려운 경우도 있음을 알았다. 사전 계획은 더디까지나 사전 계획이 므로 실제 장면에서는 융통성이 필요했다.

한 시간의 수업을 위해 학습 자료를 두 시간에 걸쳐 만들었는데, 교사의 수업 성과는 평소 수업 준비의 열중이 중요하다는 생각을 했다.

국어 수업에서는 학생들의 학습 장면을 최대로 살피면서도 학습 도달 목표를 염두에 두려고 했다. 보건 수업은 학생들이 실기 학습 을 하면서 몹시 즐거워했다. 산수 수업에서는 학생들의 이해를 높 이고 흥미를 계속 유지시키기 위해 그림과 디야기로써 수업 전개를 했다.

9월 2일에는 둘째 시간에 산수, 셋째 시간에 음악, 넷째 시간에 자 연을 권인호 교생이 지도하였다. 9월 3일에는 둘째 시간에 산수, 셋 째 시간에 국어를 장증자 교생이 지도하였다. 9월 5일에는 둘째 시 간에 사생, 셋째 시간에 자연, 넷째 시간에 음악을 이광자 교생이 지 도하였다.

이 뒤로 우리들 4교생은 교재 연구를 하고, 학습 지도안을 작성하 고, 시청각 자료를 만들어 가면서, 본격적으로 실제 수업을 계속하 였다.

4교생은 좋은 교사가 되기 위하여 학교에서 배운 이론을 교실 현 장에 실제로 적용하면서 스스로를 발전시켜 나갔다. 수업뿐만 아니 라, 생활 지도, 학습 과제 처리, 학생 개별 상담, 학급 관리, 교실 환경 구성, 학습 부진아 지도, 교육 사례 연구, 연구 수업 및 연구 협의회 참가, 토론회 개최, 학업 성적 평가, 학교 행정 이해, 교직원들의 특별 강화 수강 등에도 열중했다.

2학년은 초등학교 과정 중에서도 아직 저학년에 속하는지라, 생활 지도에 있어서도 그만큼 자상해야 했다.

8월 31일에는 수업 중에 초조한 마음으로 발표하는 학생이 있었다. 나중에 그 학생을 따로 만났다. 남 앞에서 이야기할 때는 바른 자세로 천천히 말하고 주저함 없이 솔직하게 표현하는 습관을 지니는 것이 좋다고 했다.

9월 2일에는 수업 중에 연필 깎는 소리가 유난히 큰 학생이 있어 지도했다.

9월 3일에는 글씨가 매우 좋지 않은 학생이 있어, 주어진 네모 칸 속에 천천히 정확하게 써 보라고 했더니, 곧 좋은 글씨가 되었다.

9월 6일에는 학습장(공책)을 갈기갈기 찢는 학생이 있어, 그 심리적 동기가 무엇일까를 생각해 보았다. 가정이나 학교나 친구에 대한 불만은 아닐까, 자기 스스로에 대한 욕구 불만은 아닐까 등 여러 가지를 상상해 보면서 계속 관찰해 보기로 했다.

9월 7일에는 싸움과 놀이를 구별할 수 없을 정도로 난폭한 장난을 하는 학생이 있어 상담했다. 심한 장난은 다른 사람에게나 자신에게 신체적 위험이 될 수 있음을 예를 들어가며 지도했다.

9월 9일에는 4학년 1반에서 교사의 국어과 연구 수업이 있었다. 오후에 교사와 교생이 참가한 가운데 열린 연구 협의회에서 학생들에게 만화를 강력히 금독(읽지 않도록 함)하도록 하여야 한다는 말이 나오기에 나는 반대 의견을 제시했다.

만화를 읽게 할 것인가 읽지 않도록 할 것인가는 내용에 있는 것이지 만화 자체의 속성에 있는 것이 아니다. 독서 이해력이 낮은 학생들에게 그림을 곁들여 재미있게 표현한 만화는 좋은 양념을 넣어 만든 음식과 같아서 정신 영양을 고상하고 풍요롭게 할 것이며, 글자로만 표현한 책보다 상상력을 더욱 풍부하게 하는 경우도 많다.

그림과 아동의 관계를 잘 모르고 만화의 해독만을 주장한다는 것은 아동의 독서 능력 발달을 무시하는 결과가 될 수 있다. 교사가 학생들에게 좋은 만화책을 장려한다면 학생들은 그만큼 교육적인 가치로 성장할 것이다.

나는 이런 논리를 전개했는데, 나중에는 참석자 대부분이 나의 말에 공감했다.

9월 13일에는 분단별로 청소를 할 때 놀기만 하는 학생들을 불러, 나와 함께 청소를 하자고 했다.

나는 교육 실습에 충실하면서도, 시간이 나는 대로 중학교 교원 자격 검정고시 준비에 몰두했다.

드디어 9월 하순, 중학교 교원 자격 검정고시 과정에서 가장 어려운 관문으로서 제1차 시험인 학력고사를 치르는 날이 눈앞에 다가왔다. 교육 실습이 중반에 이른 시기였다.

나는 9월 23일(금요일) 오후 부산행 기차를 탔다. 오후 늦게 부산시 중구 동광동 소재 부산동광국민학교를 찾았다. 교사로 근무하는 외오촌(노재진)을 만났다. 대신동에 위치한 외오촌 집에서 이틀 밤을 자기로 했다.

인정 많은 외당숙모는 시험을 잘 볼 수 있도록 잠자리를 편하게 마련해 주었다. 이튿날 아침 식사에는 갈치 반찬이 상에 올랐다. 그러나 나는 평소 고기반찬을 좋아하지 않는데다가, 시험공부를 본격적으로 시작할 때부터 생각하는 것은 물론 먹는 것에 이르기까지 평소보다 더욱 더 정결하고자 했으므로, 갈치 반찬을 먹지 않았다.

토요일. 시험 첫날이었다. 시험장은 외갓집에서 그리 멀지 않은 서대신동 소재 부산여자고등학교이었다.

응시표를 받아 가슴에 달았다.

응시 번호는 '제3994호'였다. 응시표는 세로글씨로 씌어 있었다. 가로 10.5cm, 세로 14cm의 하얀 종이에 응시표, 성명, 생년월일, 고시 종별(중학교 교원 고시), 전공과목(국어과), 면제 과목(빈칸), 면제 사유(빈칸), 응시 번호가 나타나 있었다. 응시표의 위쪽 가운데에는 나의 사진이 붙어 있었다. 응시표의 맨 아랫줄에 '중앙교원자격검정위원장'이란 글자가 있고, 그 아래 직인이 벌겋게 찍혀 있었다.

나는 지정된 자리로 갔다. 국어 과목 응시자만도 여러 시험실에서 시험을 치렀다. 이날은 전국적으로 부산 외에도 서울, 광주, 춘천에서도 꼭 같은 시간에 꼭 같은 문제로 시험을 치른다. 정부에서 응시자들에게 편의를 보아 주기 위함이기도 하고, 그만큼 전국적으로 응시자가 많다는 뜻이기도 했다. 응시자들은 대부분 초등학교 교사들이다. 나중에 안 사실이지만, 국어 과돈에 응시한 수험자 수는 전국적으로 약 600명이었다고 했다.

시험 감독관이 시험실에 들어오기 전까지 수험자들은 책들을 펴놓고 한 줄이라도 더 읽어 최후의 정리를 하려는 분위기였다. 나는 혹시나 내가 보지 못한 책이라도 있나 싶어 교실을 빙 둘러 보았다. 다행히 그런 책은 보이지 않았다.

어떤 이들은 옆 사람과 이야기를 나누고 있었다. 얼른 들어도 그들이 공부한 수준을 이해할 수 있었다. 어떤 사람은 초보적인 공부만 하고 이 어려운 시험장에 왔구나 하는 생각이 들기도 했다.

내가 앉은 시험실에는 고등학교 학생복을 입은 사람은 나 혼자뿐이었다. 모두가 신사복 차림의 어른들이었다.

오늘은 오전 120분, 오후 120분에 걸쳐 전공과목(국어)에 관한 시험을 치르게 된다.

10시 정각이 되어 가자, 시험 감독관 두 사람이 들어왔다. 나는 외오촌에게서 빌린 시계와 만년필을 한번 더 점검했다.

여러 장으로 묶은 답안지가 배부되었다. 답안지는 가로 약 20cm, 세로 약 30cm 되는 흰 종이 7장으로 되어 있었다.

답안지가 다 배부된 뒤, 이윽고 문제지가 덮인 채로 책상에 놓였다. 정각 10시가 되었다.

"시작!" 소리와 함께 나는 얼른 문제지를 바로 놓았다.

문항 수는 몇 개밖에 되지 않는 주관식(논문식, 서술식) 문제들이었다. 답을 알지 못하는 문제는 하나도 없었다. 이 책 저 책에서 이 학자 저 학자가 써 놓은 것들을 종합하여 답안을 구성하였다. 나의 지식을 총동원하여 나열하기도 하고 객관적인 비판을 가하기도 했다.

120분 동안에 답을 다 써야 한다. 글자가 깨끗하지 못하면 시험관이 채점할 때 기분이 상할 수도 있고, 답의 내용을 정확하게 파악하지 못할 수도 있을 것이다. 깨끗한 글씨로 빠르게 글을 써 나가야 한다. 나는 이런 생각을 하면서 거침없이 답을 써 나갔다.

시작한 지 60분이 되자, 답안지를 제출하고 나가는 사람이 있었다. 60분 동안에 완성될 답은 아닌데, 아마도 중도에 포기한 사람일 거라는 생각이 들었다.

답안을 거의 다 작성했다. 답안지 7장 앞뒤를 다 채웠다. 시간을 보니, 20분이 남았다. 이젠 잘못된 글자, 빠진 글자만 보완하면 된다는 생각이 들었다. 답안을 한번 더 훑어보고 나니, 시간이 10분 남았다. 시험실을 둘러보니, 내 옆줄의 앞자리에 초등학교 여교사 한 사람이 아직 남아 있었다.

나는 계속 답안을 검토하고서, 정각 12시가 되어 마치는 신호가 알려지자 내 자리에서 일어섰다.

오후 2시부터 다시 120분간 전공과목(국어) 시험이 계속되었다.

국어사의 관점에서 논하는 것을 비롯해 5문항 모두 논문식이었다. 그런데 출제 문항의 성격으로 보아 출제 위원(시험관)이 서울대학교 사범대학 김형규 교수라는 것이 바로 파악되었다. 출제 위원의 학설을 중심으로 하여 머뭇거림 없이 답을 적어 나갔다.

이튿날(1960년 9월 25일. 일요일)은 공통 과목으로서 '교육학' 과목과 '사회' 과목 시험을 치르게 된다.

두 달 동안 자격 고시를 본격적으로 공부했지만, 전공과목 공부에만 몰두했었다. 진주에서 부산으로 올 때에도 전공과목과 관련되는 책만 가져왔을 뿐 공통 과목에 관련되는 책은 한 권도 가져오지 않았다. 그래서 전공과목 시험이 끝난 뒤에도 공통 과목 시험공부를 할 준비가 전혀 되어 있지 않았다. 그만큼 나는 중학교 교원 자격 검정고시의 핵심이 되는 전공과목 시험 준비를 중시했으며, 공통 과목 시험 준비에는 전혀 신경 쓸 여유가 없었던 것이다.

전공과목 시험을 치른 다음 날, 시계와 만년필을 잘 챙기고서 차분한 마음으로 시험장에 들어갔다.

첫째 시간에는, '교육학' 과목 시험을 치렀다. 어제 각 전공과목 시험을 치른 사람 수는 많았지만, 오늘 교육학 시험을 치르는 사람 수는 불과 몇 십 명밖에 되지 않았다. 그래서 한 시험실에 모두 모여 시험을 치렀다. 그것은 중학교 교원 자격 검정고시에 응시한 사람들은 교육학 과목을 면제받을 수 있는 초등학교 교사 자격증을 가진 자들이 대부분이었다는 뜻이다.

문제지와 답안지가 배부되었다. 나는 순수하게 나의 평소 실력을 발휘하는 시간이라고 생각했다. 문제지를 한 페이지씩 펼쳐 보았다.

모두가 객관식 문제로서 선다형이거나 단답형이었다. 처음 몇 문제를 읽어 보니 쉽다는 생각이 들었다. 끝까지 문제를 풀어 나갔다. 모두가 사범학교에서 교육 이론 시간에 배운 내용이거나 내가 평소 교육학 서적을 통해 이해한 내용들이었다. 만점을 받을 수 있겠다는 생각이 들었다. 설령 실수가 있다고 하더라도 한두 문항 이상이 될 수는 없으리라는 확신이 들었다.

둘째 시간에는, 공통 과목으로서 '사회' 과목 시험이었다. 사회 과목을 치르는 사람 수는 교육학 과목 시험을 치른 사람 수보다도 훨씬 적었다. 나를 비롯해 몇 사람만이 시험실을 지키고 있어, 시험실은 텅 빈 듯했다. 나는 이들 몇 사람 때문에 정부에서 문제를 별도로 만들었구나 하는 생각이 들었다. 공통 과목으로서 사회 과목 시험을 치르는 사람은 고등학교 졸업장이 없는 사람들인 것이다. 그만큼 시험공부에 많은 난관을 지닌 사람들이라고 할 수 있다.

사회 과목 시험에서는 정치, 경제, 법률, 사회, 문화, 교양 등 종합적인 내용을 다루게 된다. 드디어 문제지와 답안지가 배부되었다. 교육학 시험과 마찬가지로 나는 역시 순수하게 나의 평소 실력을 발휘하는 시간이라고 생각하며 문제지를 한 페이지씩 펼쳤다.

객관식 문제는 몇 개밖에 되지 않았다. 다양한 영역에 걸쳐 문항이 구성되어 있었다. 대부분 "……을 논하라.", "……에 대해 설명하라."는 식의 주관식 문제였다.

문항 수로는 헌법과 경제에 관한 문제가 가장 많았다. 그러나 나에게는 망설여지는 문제가 하나도 없었다. 평소의 독서와 고등 고시 공부에서 다 살펴본 내용들이었다. 주관식 문제들이기 때문에 출제자가 채점 기준을 어떻게 마련하느냐에 따라 채점 결과가 나의 예상보다 다를 수 있겠지만, 까다롭게 여겨지는 문제들은 아니었다.

여러 문항 중에서 배점이 가장 높으리라고 생각되는 것이 있었는데, 그것은 "도덕과 법률의 관계를 논하라." 였다.

어쩌면 이리도 나에게 안성맞춤일까 하는 생각이 들었다. 그것은 내가 고등 고시 공부를 하던 해 국가에서 실시한 예비 고시(고등 고시 응시 자격 학력 미달자는 이 시험에 합격한 후에 고등 고시에 응시할 수 있었음. 주로 고등학교 졸업 학력이 없는 자들이 응시하였음.)에 출제된 내용과 같은 것이었다. 그때 나는 이 문제에 대해 내 나름으로 답안 구성을 해 본 적이 있었다. 그래서 안성맞춤이라는 생각이 들었던 것이다.

모든 문항에 대해 내가 아는 범위에서 전문성을 보이려고 노력했다.

가령 "동산과 부동산에 대해 설명하라."는 문제에서는 기본적인 개념 구분을 하고, 비교적인 사례를 들고서, 민법에 나와 있는 "부동산의 매매는 등기로부터 시작된다."는 법률적 내용을 넣기도 했던 것이다. 물론 이것도 고등 고시 공부를 할 때 익힌 것이었다.

이렇게 나는 17살의 고등학생으로서 중학교 교원 자격 검정고시에서 가장 어려운 고비인 제1차 시험으로 불리는 학력고사(전공과목 및 공통 과목 시험)를 무사히 치렀던 것이다. 그 결과는 차분히 기다려 보아야 할 일이었다.

공통 과목 시험을 치른 뒤 서점에 들러 황산덕 지은 '법철학 개론'을 샀다. 외갓집에 들러 인사를 올리고, 기차를 탄 나의 손에는 법에 관한 책이 들려 있었다. 판사, 검사가 되는 관문인 고등 고시에 대한 미련이 떠오르기도 하고, 중학교 때부터 희망했던 과학자에 대한 꿈이 떠오르기도 했다.

10월 1일부터 2학기가 시작되자, 가을로 접어든 나의 교육 실습 국민학교는 곡식이 익어 가는 들녘처럼 상쾌한 기운이 풍성했다. 10월 5일은 한가윗날이었는지라, 아이들의 얼굴은 대추알처럼 붉게 물들어 있는 것만 같았다.

　10월 21일 대운동회를 앞두고서 10월 14일부터 진행된 운동회 연습은 청색, 백색 머리띠를 두른 어린이들의 꿈을 날마다 들뜨게 했다.
　10월 15일에는 증축 건물 낙성식이 성대하게 펼쳐졌다.
　10월 17일에는 학교장의 인사이동에 따른 송별회가 있었다.

　나는 실습하는 학교이지만, 내 학교와 다름없이 애착이 강했다. 어린이들에 대한 사랑도 컸다.
　추석 연휴 마지막 날 오후, 친구 박길식이 우리 집으로 놀러 왔다. 친구는 다른 학교에서 교육 실습을 하고 있었다. 친구는 하숙을 하고 있었다. 키도 크고 머리도 영리했다. 합리적이고 논리적이고 분석적으로 생각하고 판단하는 것이 뛰어난 친구다. 우리 둘은 비봉산 꼭대기에 올라 이야기를 나누다가, 다시 우리 집으로 돌아와 함께 저녁 식사를 했다.
　"내가 실습하는 학교에 밤이면 귀신 소리가 나는 것 같아서, 숙직 선생님들이 두려워한다는 거야. 오늘 밤에 우리가 현장 조사를 해 보는 게 어때?"
하고, 내가 친구에게 말했다.
　"그래? 오늘 밤 숙직 선생님은 누군데?"
　"응. 사범학교 2년 선배야."
　"나도 만나면 알겠네?"
　"당연하지."
　나는 실습 학교에 대한 애착심, 숙직 교사에 대한 위안, 귀신으로 생각하는 것에 대한 호기심 등으로 하룻밤 숙직 현장에서 지내고 싶었다.

친구와 나는 오징어, 과자, 음료수를 사 들고 숙직실로 갔다. 숙직실은 1층에 있었다. 김 선배가 반가워했다.

"귀신 소리가 어떻게 난다고 합니까?"

내가 물었다.

"밤 12시가 지나면, 2층에서 '똑, 똑 똑……' 하고 연속적인 소리가 들려온다는 거예요."

"내 고향 형이 군에서 보초를 서고 있었는데, 진짜 밤중에 푸르스름한 옷을 입은 여자 귀신이 나타난 것을 봤다는 거야. 질겁을 하고서 소리를 쳤더니 서서히 그 빛깔이 사라지더래. 그래서 나는 귀신이 실지로 있다고 믿어."

라고 친구가 말했다.

밤 11시쯤 숙직실은 추웠다. 텅 빈 큰 학교는 깜깜함과 적막으로 숨을 죽이고 있었다. 세 사람은 이불 속에 몸을 넣고 졸리는 것을 참았다. 밤 12시가 되면 전깃불이 꺼지므로, 손전등과 성냥과 양초를 머리맡에 준비해 두고 조용히 누워 있었다.

드디어 전깃불이 꺼졌다. 우리는 졸음이 달아나면서 긴장되었다.

"콰다닥 쾅!"

12시가 막 지났나 보다고 생각하는데, 숙직실 바로 위층에서 갑자기 큰 소리가 났다. 우리는 놀래서 벌떡 일어나 앉았다.

"저것이 귀신 소리일까?"

"글쎄."

"아닌 것 같아. 물건 떨어지는 소리 같아."

우리는 그 소리가 귀신 소리가 아니고, 쥐나 고양이에 물건이 부딪쳐 넘어지거나 떨어지는 소리에 지나지 않는다고 결론을 내렸다. 그리고는 긴장을 풀었다.

"만길아, 만길아, 일어나 봐."
친구가 내 몸을 흔들었다.
"저 소리 들어 봐."
나는 귀를 기울였다.
"똑, 똑, 똑……."
2층 골마루(복도)에서 들리는 소리였다. 소리는 한쪽 끝에서 다른 쪽 끝으로 진행되었다. 소리는 한쪽 끝에서 작게 시작하여 점차 커져 오다가 숙직실 위에서 가장 컸다. 그리고는 다른 쪽 끝으로 진행해 가서는 작은 소리가 되어 사라졌다. 소리가 사라졌는가 싶으면 또다시 한쪽 끝에서 다른 소리가 진행되어 왔다. 발걸음 소리는 아니었다. 골마루를 울리는 소리도 아니었다. 그렇다면 골마루의 허공을 울리는 소리란 말인가?
"바로 저 소리가 숙직 선생님들을 두렵게 했던 것 같아요."
하고, 김 선배가 말했다.

나는 한동안 생각에 잠겼다. 귀신의 소행이라고 생각하면 귀신의 소행 같기도 했다. 그런데 귀신의 소행이 아니라면, 귀신에게 누명을 씌우는 결과가 되는 것이 아닌가. 귀신이 아니라면 탐정 소설 속에 나오는 오랑우탄과 같은 존재가 이 건물 어딘가에 숨어 있다가, 밤이면 아까처럼 물건을 집어던지기도 하고 지금처럼 야릇한 행동을 하기도 한단 말인가.
우리는 담을 키우자면서 맨손체조를 하고서, 2층 골마루 중앙에서 있었다. 바깥에는 달이 있었다. 골마루는 어두컴컴했으나, 가까운 물체는 알아볼 수 있을 정도였다.

조용히 서 있는데, 한쪽에서 소리가 진행되어 왔다. 소리를 내는 물체는 어떤 존재도 보이지 않았는데, 그 소티는 어느새 우리가 서 있는 위치를 지나 다른 한쪽으로 나아가고 있었다. 참으로 이상한 일이었다. 정말 귀신의 소행일까.

나는 소리가 시작했던 쪽으로 걸음을 조용조용 옮겼다. 소리는 한동안 뜸했다. 인기척을 알아챈 까닭인지 소리가 나지 않았다. 내가 걸음을 멈추었다. 그 소리가 또 시작되었다. 나는 소리가 진행되어 오는 위치를 눈으로 자세히 보았다. 그러나 더떤 존재도 발견할 수 없었다. 그런데 한 가지 알아낸 것이 있었다. 그 소리가 유리 창문을 두드리는 소리라는 것을 알았다. 어떤 존재가 유리 창문을 규칙적으로 두드리며 지나간단 말인가.

나는 소리가 시작된 위치를 향해 걸었다. 골마루의 한쪽 끝으로 거의 다가갔다. 보이지 않는 존재는 내가 서 있는 옆의 유리 창문을 두드리고 그 다음 유리 창문을 두드리고 계속 규칙적으로 유리 창문을 두드리며 지나갔다. 밤은 한없이 적막해서 참으로 귀신이 나올 것만 같았다.

나는 골마루의 한쪽 끝에 완전히 다다랐다. 창문 하나가 열려 있었다. 나는 창밖을 내다보고는 손뼉을 쳤다.

"보이지 않는 존재는 스산한 가을이 되자, 제 맘대로 이 창문을 통해 들어왔구나."

나는 창문을 닫았다. 예상한 대로 더 이상 소리가 나지 않았다.

이튿날 교직원회가 시작되기 전, 나는 교무실에서 말했다.

"지난 밤 숙직 선생님과 함께 귀신 찾기를 했는데, 찾고 보니 그것은 몰래 들어온 가을 바람의 손장난이었습니다."

만국기가 휘날리는 대운동회 날은 학생들이나 학부모들이나 모두가 즐거웠다. 우리 학급 교생들은 운동장에서 학부모, 학생들과 함께 점심을 먹었다.

학생 임원의 어머니가 갓 담근 김치를 많이 가져왔는데, 그것을 여러 사람 앞에 내놓았다. 모두가 높고 상쾌한 하늘 아래 오순도순 앉아 먹는 김치는 참으로 맛있었다.

대운동회 다음날은 토요일(10월 22일)로서 우리들의 교육 실습 종료일(10월 25일, 화요일)을 사흘 앞두고 있었다. 전교생 대청소가 끝난 뒤 나는 오래도록 학교에 남아 있었다.

아이들의 웃음과 떠드는 소리와 공부하는 모습이 텅 빈 교실에서 더욱 생생하게 살아났다. 그것은 여느 때와는 달리 헤어짐이라는 애틋함을 품고 있었다. 이렇게 생생하게 살아나는 얼굴들인데, 대체 그들은 어디에서 숨바꼭질로 숨어 있기에 전혀 그림자도 보이지 않는 것일까. 교실 공기는 어린이들의 냄새와 율동의 파문으로 가득하다.

지금 나는 쓸쓸한 겨울밤 깜박이는 촛불 앞에 앉아 애타는 심정과 같다. 어둠의 장막 속에 보슬비가 내리는 봄이라면, 그 어둠을 한없이 들이마시며 걷고 걸어 온몸이 보슬비에 흠뻑 젖고 싶다. 만지고 싶어도 나의 두 손 안에는 왜 아무것도 만져지는 것 없이 허전한가.

대체 이와 같은 나의 마음과 감정의 정체는 무엇인가.

교육애! 그렇다. 내 속의 교육애가 나를 온통 지배하고 있는 것이

다. 교육애. 비로소 어지러운 마음과 감정은 어느 정도 안도감을 얻
었다.

처음 오던 날은 책임감과 열정으로 설레었는데, 떠날 날에는 노고
를 아끼지 않던 교생 지도 교사와 교직원에 대한 고마움으로 걸음이
제대로 옮겨지지 않을 것 같다. 고마움만 받고 그냥 떠나는 것이 염
치없다는 생각이 들었다.

10월 25일 교육 실습은 끝났다. 저녁 시간에 우리들 4명의 교육 실
습생은 지도 교사가 예약해 둔 진주시청에서 가까운 중국 음식점으
로 갔다. 나로서는 말로만 듣던 자장면을 처음으로 맛나게 먹었다.
우리들의 간단한 선물을 받은 지도 교사는 으리들을 칭찬하면서도
못내 서운해 했다.

윤수현 지도 교사의 그윽한 인품과 포근한 가르침은 우리들이 독
립적으로 교단에 설 때 가끔 빙그레 웃는 모습으로 떠오를 것이다.

아쉽고 다급한 나날들

교육 실습을 끝내고 학교로 돌아온 친구들은 머리카락만 많이 자란 것이 아니었다. 행동이나 언어나 외모가 훨씬 성숙해 있었다. 그것은 가르침이 모범을 동반하기 때문이었으리라.

11월은 을씨년스러운 계절이기도 하지만, 사범학교 학생들에게는 마냥 아쉬운 하루하루였다. 12월 중순에 제2차 졸업 시험이 끝나면, 겨울방학이 기다리고 있다. 겨울방학이 끝나고 나면 각자 자신의 연고지로 가서 제2기 교육 실습(지방 교육 실습)을 하게 된다. 제2기 교육 실습을 마치고 나면 휴가에 들어간다. 그리고 1961년 3월 20일 졸업식의 주인공이 된다.

학생들은 학창 시절의 마지막이라는 정서에 휩쓸리면서, 얼마 남지 않은 배움의 순간 순간이 귀중했다. 선생님들에 대한 존경과 학교의 모든 정경에 대한 추억과 그리 많지 않은 동기생들 간의 우정을 길이 새기고 싶었던 것이다.

우리들은 끼리끼리 모여 대화를 즐기고, 후배들과 다과회도 열고, 추억으로 남길 사진도 찍었다. 말없이 함께 걸어 교육탑에 새겨진 "우리를 먼저 닦아서 사회에 봉사하자" 앞에서 스스로 경건해지기도 했다.

우리들은 착잡한 정서를 잘 다스리면서 졸업 시험 준비를 하고, 제 나름의 학업에 흔들림 없이 성실했다. 수재들이 모였다고 평가받는 사범학교 학생들은 누가 보아도 모두가 모범 학생이었다.

11월 하순, 진주시는 전국에서 가장 큰 문화 예술제인 제11회 '개천 예술제'로 들떴다. 개천 예술제 개회는 해마다 음력 10월 3일에 있었다. 그런 까닭으로 양력으로는 해마다 다른 날짜에 개회되었다. 올해 음력 10월 3일은 양력으로는 11월 21일이 된다.(뒷날 '개천 예술제' 개회는 양력 10월 3일로 변경되었음.)

나는 개천 예술제에 작년과 마찬가지로 서예 작품을 냈다. 화선지에 붓글씨를 써서 표구를 하여 출품했다. 작품은 서예 전시 장소인 진주여자고등학교 강당에 걸리었다. 심사에서 '입선'이라는 등급이 매겨졌고, 상장(입선장)을 받았다.

입 선 장

1. 부 : 미술부

1. 과 : 서예과

1. 반 : 고등학교반

1. 종목 : 실기

　　소속　진주사범학교

성명 허 만 길

右者(*우자)는 독립 기념 제11회 개천 예술제의 頭書(*두서)에

입선되었기 본장을 준다.

단기 4293년 11월 26일

전국문화단체총연합회 진주시지부

대표최고위원 설 창 수

상임최고위원 박 세 제

(참고 : 입선장은 세로글씨로 됨.)

나는 서당에는 세 살부터 다녔지만, 서당이 없어져 오래 다니지는 못했다. 12월 중순 졸업 고사가 끝났다. 겨울방학이 시작되기 며칠 전 한학자인 우리 학교 장지형 교장선생님 집을 찾았다. 교장선생님 한테서 한문을 배우고 싶다고 했다. 학덕을 겸비한 교장선생님은 나의 청을 듣고 몹시 기뻐했다.

나는 12월 하순부터 이듬해(1961) 2월 중순까지 교장선생님 집에서 한문을 배웠다. 주로 저녁 시간을 이용했다. '중용'(中庸), '대학'(大學), '논어'(論語)를 배우고, '주역'(周易)과 '시경'(詩經)을 개략적으로 공부했다.

12월 하순에 들어설 즈음, 학교 교지 '두류봉' 제11호를 편집하는 친구가 나를 찾았다. 교지 편집은 특별 활동(클럽 활동) 문예반에서 맡고 있었다. 문예반원 중에서도 김용만, 김용효, 조정남 세 학생이 중심이 되고 있었다. 세 학생은 문학 활동을 열심히 하고 있었다.

세 학생이 의논한 사항이라며 나에게 교지에 실을 원고를 부탁했

다. 편집의 균형을 맞추기 위해서는 학생 논문이 꼭 필요하다고 했다. 이미 편집된 원고들은 인쇄소에 넘길 준비를 하고 있으므로, 12월 말까지 논문 한 편을 써 달라고 했다.

나는 부랴부랴 국어학에 관한 논문을 썼다. 제목은 "부름자리토씨 '하'를 고찰함"으로 했다. 그 당시에는 옛말에 쓰이던 부름자리토씨(호격조사) '하'가 존경의 뜻을 담고 있는 토씨라고 주장하는 것이 일반적인 학설이었다. 그러나 일부 학자는 단순히 그렇게만 볼 수 없다는 주장을 펼쳤다.

나는 뒤의 주장에 동의하면서 옛말의 부름자리토씨 '하'를 음성 면에서, 어의(말뜻) 면에서, 역사적 관점에서 고찰하고자 했다. 물론 기성학자의 처지에서 보아, 본격적인 논문으로 보기에 미흡한 점이 크겠지만, 내 나름으로 부름자리토씨 '하'에 대한 학설을 종합적으로 정리하여 결론을 이끌어내려는 의욕을 지녔던 것이다.

나는 겨울방학 중에 친구들이 교지 출판 작업을 하고 있는 인쇄소를 방문했다. 조그만 난롯불을 앞에 두고 추위를 무릅쓰고 열심히 일하고 있는 친구들을 격려했다.

친구들은 나의 글에 많은 옛 글자와 어려운 한자가 들어 있는데, 진주에서는 그런 활자를 구할 수 없다고 했다. 그래서 옛 글자는 그와 가까운 현대 발음의 글자로 바꾸고, 어려운 한자는 한글로 바꾸어 인쇄해야겠다며 양해해 달라고 했다. 그리고 이러한 내용을 논문의 끝에 편집자의 글로 적어 두겠다고 했다.

이렇게 하여 2월 초에 교지가 배부되었다. 나의 글은 교지 '두류봉' 제11호 46~54쪽(진주사범학교, 1961. 2. 1.)에 실렸다. 나의 논문을 자세히 읽었다는 선생님과 학생들은 수준 높은 논문이었다면서 칭찬했다.

9월 하순에 응시한 중학교 교원 자격 검정고시 1차 시험(학력고사) 결과는 한 달이 지나고 두 달이 지나도 소식이 없었다. 종전 같으면 10월이나 11월에는 1차 시험 합격자 발표가 있게 된다. 이어서 2차 시험이 있은 뒤 12월이 가기 전에 최종 합격자에게는 합격증과 교원 자격증이 발부되는 것이다. 12월이 되어도 아무 통지가 없는 것으로 보아, 불합격이 아닌가 하는 생각이 들었다. 그런데 시험에서 내가 작성한 답안 내용을 생각하면, 그럴 리가 없다는 생각도 들었다.

하재옥 선생님은 나더러 경험 삼아 응시해 보라고 했던 것이므로, 시험의 결과에 대해서는 별로 관심을 가지지 않는 것 같았다. 선생님의 그러한 생각이 나에게는 오히려 다행이었다. 그런데 합격자 발표는 해마다 교육 관련 주간 신문에서 반드시 기사화하고, 서울에서 발간되는 일간지 신문에도 기사화되곤 했다. 그런데 올해는 아직도 그러한 기사를 보았다는 사람이 없었다.

나는 학교 시청각교육실에 모아 둔 교육 관련 주간 신문을 유심히 살펴보았다. 합격자 발표는 보이지 않았다. 새해 1월이 되어도 아무 소식이 없어, 나는 궁금증마저 거의 사라져 가고 있었다.

1961년 2월 20일(월요일)부터 3월 4일(토요일)까지 2주일 동안 실시되는 제2기 교육 실습을 나는 모교인 경남 의령군 칠곡면 칠곡국민학교에서 실시하기로 했다. 이 교육 실습은 졸업 성적에 포함되는 평가 대상이 아니므로, 마음이 한결 가벼웠다.

나의 교육 실습 기간에는 어머니가 서 살이 되어 가는 순희와 함께 고향 집에 머물렀다. 어머니는 나를 위해 고향 집 방에 불을 따끈하게 때고, 밥도 큰솥에서 따끈하게 지었다.

학교는 내가 다닐 때의 그대로의 모습은 아니었지만, 감회가 깊었다. 교직원들은 나를 위해 방과 후 교장 사택에서 음식을 장만하여 환영회를 열어 주었다. 나는 편안한 마음으로 열심히 교육 실습을 했다.

교육 실습 중에 점심은 학교에서 빨리 걸어 약 10분 거리인 우리 집에서 먹었다. 2월 24일(금요일)에는 내가 점심 먹으러 이웃 마을을 지나 우리 마을로 들어서려 하는데, 어머니가 가중을 나와 있었다.

어머니는 나를 보더니, 서울서 편지가 왔다면서 보여 주었다. 겉봉에 '문교부' 라 적혀 있었다. 얼른 봉투를 열었다. '합격 통지서' 라는 큰 제목이 눈에 띄었다.

국가 시행 중학교 교원 자격 검정고시 학력고사에 합격했으니, 1961년 3월 19일 오후 2시에 2차 시험 예비 소집에 출석하고, 3월 20일과 21일에 구술시험 및 실지 수업 시험에 응시하라는 내용이었다.

나는 기뻤다. 궁금증마저 멀어져 가던 일인데, 뜻밖에도 합격 소식이 왔으니 몹시 기뻤다. 어머니가 좋아했다.

이튿날(토요일) 오후 진주로 갔다.

나의 합격 소식을 듣고 아버지와 여동생이 몹시 좋아했다.

저녁 식사를 하고 하재옥 선생님 댁으로 갔다. 하 선생님은 학교 옆문 바로 가까이에 살고 있었다. 주소로는 진주시 신안동 384번지였다. 소주 한 병과 과자를 사 들고 선생님 집에 들어섰다. 의젓하고 점잖은 사모님이 반가워했다. 어린 따님도 나의 얼굴을 보고 웃으며 아는 체했다.

사모님은 하 선생님이 학교 정문 앞 가게에 계실 것이라고 했다. 가게로 갔다. 하 선생님은 손님과 이야기를 나누고 있었다.

"자네가 어쩐 일인가?

토요일이니까, 다니러 온 모양이군."

하고, 하 선생님이 나를 반가이 맞아 주었다.

"선생님, 합격 통지서가 왔습니다.

감사합니다."

"합격이라니? 무슨 말인가?"

하 선생님은 나의 말을 이해하지 못하고 되물었다.

"지난번에 응시한 자격 고시에 합격했습니다.

이것이 문교부에서 온 합격 통지서입니다."

라고 말하며, 나는 합격 통지서를 보여 드렸다.

"이런, 이런 놀라운 일이 있나?

나는 그냥 경험 삼아 응시해 보라고 했는데, 실제로 합격해 버리다니……. 자네 나이 인제 열일곱 살인데, 그 어려운 중학교 교원 자격 고시의 가장 힘든 관문을 통과하다니. 더욱이 전공과목뿐만 아니고 공통 과목까지 합격하다니, 이건 기적이야."

하 선생님이 놀라는 마음으로 좋아했다.

"선생님께서 보살펴주신 덕택입니다."

하 선생님과 이야기를 나누다 보니, 하 선생님은 응시 원서를 작성할 때 나의 현주소란에는 하 선생님의 주소를 쓰고 본적지는 학교의 학적부에 나타난 대로 나의 실제 본적지를 썼다는 것을 알았다.

그러니까 문교부에서는 합격 통지서를 하 선생님의 주소로 보냈다가, 반송이 되자 나의 본적지인 고향으로 재찰송한 것으로 짐작되었다.

막상 합격 통지서를 받고 보니, 나는 기쁘면서도 다급함을 느꼈다. 2월은 28일이 말일이니까, 2차 시험을 준비할 기간이 매우 짧다는 생각이 들었던 것이다.

구술시험은 전공과목 출제를 한 출제 위원(시험관)이 직접 말로써 물어 보는 형식이므로, 전공과목 시험 준비를 하던 책을 다시 공부해야 한다. 실지 수업은 중학교 1, 2, 3학년 국어 교과서 가운데서 한 단원을 정해 학습 지도안을 쓰고, 그것을 바탕으로 중학생을 대상으로 1시간 실지 수업을 하는 것이므로, 단원별 수업 연구를 해야 한다.

짧은 기간에 이러한 준비들을 다해야 하므로, 다급하기 짝이 없었다.

교육 실습이 끝나는 대로, 나는 진주에서 두문불출하고 공부에 몰두했다. 3학년 학생들은 졸업식 직전에 등교하기로 되어 있어 그나마 다행이었다.

나의 학급 담임 강문식 선생님이 우리 집을 찾아왔다. 나의 합격 소식에 선생님들과 1, 2학년 학생들이 떠들썩하게 기뻐하고 있다고 했다. 교육 관련 주간 신문들에도 합격자 발표 명단에 나의 이름이 들어 있었다고 했다. 담임선생님은 진주에서 발행되는 일간지 '경남일보'에 나에 대한 기사를 싣기로 했으므로, 참고 되는 이야기를 들고 싶어서 찾아왔다고 했다.

나는 함께 기뻐해 주는 선생님들과 학생들이 고마우면서, 2차 시험에서도 좋은 성과를 거두어야겠다고 다짐했다.

서울 왕복 교통비와 식비는 빚을 내기로 하고, 잠은 서울역의 어느 구석에서 자면 될 것이라는 각오를 했다.

하루는 책을 읽고 있는데, 문득 머릿속에 떠오르는 모습이 있었다. 중학교 3학년 때의 담임 선생님 얼굴이었다.

주창복 선생님은 우리가 졸업하고 난 뒤 바로 서울의 수도전기공업고등학교로 전근했다. 주창복 선생님이 새벽 기차로 진주를 떠나던 날, 기차가 모퉁이를 돌아 내가 보이지 않을 때까지 찬바람 속에서도 따뜻하게 모자를 흔들어 주던 모습이 생생이 떠올랐다.

나는 선생님이 적어 준 주소의 학교로 편지를 냈다. 내가 서울로 출발하려던 날 며칠 전에 회답이 왔다.

합격을 마음껏 축하한다는 말과, 변변치 못한 형편이지만 안심하고 상경하라는 내용을 담고 있었다.

나는 "선생님, 고맙습니다."는 말을 마음속으로 되풀이했다.

열일곱 살 푸른 하늘

1961년 3월 17일(금요일) 오후 3시경 진주에서 기차를 탔다.

부산을 출발하여 서울로 가는 기차로 갈아타기 위해 삼랑진에서 내렸다. 플랫폼에 서서 어머니가 만들어 준 김밥을 저녁 식사로 먹었다. 꽤 오랜 시간이 지나서야 저 멀리 어둠 속에서 기적을 울리며 서울행 기차가 들어왔다. 이것이 노랫갈에서 익숙하게 듣던 십이열차였다.

사람들은 차량의 좌석을 다 채우고 양쪽 좌석 사이의 통로에 서 있기도 했다. 나는 큰 가방 하나를 시렁에 얹었다. 통로에 서서 좌석받이에 한 손을 얹었다.

차창 밖은 칠흑 같은 어둠이 꽉 찼다. 간간이 작은 기차역을 지날 때 가로등이 스쳐 갔다. 간혹은 멀리서 빨간 불들이 어둠 속에 둥둥 떠 있기도 했다. 어두운 바다에 많은 조각배가 불을 밝히고 있는 것 같았다. 지도책을 상상하며, 경부선 기차는 바닷가를 달리는 것이 아니다는 생각이 문득 들었다. 어느 도시의 전깃불일 것이라는 결론을 내렸다.

　바깥이 온통 어둠뿐이니, 시간은 끝없이 깊은 한밤중의 연속이었다. 주변에 시계를 지닌 사람을 살펴 실제 시간을 점검했다. 자정이 지나자, 졸음으로 눈이 감겨지곤 했지만, 서 있는 아픈 허리가 편하게 눈을 감도록 내버려 두지 않았다.
　시간이 지날수록 허리와 다리는 힘겨웠다. 손가락 사이에 잘 보이지 않게 칼날 같은 것을 숨긴 청년이 지나가다가 나와 가까운 자리에 멈추어 서 있었다. 말로만 듣던 소매치기라는 생각이 들며 몸은 다시 긴장이 되고, 잠은 달아났다.
　비로소 차창 밖의 자연이 희미하게 선을 보이기 시작했다. 기차가 어둠을 통과한 것인지, 산과 들과 집들이 어둠을 뚫고 일어선 것인지 어리둥절했다. 잠을 못 잔 눈은 자꾸만 까끌까끌했다.
　아침 6시 30분경 기차가 서울역에 닿았다. 하루 전날 진주에서 기차를 탄 뒤로 지금까지 무려 15시간 30분을 서 있었으니, 허리와 다리가 기운을 제대로 내지 못하는 것을 무어라 탓할 수가 없었다.
　서울역에서 좀 쉬면서 어머니가 넉넉하게 싸 준 김밥을 아침 식사로 먹었다.
　주창복 선생님이 편지에서 가르쳐 준 대로 서울역에서 남산 쪽으로 길을 건넜다. 주 선생님이 근무하는 수도전기공업고등학교가 큰 길에서 가까웠다. 행정 소재지로는 서울특별시 중구 동자동 14번지였다.

교무실을 찾아 주창복 선생님에게 인사를 올렸다. 선생님은 환히 웃으며 반가이 맞아 주었다.

이 학교에 다니는 선생님의 처남 황원주 군이 교무실로 왔다. 선생님의 처남은 졸업과 취업을 앞두고 있었다. 나이가 나보다 위라는 것을 알고 나는 황 형이라고 불렀다. 3학년은 수업이 없었는지라, 황 형이 나를 안내했다. 전차를 타고 노량진에서 내렸다.

인자한 모습의 사모님이 따뜻하게 맞이해 주었다. 예쁜 딸아기도 있었다. 아기는 나를 웃으며 바라보았다. 곧 친해질 수 있을 것 같았다.

주 선생님은 방 두 칸을 사용하고 있었다. 나는 세수를 하고 점심을 먹은 뒤 그대로 잠이 들었다.

잠에서 깨어나니, 이튿날 아침이었다. 선생님은 아기를 안고 얼굴을 씻기고 있었다. 행복하고 단란한 가정 분위기였다.

오후에 수험자 예비 소집장으로 갔다. 낯설고 번화한 서울을 황 형이 전차를 갈아타며 이리저리 안내했다. 문고부 교육지도과 김재규 님이 인사말을 하고 2차 시험 요령을 알려 주었다.

김재규 님은 1960년도 시행 중학교 교원 자격 검정고시는 절차가 늦어져 2차 시험이 해를 넘기게 되었다고 했다. 4.19 혁명으로 인해 문교부의 여러 가지 사정이 복잡했기 때문이라고 했다.

다음날은 구술시험을 치르는 날이다. 시험관은 1차 시험 전공과목 출제 위원이다.

오전에 용두동에 있는 서울대학교 사범대학으로 갔다. 시험관은 김형규 교수였다. 국어 과목 수험자 약 10명이 골마루에 서 있었다.

구술시험은 1차 시험에 합격한 수험자가 그 해 구술시험에서 불합격하면, 2년간 계속해서 응시할 수 있었다. 이들 중에는 나를 포함한 1960년도 시행 1차 시험 합격자는 물론이고, 1959년도 시행 및 1958년도 시행 1차 시험 합격자로서 구술시험에 불합격한 사람도 포함되어 있을 것이다.

수험자 확인을 마친 김재규 님은 나를 한번 더 확인했다.

"참 장해요. 놀랐어요. 나이도 열일곱 살밖에 안 되었는데, 국어과 응시자 600여 명 중에서 최고 점수를 받았어요. 뿐만 아니라 내가 이 일을 맡은 이래로 최고 점수예요."

김재규 님은 신기한 듯이 나를 바라보았다.

차례대로 대여섯 응시자가 구술시험을 치르고 나왔다. 자기 차례를 기다리고 있는 사람들이 앞 사람들에게 문제가 무엇이었던가를 물어 보곤 했다. 먼저 응시한 사람들은 원칙적으로 뒷사람과의 대화를 하지 않도록 되어 있었으나, 그것이 철저히 지켜지지는 않았다. 그래서 대기자들의 물음에 얼른 한마디씩 던지고 밖으로 나가는 사람도 있었다.

대체로 첫번째 문제는 동일한 답이 요구되는 것이고, 나머지 두세 물음은 사람마다 달랐다. 응시를 하고 나온 사람들은 한결같이 첫번째 문제의 답이 '모음 충돌(hiatus) 회피 현상' 이라고 답했다고 하면서, 응당 그것이 맞을 것이라고들 맞장구쳤다. 당시의 국어학 서적들에서는 대부분 이를 '모음 충돌 회피 현상' 으로 다루고 있었던 것이 사실이다.

그러나 나는 속으로 "제발 그 문제를 나에게도 제시하면 좋으련만. 그러면 제대로 정답을 말하겠는데……."라고 생각했다.

내 차례가 되었다. 시험장인 강의실 안으로 들어갔다. 시험관의 맞은편 의자에 앉으려고 걸어갔다.

"이보게. 여기는 아무나 들어와서는 안 되오.

누구의 심부름으로 왔소?"
라고 시험관이 말했다.

"심부름으로 온 것이 아니고, 구술시험 보러 왔습니다."
라고 내가 대답했다.

"아니, 모자를 쓰고 교복을 입은 고등학교 학생이잖아요?"

학생은 어디를 가더라도 집을 나서기만 하면 교복을 입고 다니도록 하고 있었으므로, 나는 교복 차림으로 서울에 왔던 것이다.

"예. 오늘이 우리 학교 졸업식이 있는 날이니까, 아직 저는 고등학교 학생입니다."

"그 참, 신통하네. 어린 나이에 그 어려운 학과 시험을 통과했다니. 그럼, 문제를 내겠소."

비로소 나는 자리에 앉았다.

"용비어천가에 나오는 '野人(야인)ㅅ 서리예 가샤…….' 에서 방위토(방위격조사) '예' 의 음운 현상을 설명해 보시오."

이것은 앞사람 모두에게 물어 본 것과 같은 유형의 문제였다.

"그것은 모음 충돌 회피 현상 곧 히아투스 회피 현상으로 보는 경향이……."

"히아투스 회피 현상이란 말이오?"

김형규 교수는 내가 본론을 말하기도 전에 나의 말을 끊으며 마음
에 안 든다는 음성으로 말했다.

"그렇게 보려는 경향이 있습니다만, 저는 'ㅣ 모음 동화 현상'으로
보는 것이 옳다고 생각합니다."

이렇게 말하자, 그만 김형규 교수의 표정은 완전히 달라졌다. 얼굴
이 환해지고 입술에 웃음이 가득했다.

"그 이유를 말해 보시오."

"모음 충돌 회피 현상은 교수님의 저서 '국어사'(1959년 제4판,
모두 459쪽, 백영사, 값 2,500환)에서 밝히셨듯이, 조선 선조(임진
왜란)를 지나면서 강하게 나타나게 됩니다. 따라서 조선 초 용비어
천가의 방위토 '예'는 모음 충돌 회피 현상이 될 수 없습니다. 만약
이것이 모음과 모음의 충돌을 피하기 위한 현상이라면, 조선 전기
문헌에서 양성 모음 아래 방위토 '애'는 '얘'로 나타나야 하고,
'ㅓ, ㅜ' 등 모음으로 끝나는 체언 아래서도 방위토 '에'는 '예'로
나타나야 할 텐데 그렇지가 않습니다."

"됐어요. 정답을 제대로 들었군요.
허 군에게는 더 이상 다른 문제가 필요 없겠어요."

나는 벗어 두었던 모자를 다시 썼다. 시험장을 나와서는 기분 좋은
마음으로 유유히 건물 밖으로 나갔다.

이 일은 김형규 교수에게도 매우 인상 깊었던 것 같았다. 세월이
흘러 내가 서울대학교 대학원 석사과정 국어교육학과에 입학하여
김 교수의 강의를 한 학기 동안 들었는데, 김 교수는 그때를 환히 기
억하고 있었다.

아마도 모레가 춘분일 것이다. 날씨는 조금 쌀쌀한 데가 있었으나, 봄의 기운이 느껴지고 있었다. 운동장 한 곳에서 학생들이 펄쩍펄쩍 뛰며 농구공으로 뛰어 노는 모습이 보였다.

나는 기분 좋은 마음으로 하늘을 쳐다보았다. 유난히 푸른 하늘이었다. 하늘은 날씨가 추워도 푸른빛으로 깊고 늠름하고 무한했다. 그 하늘이 내 가슴에 온통 잦아들고 있었다.

지금 나의 학교에서는 졸업식이 한창 진행되고 있을 것이다. 후배들의 박수갈채 속에 강당으로 줄지어 들어선 남녀 학생들은 의자에 앉겠지. 담임선생님들은 졸업하게 될 자기 학급 학생들의 이름을 부르겠지. 3학년 송반(1반) 54명(담임선생님 이장화), 죽반(2반) 54명(담임선생님 김형선)의 이름이 불리고, 드디어 나의 학급 매반(3반) 53명의 이름을 강문식 담임선생님이 오늘도 변함없이 기운차게 부르겠지. 출석 번호 1번 임창호에 이어, 출석 번호 2번 나의 이름이 불린다. 그러나 나의 이름 뒤에는 공백이 차지한다. 그리고 여학생으로 구성된 난반(4반) 57명(담임선생님 강수영)의 이름이 불린다.

담임선생님들이 차례로 부르는 이름에 사범학교 시절로서는 마지막 큰 소리로 "예!" 하고 일어선 친구들은 졸업장 수여를 기다리겠지. 나를 포함한 218명의 얼굴들. 당연히 축하를 받아야지. 고마우신 선생님들과 서무실 직원들. 내가 늘 아껴주고 싶던 후배들, 잊을 수 없는 배움터와 쌓아 온 온갖 추억들…….

나는 존경하는 마음으로 교무실 선생님들과 서무실 직원들의 얼굴을 떠올려 본다.

장지형 교장선생님, 문경철 교감선생님, 김정곤, 구연재, 서홍규,

하재옥, 이장화, 강문식, 신윤철, 공삼진, 김형선, 강수영, 윤재량, 윤
난, 변창희, 정극범, 김동용, 정찬규, 김병구, 임홍달, 조재승, 이상희
선생님을 비롯한 여러 선생님들. 그리고 방상완 사무관님, 허 완 주
사님, 강정순, 김준기, 이찬수, 임진택, 변윤갑, 김성태 님을 비롯한
서무과의 여러 직원님들. 모든 분들이 고맙다.

내 사랑하는 161명의 허물없이 다정했던 남자 친구들.
남녀라는 구별 관념으로 말미암아, 내가 학생회 위원장일 적에도
공적인 일이 아니면 대화할 기회가 거의 없었던 여자 동문들. 그런
가운데서도 내 마음은 항상 여학생이기에 남학생보다 더 말 못할 일
을 겪지나 않나 하고 깊은 연민이 끊이지 않으면서 하늘의 행운이 더
많이 감싸 주기를 바라던 57명의 여자 동문들.
나는 3년 동안 교무실 출석부들에서 자주 가까이 했던 명렬표 속
의 이름 하나하나를 나직이 왼다. 그 이름들의 미래에 영광이 열리
고, 스승이 된 그 이름들이 있는 곳에 제자들과의 따뜻한 사랑이 감
돌면서 교육이 알차게 발돋움하기를 빈다. 스승의 길을 함께 갈고
닦은 우정 어린 나의 동기 동문이 아닌가.

다시 쳐다본 푸르디푸른 하늘. 음력으로는 아직 열흘 남짓 더 있어
야 하지만, 양력으로는 오늘이 나의 열일곱 살이 꽉 차는 날이다. 아
름답고 뜨겁고 설레는 정열의 열일곱 살. 내일 1961년 3월 21일부터
는 아름답고 뜨겁고 설레는 정열의 열여덟 살이 또 시작된다.

오후에는 문교부 학무국장실로 갔다.

홍웅선 학무국장이 시험관이었다. 1차 시험 때 첫째 시간 출제 위
원이었다. 한쪽에서는 스물서너 살 된 아름답게 성숙한 처녀가 열심
히 타자를 치고 있었다. 응시자들은 타자 소리를 들으며 차례로 구
술시험을 치렀다. 응시자들은 앞사람과 뒷사람 사이에 접촉할 수 없
도록 각자의 구술시험을 마치면 바로 건물 아래층으로 내려가도록
통제되고 있었다.

나는 다른 응시자들에게 어떤 질문이 있었는지 전혀 알 수 없었다.
시험관은 나에게 국어학, 국문학, 국어 교육에 관해 여러 가지를 물
어 보았다. 나는 막힘없이 답했다.

시험관의 불그스레한 얼굴에 웃음이 넓게 감돌았다.

"참, 재주가 신기해요."

하고, 시험관은 의자에서 일어서는 나를 보며 말했다.

그런데 홍웅선 학무국장은 뒷날 연세대학교 교수, 한국교육개발원
원장을 지냈다. 세월이 흘러 내가 학회 활동을 하고 문교부 국어과
편수관 업무를 보면서 인사했을 때, 홍웅선 박사는 그때의 일을 잘
기억하고 있었다.

구술시험을 마치고 나니, 내일 실지 수업에서 완전한 서울 말씨를
사용하도록 해야겠다는 생각이 들었다. 이것은 이미 서울로 오는 기
차 안에서도 곰곰 생각해 왔던 것이다. 낱말 하나하나는 응당 표준
말로 능숙하겠지만, 문장의 높낮이(어조)에서 어려움이 있을 것 같
았다. 경상도 말은 낱말의 높낮이가 있는 대신에 문장의 높낮이가
서울말처럼 발달되어 있지 않았다. 서울말은 낱말의 높낮이는 특별
히 드러나지 않지만, 문장의 높낮이가 중요한 구실을 한다.

짧은 기간이나마 완전히 서울 말씨에 파묻혀 지내다 보니, 나도 서울말이 가능할 것 같았다. 전차 안에서 옆 사람들의 이야기를 들어 보아도, 그것이 가능할 것 같았다.

"그래. 그래야지. 내일 수업에서는 서울 말씨를 사용해야지."

그런데 정말 그것이 가능할지 사전에 시험해 볼 필요가 있었다.

말씨 시험을 해 보자니, 말씨 시험을 받아 줄 사람이 있어야 했다. 나의 길을 안내해 주는 황 형에게 불쑥 서울 말씨를 쓰자니, 멋쩍은 생각이 들어 그럴 수가 없었다.

어디가 어딘지는 몰라도 세 갈래 길과 광장이 보이기 시작했다. 전차를 갈아타기 위해 고층 건물 앞에 섰다.

"황 형, 나 오늘은 혼자서 서울의 이모저모를 눈 여겨 볼까 싶소. 그러니, 황 형은 집으로 먼저 들어가는 것이 좋을 것 같소."

내가 말을 꺼냈다.

"그래요? 그럼, 그렇게 길을 인도하지요."

"괜찮습니다. 서울 길도 익힐 겸 나 혼자……."

"그렇지만, 혼자서 잘 찾아다니겠소?"

"그래도 한번 그래 볼까 싶소. 사모님이 기다리실 테니까, 황 형은 먼저 들어가는 게 좋겠습니다."

황 형과 헤어진 뒤 어디가 어딘지 분간 없이 우두커니 서 있었다. 서울 말씨 시험을 해 보기로 했다. 우선 황 형이 타고 간 것과 꼭 같은 전차가 오기를 기다렸다.

문득 '노량진' 이라 썬 그런 전차가 다가왔다. 나는 한 손으로 머리 위의 학생 모자를 짓누르고, 또 한 손엔 전차표를 꼭 쥐고 달렸다.

"이 차 노량진 가요?"

나는 전차표를 운전수에게 내밀며 서울 말투(어조)로 말하느라고 말했다.

아차, 어떻게 된 걸까? 전차표를 받으며 묵묵히 서만 있는 운전수. 쏠리는 차 안의 시선들. 나의 말투가 하도 어설프고 틀에 잡히지 않아서 모두들 저러는 거겠지 하는 선입감만이 눈앞을 막았다. 경상도 말도 서울말도 아닌 어중간한 말투 때문이려니 하고 여기니, 서 있기가 한없이 민망했다. 그래서 그만 다음 정거장에서 내려 버렸다.

1961년 3월 21일, 실지 수업 시험 날이다. 이날은 양력으로 나의 생일날이기도 하다. 서울대학교 사범대학 부속 중학교로 갔다. 부속 중학교는 사범대학과 가깝게 있었다.

실지 수업에 응시하는 사람들 모두가 부속 중학교에서 실지 수업 시험을 치르게 된다. 그러나 그 인원은 전 과목 응시자를 합해도 몇 사람밖에 되지 않았다. 1차 시험 합격자 대부분이 초등학교 교사이거나 교단 경력이 있기 때문이었다.

국어 과목 실지 수업 응시자는 나 혼자였다.

오전 10시에 국어과 실지 수업 시험관에게로 갔다. 시험관은 서정범 교사였다. 키가 크고 안경을 쓰고 있었다.

시험관은 중학교 1학년 2학기 국어 교과서를 나에게 주었다. 소단원을 지정해 주며 90분 동안 학습 지도안을 작성하고, 오후에 1시간 교실 수업을 하라고 했다.

학교 도서관에서 갱지 전지의 8절지(가로 약 26cm, 세로 약 36cm) 5장에 학습 지도안을 작성했다.

대단원 설정의 이유, 대단원 학습 목표, 대단원 학습 계획, 소단원 학습 계획, 본시 학습 목표, 본시 학습 계획(도입, 발단, 전개, 정리, 발전 등 단계에 따라 학습 요소, 교사 활동, 학생 활동, 시간 배당, 학습 형태 등 제시), 평가 계획, 준비물, 지도상 유의 사항 등을 세밀하게 작성했다.

작성한 지도안을 제출하고 나니, 점심시간이었다. 서울대학교 사범대학 부속 중학교와 같은 울타리 안에 미국 피바디(George Peabody College for Teachers) 교육 사절단 사무실이 있음을 알았다. 피바디 교육 사절단은 우리나라에 머물면서 교육 과정 개정, 교사 양성, 현직 교원 연수, 연구 협의 활동, 교육 자료 지원 등에 많은 도움을 주고 있었다.

피바디 교육 사절단원들은 교원을 양성하는 사범학교인 우리 학교에도 가끔 들른 바 있다. 내가 학생회 위원장으로 있을 때 사절단원들은 나의 의견을 청취하기도 했다. 공작 기구, 실험 기구, 피아노 등 각종 교구 인계인수 확인서에 나의 서명을 받기도 했었다.

지난 여름에는 새들러 박사가 귀국하고 후임으로 보그혼(H. Voughon) 박사가 부임하여 나하고 이야기를 나눈 적이 있었다. 보그혼 박사는 나에게 테네시(Tennesee)주 내시빌(Nashvill)에 있는 자기 집 주소를 적어 주며 방문할 기회를 만들어 보라고 한 바도 있었다.

그래서 나는 반가운 마음에서 점심시간에 피바디 교육 사절단 사무실을 방문했다.

보그혼 박사를 찾았다. 한국인 여직원이 박사는 지방 출장 중이라고 했다. 여직원은 나에게 커피를 타 주었다. 여직원과 나는 간단한 대화를 나누었다.

"경상도말은 끝말이 흐린 것 같아요.

서울말에서는 묻는 말은 뒤를 높여 주는데, 경상도말은 그러지 않
거든요. 경상도 사람들과 대화하면, 묻는 말과 묻지 않는 말을 구분
하기 어려울 경우가 있어요."

"저하고 대화하면서도 그것을 느꼈습니까?"

"예. 그랬어요."

국어를 전공하는 나로서는 이론은 잘 알고 있지만, 실제 말씨에서
서울말을 자유롭게 사용하는 데는 많은 모자람이 있음을 실감했다.
오후 수업에서 말씨 때문에 점수가 깎일까 봐 걱정되었다.

점심시간이 끝나고, 나는 시험관이 지정해 준 1학년 5반 교실로 들
어갔다. 여학생 반이었다. 학생복을 입은 사람이 들어서니, 여학생
들이 어리둥절한 표정을 지었다.

교단에 올라서려는 순간 두 가지 걱정이 덮쳤다. 하나는 나의 말씨
때문에 학생들이 주의 집중을 하지 않으면 어쩌나 하는 것이었다.
또 하나는 이제 학년 말 종업식을 앞둔 터에 이미 학생들이 교과서를
다 배운 상태에서 특정 단원을 다시 공부하는 것이므로, 학생들의 학
습 의욕이 낮으면 어쩌나 하는 것이었다.

반장이 "차렷!", "경례!" 구령을 했다.

학생들은 나의 눈 움직임, 표정 하나까지도 놓치지 않았다. 거기에
는 호기심 같은 것도 서려 있는 듯했다. 나는 그나마 다행이라는 생
각이 들었다. 황 형한테서 들은 대로 과연 서울대학교 사범대학 부

속 중학교 학생들은 선발된 모범 학생들이구나 하는 생각도 직감으로 들었다.

　학생들의 인사에 답례를 마친 나는 아무 말도 하지 않고, 분필을 옆으로 잡고 칠판을 향해 돌아섰다. 칠판 한쪽 끝에서 다른 쪽 끝까지 크게 "그러타쿵깨네"라고 썼다. 그리고는 내가 학생들을 향해 바로 섰다. 학생들이 처음에는 눈이 멀뚱멀뚱하더니, 칠판 글씨를 소리 내어 읽고는 큰 소리로 마구 웃었다.
　나는 계속 아무 말 하지 않고, 썼던 것을 지웠다. 그 자리에 "안 그런나 그자"라고 크게 썼다. 그리고는 학생들을 바라보았다. 조금 있다가 학생들이 또 마구 큰 소리로 웃어 댔다.
　학생들을 한동안 바라보고 있으니, 모두가 잠잠했다. 숨소리만 들렸다.
　"학생 여러분. 반갑습니다.
　나는 학생들을 지도하는 능력을 시험 치르는 사람으로 이 자리에 섰습니다.
　이제 막 내가 칠판에 쓴 '그러타쿵깨네' 는 '그렇다고 하니까' 라는 뜻의 경상도말입니다. '안 그런나 그자' 는 '안 그러니? 그렇지?' 라는 뜻의 경상도말입니다.
　수업 중에 나에게서 생소한 사투리나 말투가 튀어나오더라도 잘 이해해 주면서 열심히 공부해 주기 바랍니다.
　알겠습니까? 여러분!'
　"예!'
　여학생들의 대답이 상냥하고 명랑하고 힘찼다.

막 이러고 나니, 시험관이 교실 뒷문으로 들어와 학생들의 뒤에 앉았다.

이리하여 수업은 시작되었다. 학생들의 호응도는 한 시간 내내 생기발랄했다.

'송영례' 라고 이름표를 단 학생은 그 중에서도 특별히 수업 호응도가 높아 나의 기억에서 사라지지 않았다. 긴 세월이 흘러도 그때 그 학급 학생 모두에게 고마움을 잊지 않고 있다.

실지 수업을 끝으로 2차 시험이 모두 끝났다. 나는 학교 현관 옆의 교실 벽에 기대서서 햇볕을 쬐고 있었다. 시험장 학교를 쉽사리 떠날 수가 없었다.

천리 길을 와서 시험을 치렀다. 구술시험에서도 60점 이상을 받아야 하고 실지 수업에서도 60점 이상을 받아야 합격할 수 있다. 둘 중 하나라도 60점 이하를 받으면 불합격이다. 어제의 구술시험은 시험관의 표정으로 보아 잘했다고 판단된다. 그런데 오늘의 실지 수업은 어떠했을까? 구술시험에만 합격하고 실지 수업에서 불합격하면, 사범학교 졸업 증명서와 초등학교 교원 자격증을 문교부에 제출하면 중학교 교원 자격증을 받을 수는 있다.

그러나 그것이 문제가 아니다. 어려운 1차 시험(학력고사)에서 최고점을 받고, 구술시험도 잘 치렀다고 생각되는데, 만약 실지 수업에서 점수가 잘 나오지 않아 이번에 자격증을 받지 못한다면, 얼마나 애틋한 일이겠는가? 그리고 시험을 치렀으니, 당연히 시험으로 합격해야 한다. 실지 수업은 학습 지도안이 40점 만점, 교실 수업이 60점 만점이다. 이를 합산하여 점수를 낸다는데, 나는 과연 몇 점이 나올 것인가?

　젊은 응시자 한 사람이 내 옆으로 왔다.
　"진주사범학교 학생이지요?"
　"예."
　어제가 졸업식 날이었지만, 나는 그냥 "예"라고 답했다.
　"국어과에 응시했지요?"
　"예."
　"나는 제주도에서 왔어요. 조금 전에 응시자 한 사람이 이야기를 들었다는데, 진주사범학교 교복을 입은 국어과 응시자가 작성한 학습 지도안이 너무나 뛰어났다며 시험관이 자랑을 하더래요."
　"그래요?"
　그 소리를 들으니, 나는 기운이 좀 솟는 것 같았다.
　이 부속 중학교는 서울대학교 사범대학 학생들이 교육 실습을 하는 학교이므로, 이 학교 교사들은 수업에 대해 그만큼 권위가 있다는 이야기가 된다. 그래서 나는 시험으로서 수업을 한 것이지만, 수업 시험관에게 나의 수업에 대한 평을 듣고 싶었다.
　용기를 내어 교무실로 갔다. 시험관 서정범 교사를 찾았다. 서정범 교사는 연구실에 갔다고 했다. 연구실 문을 두드렸다. 서정범 교사가 문을 열었다.
　"선생님, 여쭈어 보고 싶은 것이 있어서 왔습니다."
　"아직도 안 갔군요.
　뭘 알고 싶은데요?"
　서정범 교사는 문 밖으로 나오며 말했다.

"선생님, 오늘 저의 수업이 어땠는지 궁금하기도 하고, 참고 말씀
도 듣고 싶습니다."

"그래요? 그럼 도서실로 갑시다.

나도 학생을 만나면, 하고 싶은 말이 있었어요."

둘은 도서실로 갔다.

"오늘 학습 지도안과 교실 수업에 대한 구체적인 점수는 말할 수
없고요. 참 잘했다는 말은 할 수 있어요.

그리고 학습 지도안에 대해 말할 게 있어요. 내가 이때껏 서울대
학교 사범대학 교육 실습생을 지도해 왔지만, 90분 동안에 작성한
학생의 학습 지도안만큼 잘 된 지도안은 아직 보지 못했어요. 나는
이것을 격찬해 주고 싶었어요.

그리고 또 한 가지 말하고 싶은 게 있어요. 내가 국어를 전공하고
있기 때문에 잘 아는데, 국어 공부는 범위도 넓고 어렵기도 얼마나
어려워요? 그런데 학생의 국어 실력이 벌써 중학교 교원 자격 고시
학력고사에 합격한 정도라면, 그 좋은 두뇌르 왜 고등 고시 공부를
하지 않았는가 하는 거예요. 학생이 고등 고시 공부를 했더라면 벌
써 합격했을 것이라고 봐요."

서정범 시험관으로부터 진심 어린 격려를 듣고, 나는 고마움을 느
꼈다.

남대문 시장에 들러 주창복 선생님의 딸아기에게 줄 선물을 고르
는 나의 마음은 즐거웠다. 남대문 시장에서 바라본 남산 위의 하늘
도 어제처럼 푸르디푸르렀다.

세계 최연소 중학교, 고등학교 교원 자격증 취득

1961년 3월 31일이었다. 내일 4월 1일이면 새 학년도가 시작된다.

저녁 무렵 석간신문을 돌리는 소년이 지나가고 있었다. 소년에게 신문을 잠깐 보여 달라고 청했다.

신문에는 초등학교 교사 신규 발령이 촘촘히 실려 있었다. 진주사범학교 졸업생은 작년처럼 성적순에 따라 세 사람이 부산시로 발령이 났다. 남자 졸업생으로 조무제와 내가 발령을 받고, 여자 졸업생으로 윤희자가 발령을 받았다.

이발소로 달려갔다. 진주의 동북쪽 산기슭 언덕배기에 자리한 진주봉래국민학교의 구내 이발소. 초라하게 외딴 곳이다. 수입은 얼마 되지 않았다. 그러나 그곳이 우리 식구들의 삶의 일터였다. 아버지와 여동생이 기뻐했다.

집으로 달려갔다. 어머니가 밥을 짓다 말고 좋아했다. 어린 생질녀

순희가 외할머니의 표정을 살피며 우쭐우쭐 떠었다.

4월 1일. 부산으로 갔다. 부산시에서는 1961년(내 나이 18살) 3월 31일자로 나를 동래구 거제동 소재 부산거제국민학교 교사로 발령했다. 호봉는 17호 2급이었다.

2학년 담임을 맡았다. 2학년은 모두 6학급이었다. 본관은 3학년 이상의 학생들이 사용하고, 1, 2학년 학생들은 바라크(군대의 막사처럼 지은 가건물)에서 오전, 오후로 나누어 2부제 수업을 하고 있었다. 바라크 교실의 의자는 긴 널빤지에 대여섯 학생씩 앉도록 되어 있었다. 각 학급의 학생 수는 90명 안팎이었다.

2층으로 된 신관 건물을 새로 짓고 있었다. 2학년 학생들은 5월부터 신관 교실에서 공부했다. 교실을 신관으로 옮기고서는 환경 정리를 예쁘게 하면서 학생 지도를 했다. 그러나 오전, 오후 2부제 수업은 풀리지 않았다.

본관의 뒤는 철도 관사들이 줄지어 있었다. 본관 앞으로는 전차가 다니는 철길이 있었다. 부산의 서면 로터리에서 동래 온천장으로 가는 길목에 학교가 있었다. 시골처럼 한적한 분위기에서 교직원들이 단란하게 지냈다.

4월 중순 어느 날이었다. 문교부에서 보낸 우편물 한 통을 받았다.

봉투 속에는 중학교 교원 자격 검정고시 '합격증' 과 '교육공무원 자격증' 이 들어 있었다.

합격증 날짜와 교육공무원 자격증 날짜는 단기 4294년(서기 1961년) 4월 10일이었다. 그리고 합격증에는 고시 시행이 단기 4293년도

(서기 1960년도)임을 명시하고 있었다. 문교부 교육지도과 김재규 님이 말한 바 있지만, 4.19 혁명으로 인한 문교부의 특별한 사정이 아니었더라면, 합격증과 교육공무원 자격증은 1960년 12월 말 이전에 발급되었을 것이다.

'합격증' 원본에는 명함판 사진이 첨부되고, 글자는 세로줄로 씌었으며, 성명과 연월일 숫자는 한자로 씌어 있었다.

합 격 증

(사진) 본적　경상남도

성명 허만길(許萬吉) 성별(남)

단기 4276년 3월 21일생

우 자는 단기 4293년도 문교부 시행 중학교 교원자격검정고시 국어과에 합격하였음을 증함.

단기 4294년 4월 10일

단기4293년도 증제 11호

중앙교원자격검정위원장

'교육공무원 자격증' 원본에는 글자가 세로줄로 씌었으며, 성명과 연월일 숫자와 '준(准)'은 한자로 씌어 있었다.

당시의 우리나라 교사 자격증 기본 체계는 '준교사', '2급정교사', '1급정교사'로 되어 있었다.

합격증

본적 경상남도

성명 許萬昔 성별(남)

단기ㅇㅇ년 ㅇ월 ㅇ일생

우자는 단기ㅇㅇ년ㅇㅇ문교부시행 중학교 교원자격검정고시 국어과에 합격하였음을 증함

단기ㅇㅇ년 四월 十일

중앙교원자격검정위원장

증제 11호

단기ㅇㅇ년도

교육공무원 자격증

본적 경상남도

성명 許萬昔

단기ㅇㅇ년 ㅇ월 ㅇ일생

자격 중학교준교사 국어과

우는 교육공무원법 소정의 자격기준에 의거하여 두 서의 자격이 있음을 인정하고 이 증서를 수여함

단기ㅇㅇ년 四월 10일

문교부 장관

제 4070 호

부기

1. 검정종별 고시검정

2. 법정해당자격기준 교육공무원법 제四조별표제二호 중학교준교사 자격기준(1)

교육공무원 자격증

본적 경상남도

성명 허만길(許萬吉)

단기 4276년 3월 21일생

자격 중학교 준(准)교사 국어과

우는 교육공무원법 소정의 자격 기준에 의거하여 두서의 자격
이 있음을 인정하고 이 증서를 수여함.

단기 4294년 4월 10일

문교부 장관

제본4070호

부기

1. 검정 종별 고시검정
2. 법정해당자격기준
 교육공무원법 제4조 별표 제2호
 중학교 준(准)교사 자격 기준(2)

중학교 교원 자격증을 받고서, 이듬해(1962)에는 고등학교 교원 자
격 검정고시에 응시했다. 1차 시험 장소는 서울, 부산, 광주, 춘천 네
지역이었는데, 나는 부산에서 응시했다.

이번 고등학교 교원 자격 검정고시에서는 공통 과목과 실지 수업
은 치르지 않아도 된다. 고등학교(사범학교 포함) 졸업('사회' 과목
면제), 사범학교 졸업(공통 과목 2과목 '교육학' 및 '사회' 과목 모
두 면제), 중학교 교원 자격 검정고시에서 공통 과목 모두 합격, 교사
자격증 취득(공통 과목 모두 면제) 등으로 공통 과목 시험은 치르지

214

않아도 된다.

사범학교 졸업, 중학교 교원 자격 검정고시에서 실지 수업 합격, 초등학교 교사 자격증 취득 등으로 실지 수업도 면제된다. 그러니까 고등학교 교원 자격 검정고시에서는 1차 시험(학력고사)에서 전공 과목(국어)에만 합격하면, 2차 시험인 구술시험을 볼 수 있다. 그리고 구술시험에 합격하면 고등학교 교원 자격증을 받을 수 있다.

나는 1962년 9월 26일 부산시 수정동 소재 경남여자중학교에서 고등학교 교원 자격 검정고시 1차 시험을 치렀다. 전공과목은 물론 국어 과목이었다.

수험 번호는 '2017번' 이었다. 1960년도 시행 중학교 교원 자격 검정고시에서는 '응시표' 였던 것이 고등학교 교원 자격 검정고시에서는 '수험표' 라는 용어로 바뀌었다. 글씨는 세로글씨에서 가로글씨로 바뀌었다.

수험표의 크기는 1960년도 시행 중학교 교원 자격 검정고시의 응시표와 같았다. 수험표에는 "서기 1962년도, 번호 2017, 성명, 전공과목(국어), 공통 과목(빈칸)" 등이 나타나 있었다. 나의 사진은 수험표의 한 가운데 붙어 있었다. 맨 아래 '중앙교원자격검정위원장' 이라는 글자 옆에 직인이 벌겋게 찍혀 있었다.

첫째 시간 오전 120분간, 둘째 시간 오후 120분간 문제를 풀었다. 낯선 이

론이나 어렵게 생각되는 문제는 없었다.

그로부터 약 45일이 지났다. 11월 10일 학교에 출근하니, 동료 교사들이 나에게로 몰려왔다.

"축하합니다. 나는 어제 '국제신보'에서 보았어요."

"무슨 말씀이신지?"

"소문도 없이 어려운 시험에 합격했더군요."

고등학교 교원 자격 검정고시 1차 시험 합격자 발표가 1962년 11월 9일자 신문들에 일제히 보도되었던 것이다.

1962년 11월 21일, 문교부 학무국장실에서 구술시험이 있었다. 중학교 교원 자격 검정고시 때 찾은 학무국장실과는 더 큰 사무실이었다. 사무실의 입구 쪽에는 김형규 시험관(서울대학교 사범대학 교수), 안쪽 끝에는 최현배 시험관(한글학회 이시장)이 앉아 있었다.

구술시험은 1962년도 시행 1차 시험 합격자, 1960년도, 1961년도 시행에서 1차 시험(학력고사)에는 합격했으나 구술시험에서 낙방한 사람들이 응시했는데, 그 인원은 모두 대여섯 명밖에 되지 않았다. 1962년도 시행 1차 시험 합격자는 나를 포함해 3명이라고 누군가가 말했다.

김형규 시험관 앞에 앉으니,

"벌써 또 합격했어요?"

라고 말했다.

중학교 교원 자격 검정고시에 합격한 지 얼마 되지 않아 고등학교 교원 자격 검정고시 1차 시험에 합격한 것을 감탄한 말이었다.

김형규 시험관은 하나의 낱말을 제시고 음운 현상을 설명하라고 했다. 나는 역사적인 관점과 공시적인 관점에서 두루 설명했다. '두 시언해' 원본의 특징에 대해 설명하라고 하기에 문헌학적 특징, 국어학적 특징, 내용상 특징, 그리고 그 이후에 발간된 중간본과의 차이점 등으로 설명했다.

마지막으로 '이다' 의 기능에 대해 논해 보라고 했다.

'이다' 의 기능에 대한 학설은 국어학계에서 크게 양분되어 있었다. 조사로서 '서술격 조사' 라는 주장과 풀이씨로서 '잡음씨' 라는 주장이 그것이다.

김형규 시험관은 새로 쓴 글들에서 '이다' 를 서술격 조사임을 강조하고 있었다. 그런가 하면 최현배 시험관은 한결같이 그것이 잡음씨임을 증명해 왔다.

나는 두 학설의 근거를 자세히 논했다. 각 주장의 타당성과 미해결점도 논했다.

내가 '이다' 를 서술격 조사로 보는 학설의 배경을 말하는 대목에서 김형규 시험관은,

"저쪽에 계시는 최현배 선생이 들으시면 바로 반론을 제기하실 것 같은데요."

하고, 웃으며 말했다.

최현배 시험관은 낱말의 짜임, 국어 교육의 개선 방안, 한글 전용의 타당성 등에 대해 물은 뒤 씨가름(품사 분류)의 절차와 '이다' 를 잡음씨로 보아야 하는 까닭을 논하라고 했다.

나는 최현배 시험관이 지은 책 '우리 말본' 과 학술지에 발표한 여러 논문을 상기하면서, '이다' 가 풀이씨로서의 기능이 강함을 예시

하며 논했다.

신라 향가에까지 거슬러 올라가 어원과 관련한 역사적 관점, '이다'와 유사한 일본어 단어 및 영어 단어의 씨가름 현황, 현대 국어에서 '이다'가 문장 전체를 통솔하면서 판단상으로 '이다/아니다'로 규정하는 기능 등을 들어 가면서, '이다'의 풀이씨(용언)로서의 기능을 가볍게 넘길 수 없음을 논했다.

나는 한 시험장에서 상반되는 학설에 대해 시험관의 평소의 주장을 염두에 두면서 신중하게 답해야 했다.

1962년 12월 중순, 문교부에서 보낸 우편물에는 고등학교 교원 자격 검정고시 '합격증'과 '교육공무원 자격증'이 들어 있었다. 합격증 날짜와 교육공무원 자격증 날짜는 1962년 12월 6일이었다.

'합격증' 원본에는 명함판 사진이 첨부되고, 글자는 가로줄로 씌었으며, 성명은 한자로 씌어 있었다.

합 격 증

서기1962년

제7호

(사진) 본적 경상남도

성명 허만길(許萬吉)

서기 1943년 3월 21일생

위 자는 1962년도 문교부 시행 고등학교 교원자격고시검정 국어과에 합격하였음을 증함.

1962년 12월 6일

중앙교원자격검정위원회 위원장

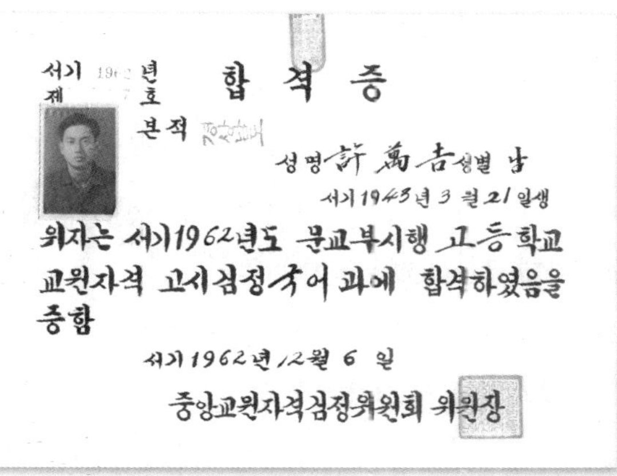

'교육공무원 자격증' 원본에는 글자가 가로줄로 씌었으며, 성명과 '준(准)'은 한자로 씌어 있었다.

당시의 우리나라 교사 자격증 기본 체계는 '준교사', '2급정교사', '1급정교사'로 되어 있었다.

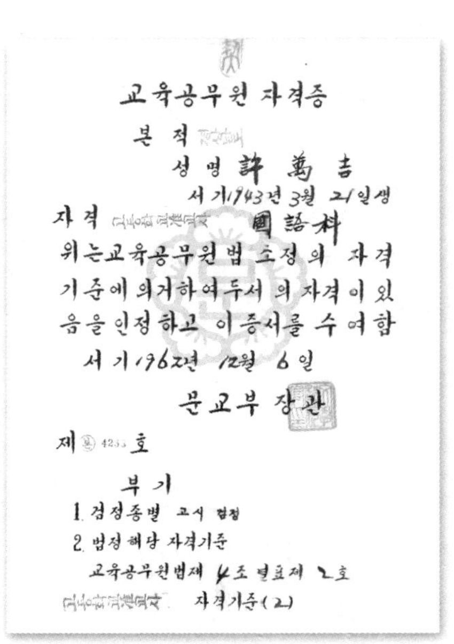

교육공무원 자격증

　　　　본적 경상남도

　　　　　　　　　　　　성명 허만길(許萬吉)

　　　　　　　　　　　　서기 1943년 3월 21일생

　　　자격 고등학교 준(准)교사 국어과

　　　위는 교육공무원법 소정의 자격 기준에 의거하여 두서의 자격

　　이 있음을 인정하고 이 증서를 수여함.

　　　　　　　　　　서기 1962년 12월 6일

　　　　　　　　　　문교부 장관

　　제본4233호

　　　　부기

　1. 검정 종별　고시검정

　2. 법정 해당 자격 기준

　　교육공무원법 제4조 별표 제2호

　　고등학교 준(准)교사 자격 기준(2)

　그리고 '합격증' 과 '교육공무원 자격증' 이 발부된 지 2개월이 막 지났다. 나는 1963년 2월 7일 문교부 교육지도과 김재규 님이 보낸 편지 한 통을 받았다. 김재규 님은 교원 자격 검정고시 담당자이다.

　전국의 중·고등학교 교원 자격 검정고시 수험 준비자들을 위해 '교원 검정 안내서' 책자를 발간하기로 했다고 했다. 1962년도 시행 고등학교 교원 자격 검정고시 과목별 문제에 대한 모범 해답을 그 해 성적 최고 우수자의 원고로 싣기로 했다고 했다.

　국어 과목의 최고 득점자는 나이므로, 나에게 국어과 모범 해답을

부탁한다고 했다. 나는 얼른 모범 해답을 작성하여 문교부로 보냈다.

나는 몇 달 뒤 서점에 가서 그러한 책을 찾아, 내 원고가 실린 것을 확인하였다.

문교부 교원 자격 검정고시 담당자의 말을 종합하면, 나는 국가(문교부) 시행 중학교 교원 자격 검정고시에서나 고등학교 교원 자격 검정고시에서나 모두 수석 합격으로 교원(교육공무원) 자격을 받은 것이다. 그리고 자격증을 받은 것을 나이로 따져 보면, 중학교 교원 자격증은 17살에 응시하여 만 18살 20일 되는 날에 취득하고, 고등학교 교원 자격증 취득은 만 19살 8개월 16일 되는 날에 취득했다.

나는 이러한 '합격증' 과 '교육공무원 자격증' 을 받을 당시에는 의식하지 못했지만, 그로부터 약 30년이 되어 가던 즈음이었다.

1989년 4월, 지영모 님을 비롯한 한국기네스협회 임원진이 내가 18살의 나이로 국가 시행 중학교 교원 자격 검정고시에 합격하여 교원 자격증을 취득했다는 증빙 서류를 가지고 영국 소재 기네스본부를 방문하여 세계 기록 여부를 확인해 주도록 요청했다. 그 결과 기네스본부(Guinnes PLC)에서는 세계 각국에 알아보고 심사한 결과 내가 세계 교육 사상 최연소 중학교 교원 자격증 취득자라는 판정을 하게 되었다.

아울러 기네스본부에서는 내가 1962년 12월 6일 19살의 나이로 국가 시행 고등학교 교원자격 검정고시에 합격하여 고등학교 교원 자격증을 취득한 것도 세계 교육 사상 최연소라는 판정을 하였다.

그리하여 나는 1991년 2월 25일 '기네스북 (The Guinnes Book of

Records) '한국편'(신아사 발행)에 최연소 중학교 교원 자격증 취득자(18살) 및 고등학교 교원 자격증 취득자(19살 8개월) 2관왕으로 올리게 된 것이다.

신아사 발행 '기네스북'은 앞부분은 영국 기네스본부(Guiness PLC)에서 발행한 '기네스북'(Guiness Book of Records)을 번역하여 싣고, 뒷부분에는 아직 영국 기네스본부에서 발행한 '기네스북'에는 올리지 않았더라도 세계 기록이 될 것이나, 한국 최고 기록으로 되는 것을 올려 두었다.

'기네스북' '한국편' 기록 내용(신아사, 1991. 2. 25.)

"문교부 중앙교육연수원 장학사인 허만길(1943년 3월 21일생) 씨는 진주사범학교 3학년에 재학 중이던 1960년 9월에 17세의 나이로 문교부 시행 중학교 교원 자격 검정고시에 응시하여 수석으로 합격, 1961년 4월 10일에 국내 최연소 교원자격증 취득자가 되었다. 또한 부산중앙국민학교에 재직 중이던 1962년에 문교부 시행 고등학교 교원 자격 검정고시에 역시 수석으로 합격하였는데, 이때 그의 나이는 19세에 불과하였다."

교육과 연구의 첫 걸음

나는 부산거제국민학교 교사로 발령을 받고서는 학교 교문 근처에서 자취를 하면서 학교 교육에도 열중하고, 나의 공부에도 열중했다.

학생들의 전체 운동장 모임이 있을 때에 확성기가 활용되지 못하고 있었다. 종전에 2층으로 오르는 계단 아래 구석에 충전기와 앰프를 두고 확성기를 활용해 왔으나, 그것마저 고장이 난 상태였기 때문이다.

나는 계단 아래 구석에 쪼그려 앉아 많은 시도를 한 끝에 좋지 않은 성능이나마 방송 기구를 활용할 수 있었다. 그래서 전교생 운동장 모임에서도 확성기가 울리게 되었다. 아침 등교 시간과 점심시간에는 동요도 방송했다. 등교 시간과 점심시간의 분위기가 한결 경쾌했다. 교직원들은 좋아하면서 언젠가는 방송 시설을 제대로 갖추어 보자고들 했다.

내가 담임하는 학년인 2학년에서는 특별 활동으로서 클럽 활동이 없었다. 나는 고학년(5, 6학년)의 문예반을 운영하였다. 그래서 5월 5일 어린이날에는 학생들을 데리고 부산시 어린이 문예 백일장에도 참가하였다.

첫 발령을 받고 3개월이 되기 전에 5.16 혁명이 일어났다. 혁명 과업 완수와 관련된 행사들이 많았다. 특히 글짓기와 학생 웅변대회의 의무적인 참가 기회가 잦았다. 나는 글짓기 대회 참가 지도를 하면서, 웅변대회 참가 지도도 했다.

내가 웅변 지도를 한 5학년 이애리 학생은 부산시 동래 지구 초등학생 웅변대회에서 1등을 하고, 부산시 대회에서도 좋은 성적을 올렸다.

내가 부산거제국민학교에 근무한 지 4개월째에 여름방학이 시작되었다. 그리고 부산시교육국에서는 여름방학 중에 학교 교원 정원 조정에 따라 교사들의 인사이동을 크게 실시했다.

나도 그 인사이동 계획에 따라, 1961년 8월 4일자로 부산시 동구 초량동에 있는 부산중앙국민학교로 전근 발령을 받았다. 학생들과도 학부모들과도 무척 힘든 이별을 하여야 했다.

나는 진주사범학교 재학 중에 입고 다니던 쑥색 교복 바지를 그대로 입고 운동화를 신고 근무했으므로, 모두들 나를 '학생 선생님' 이라고 별명을 붙였다. 내가 학교를 떠날 때 "학생 선생님, 가지 마이소(마십시오)."라고 울먹이는 사람들이 많았다.

부산중앙국민학교는 우리나라에서 가장 많은 학생들이 재학하고 있었다. 떠도는 말로는 세계에서 가장 학생 수가 많은 초등학교는 대만에 있고, 두 번째로 학생 수가 많은 학교가 바로 부산중앙국민학교라고 했다. 학생 수가 워낙 많아 2, 3, 4학년 학생들은 본교 안에 있지 못하고, 가교사로 지은 세 분교장에 분산되어 공부했다. 그것도 모자라 1, 2학년 학생들은 오전, 오후로 나누어 2부제 수업을 했다.

나는 여름방학을 마친 뒤, 3학년 16반 담임을 맡았다. 3학년은 17반까지 있었다. 3학년의 학급당 인원은 80명 남짓이었다.

나는 부산중앙국민학교에서 1965년 4월 11일까지 3년 8개월 동안 근무했다. 이때는 내 나이 18살에서 22살 사이에 해당된다. 나의 10대 후반과 20대 초반을 이 학교에서 보낸 것이다. 이 기간에 나는 2학년, 3학년, 4학년 학급 담임을 맡아 교육 열정을 불태웠다. 초등학교 교사의 직분을 마무리한 것도 이 시기의 끝이 된다.

내가 부산에서 근무함으로써 가족과는 헤어져 지내야 했다. 가족의 편안을 비는 마음이 잠시도 떠나지 않았다.

1961년 11월 13일에는 어머니가 고향에서 부친 편지를 받았다. 가족과 헤어진 지 7개월이 지난 뒤였다. 어머니는 편지에서 "잠들기 전에는 너를 잊지 못한다."라고 했다.

어머니가 차곡차곡 쌓아 두었던 마음을 자식에게 보낸 말이었다. 아버지도, 여동생도, 어린 생질녀도 마찬가지 마음일 것이다. 미어지는 가슴으로 편지를 읽으면서, 가족의 이런 마음을 나는 영겁토록 빛낼 날이 있기를 기도했다. 큰집의 할머니, 큰아버지, 큰어머니도 잘 계시기를 빌었다.

1962년(내 나이 19살)에 나는 부산중앙국민학교 학생 기자단을 조직하여 학교 신문을 발행했다. 교육은 수동적으로만 이루어져서는 안 된다. 수동적인 교육도 결국은 능동성을 위한 것이어야 한다. 생생한 활동 자체가 교육적 성장으로 이어진다면 더할 나위 없이 가치 있는 일이다. 학교 신문에는 생동감 있는 기사들로 채우려고 노력했다.

학생 기자들과 함께 5.16 혁명의 주체 세력이던 김현옥 부산시장(재임기간 1962. 4. 21.~1966. 3. 30.)을 관사로 찾아가 대담(인터뷰)을 했다. 김현옥 시장은 검소한 인상으로 어린이들을 좋아했다. 탐방 기사를 읽은 사람들은 개별 학교의 교사와 어린이들이 혁명 주체 세력의 시장을 직접 만났다는 것을 대단하게 여겼다.

1950년 6.25 전쟁이 일어난 후 고아는 많았지만, 고아원은 많지 않았다. 헐벗은 많은 어린이들이 거리를 정처 없이 방황하고 있었으며, 고아원은 운영난으로 허덕이고 있었다. 사람들은 고아원의 실정이 어떠하며, 얼마나 고마운 일들을 하고 있는지를 제대로 피부로 느끼지 못하고 있었다.

나는 부산 수영 해수욕장 근처에 고아원이 있음을 알았다. 학생 기자들과 의논하여 고아원 탐방을 하기로 했다. 전교생 대상으로 위문품 모으기 운동을 벌였다.

어느 추운 날 나는 학생 기자들과 함께 버스를 서너 번 갈아탔다. 바다를 바라보는 양지바르고 비탈진 곳에 두 고아원이 있었다. 그 가운데서 우리의 방문 예정지는 '박애원' 이었다. 여성 원장이 우리를 맞았다.

원장은 우리에게 박애원을 설립하게 된 유래를 말했다.

한 영국군이 한국 전쟁에 참여했는데, 그 영국군은 한국의 전쟁고

아들의 비참한 모습을 보았다. 먹을 것을 찾아 구더기가 우글거리는 쓰레기통을 뒤지기도 했다. 영국군은 고국으로 돌아갔다. 한국 고아들의 모습을 어린 딸에게 이야기했다.

그런데 딸은 큰 병에 걸려 죽게 되었다.

딸은 죽어 가면서,

"아버지, 한국의 고아들을 도와주세요."

라고 했다.

그래서 그 영국군의 도움으로 박애원이 설립되었다고 했다. 설립 시기는 1958년으로 기억된다.

학교 신문에는 학생들의 위문품 전달 내용, 방문한 고아원의 유래와 상황을 기사로 썼다.

1962년 6월 30일, 나는 부산시교육국에서 '부산 시민 헌장'을 초안해 달라는 위촉을 받고, 회의에 참석했다. 부산시교육국에서 가까운 부산동광국민학교 건물을 사용하그 있는 부산시교육연구소에서 초안에 참여할 사람들이 모였다. 하현철(부산시교육국 장학사), 노채호(부산시교육연구소 연구사), 박재규(부산시교육연구소 연구사), 허만길(부산중앙초등학교 교사) 등이 공동 초안을 맡았다.

부산시교육국 정정봉 교육과장의 추지 설명이 있었다.

1963년 1월 1일자로 부산시가 경상남도에서 분리되어 정부 직할시로 승격하는 데 따라, 김현옥 시장의 특별 관심으로 부산 시민 헌장을 제정하기로 했는데, 부산의 특성을 잘 살릴 수 있는 헌장을 만들어 달라고 했다.

시민 헌장 초안 위원들은 헌장에 넣을 요소를 선정하고, 문장을 만드는 등 여러 차례의 회의를 열었다. 우리가 초안한 것은 다시 '부산 시민 헌장 제정 위원회'의 심의를 거쳐 부산시장이 확정했다.

시민 헌장

부산은 우리나라의 관문입니다. 우리는 이 도시의 시민임을 자랑으로 여기며 더욱 복된 내일을 이룩해야 하겠습니다. 문화 항도로서의 모습을 가다듬고 상·공·수산업을 진흥시켜 빛나는 내 고장을 건설하기 위하여 이 헌장을 서로 지켜 나갑시다.

1. 튼튼한 몸과 올바른 마음으로 내 고장 건설에 앞장섭시다.
2. 부지런히 일하고 어린이를 잘 길러 즐거운 가정을 꾸며 갑시다.
3. 이웃끼리 서로 믿고 서로 도와서 명랑하게 정답게 살아갑시다.
4. 공공시설을 아끼고 질서를 세워서 자랑스런 사회를 이룩합시다.
5. 전통을 이어받고 바다를 개척하여 새로운 문화를 창조합시다.

1963년 1월 1일 부산직할시 승격 행사는 웅장하고 화려하게 펼쳐졌다. 이 날은 '부산 시민 헌장' 선포식을 겸하였다.

처음으로 제정된 이 부산 시민 헌장은 40여 년간 시행되다가, 시대적, 사회적 변화에 따라 2005년 10월 5일 개정되었다.

부산직할시로 승격된 부산시는 의욕적인 발전 구상을 했다. 부산시 교육의 질을 높이기 위해, 1963년 1월에는 부산시교육발전위원회를 창립하기로 뜻을 모았다.

나는 부산시교육발전위원회 창립 위원으로 위촉되었다.

1963년(내 나이 20살) 3월 28일에는 부산남일국민학교에서 부산시

교육발전위원회 창립 위원회 초등 분과 회의에 참석하여 여러 가지 의견을 나누었다.

1963년 4월 1일, 나는 부산시교육국의 요청에 따라, 부산시교육발전위원회 사업 계획서를 작성하여 부산시교육연구소에 제출했다.

이 계획서를 토대로 부산시교육발전위원회 운영 방향이 확정되었다.

교사들의 전문성을 향상시키기 위해, 여러 분과를 설치하여 부산 시내 모든 교사들이 어느 한 분과에는 반드시 소속하도록 했다. 부산시교육국에서는 정기적으로 날짜를 정해 교사들이 분과별로 연구 발표회를 개최할 수 있도록 행정 지원을 하기로 했다. 교사들의 좋은 논문은 부산시교육연구소에서 발행하는 기관지 '부산 교육'에도 발표하고, 연말에 '연구 논문집'을 따로 만들어 발표 기회를 확대하기로 했다. 뿐만 아니라 연말에는 좋은 논문을 발표한 교사에게는 부산시장 명의로 표창을 주기로 했다.

부산시교육발전위원회 창립 위원인 나는 5월에 초등학교 '국어 일반 분과' 부회장으로 선출되었다. 사범학교를 졸업하고 교직 2년 경력을 지닌 시기였으며 나이는 스무 살이었다. 부산시교육국이나 부산시 교원들은 나를 화제로 삼는 수가 많았고, 나는 점점 부산 교육 발전과 연구 활동의 중심에 서 가고 있었다.

1963학년도에는 내가 근무하는 부산중앙국민학교가 부산시교육위원회 연구학교로 지정되었다. 나는 연구 위원의 한 사람이었는데, 연구학교 운영의 계획에서 마무리에 이르기까지 실질적인 주도를 했다.

연구 주제를 '교육과정 개선을 위한 프로그램 학습의 실천적 연구’로 정했다. 3월에 개략적인 연구 설계를 작성하여 교육감의 승인을 받았다.

  ‘프로그램 학습’(Programmed Learning)은 1950년대 중반 미국에서 처음 고안된 새로운 학습법이다. 미국 본토는 물론, 세계 각국으로 한창 보급되기 시작할 즈음이었다. 일본에서는 1962년도에 상당한 연구 성과가 있었다. 우리나라에서도 일부 교육학자들이 관심을 갖고 있었다. 우리나라에는 한글로 된 문헌적 자료는 찾기 어려운 상황이었다.
  그러나 학습 지도법 개선의 세계 조류로 보아, 우리나라에서도 이를 현장 연구로 삼아 보아야 할 상황이었다.
  연구학교 지도 기관은 부산시교육위원회이고, 자문 기관은 부산시교육연구소였다. 교육위원회에서는 박만정 장학사가 담당이었고, 교육연구소에서는 노채호 연구사가 담당이었다.
  4월 1일, 오창국 주임교사와 나는 부산시교육연구소 노채호 연구사의 도움을 받으며 최종적인 연구학교 운영 계획서를 마련하고, 학교장의 결재를 받았다.
  문헌 연구와 계획서 작성 단계를 지나 실제 운영 단계에서는 담당 주임이 박종립 교사로 바뀌었다. 우리는 교직원 연수를 실시한 뒤 본격적인 연구 수행에 들어갔다. 연구학교 운영 기간은 1963년 3월 1일부터 1964년 2월 29일까지 1년간이었다.

  프로그램 학습(Programmed Learning)은 가르침 기계(teaching machine)의 프로그램에서 유래된다. 미국의 행동주의 심리학자 스

230

키너(B. F. Skinner)가 개발한 학습법으로서, 학습은 개별 학습자 스스로가 즉각적인 학습 강화를 받으면서 연속적 접근의 작은 학습 단계를 통해 학습 목표를 달성해 나갈 때 효과적이며, 학습 부진아나 학습 우수아나 완전 학습이 가능하다고 보는 학습 방법이다.

프로그램의 조건은 첫째로, 자극이 되는 문제를 학습자에게 제시해야 한다. 둘째로, 학습자의 외적 반응을 형성해 내야 한다. 외적 반응을 형성해 내는 방법으로는 스키너(Skinner)가 고안한 것으로 모든 학생에게 일률적으로 적용하는 직선형 프로그램, 크라우더(Crowder)가 고안한 것으로 학생의 개별 능력을 고려한 분지형 프로그램, 그리고 혼합형 프로그램 등이 있다. 셋째로, 반응의 옳고 그름을 학습자가 즉각 알게 해야 한다(피드백 및 강화 작용).

프로그램 학습의 원리로는 작은 단계의 연속적 접근(sapping)을 뜻하는 '스몰 스탭(small step)의 원리', 학습자의 '적극적 반응의 원리', 학습자가 자기 반응에 대해 옳고 그름을 즉시 확인하도록 해야 한다는 '즉시 확인의 원리', '학습자 검증의 원리', 개별적 '자기 진도(pace)의 원리' 등을 내세운다.

교사는 학습 목표 달성을 위한 스몰 스탭의 학습 프로그램을 작성하여야 하며, 정오답을 알려 주는 가르침 기계(teaching machine)를 활용할 수 있으면 좋다.

부산중앙국민학교에서는 여러 학급을 실험반, 비교반으로 나누어 연구 수행을 하였다.

연구 결과 보고회는 1963년 11월에 많은 장학진과 연구진과 교원들이 참석한 가운데 진행되었다. 참석자들 대부분이 이 연구 주제에 기본 지식이 거의 없던 터였던지라, 관심이 매우 높았다.

연구 결과는 영역별로 몇 연구 위원이 나누어 보고했다. 내가 맡은 보고 영역이 핵심이 되고 있었다. 나는 이론과 실천 과정과 통계 숫자 등 모든 내용을 자신감 있게 발표했다. 궁금하게 여기는 많은 질문에 소상하게 답변했다. 참석자들이 나의 기억력과 친절을 놀라워했다.

연구학교 운영은 성공적이라는 격찬을 받았고, 우리나라 프로그램 학습 도입 및 일반화에 크게 기여하였다.

1963년 5월 1일, 김현옥 부산시장은 나를 부산시교육연구소 현직 연구 위원으로 공식 위촉했다. 현직 연구 위원은 학교에 근무하면서, 부산시교육연구소 연구 업무가 원활히 이루어지도록 현장감을 살려 돕는 역할을 하는 것이었다. 현직 연구 위원은 나 이외에도 몇 사람 더 있었다. 월 수당이 200원이라고 위촉장에 명시되어 있었다.

1963년 7월 6일에는 부산시교육국 하현철 장학사로부터 여름방학 중에 실시할 초등학교 교원 하기 강습 국어과 교육 내용을 작성해 달라는 요청을 받았다. 이에 나는 초등학교 교육에서 큰 비중을 차지하는 국어과 교육이 잘 되기 위해서는 교원들이 국어에 관한 전문성과 국어 교육 방법에 관한 전문성을 두루 갖추어야 함을 강조하면서, 하기 강습 국어과 교육 내용을 작성했다.

1963년 7월 29일부터 3일 동안 문교부에서 개최하는 신교육 과정 해설 수강에 부산시의 학교 교원을 대표해서 참가했다. 부산시 대표로는 부산시교육국 배종락 장학사와 초 · 중 · 고교 교원 대표 4명이 참가하기로 되어 있었다. 나는 교육위원회로부터 출장비 2,550원을 받고, 7월 28일 오전 8시 재건호 기차로 부산역을 출발했다.

국가 수준의 각급 학교 교육 방향과 교육 내용을 제시한 교육 과정은 광복 후 '교육에 관한 긴급 조치 시기'(1945~1946), '교수 요목기'(1946~1954)를 거쳐, '제1차 교육 과정기'(1954~1963)를 맞는다.

제1차 교육 과정은 각급 학교 '교육과정 시간 배당 기준령'을 1954년 4월 20일 문교부령 제35호로 공포한 데 이어, 1955년 8월 1일 각급 학교 교육 과정을 문교부령으로 공포한 것을 뜻하는데, 이것이 정부 수립 후 최초로 만든 체계적인 교육 과정이다.

제1차 교육 과정 제정 이후 국내의 정세가 많이 바뀌고 국민들의 생활 양상이 많이 변하였으므로, 문교부는 1958년부터 교육 과정 개정에 대한 기초 조사와 자료를 수집해 오다가, 1961년 5.16 혁명을 계기로 교육 과정을 전면적으로 개편하기 시작했다. 이렇게 하여 정부에서는 전면적으로 개편한 새로운 교육 과정을 1963년 2월 15일 문교부령 120호로 공포하였다. 이것이 이른바 제2차 교육 과정으로서 대체로 경험주의 교육 과정의 성격을 지녔다.

이 제2차 교육 과정을 '신교육 과정'이라고 했는데, 정부에서는 신교육 과정을 전국 각 학교 교원들에게 자세히 알리기 위해 각 시·도 교원 대표와 장학사로 하여금 문교부에서 실시하는 신교육 과정 해설에 참가하도록 하였던 것이다.

강습은 서울문리실과대학에서 실시되었다. 각 시·도의 장학사와 초·중·고교 교원 대표를 합하여 100여 명이 한 자리에 모였다. 개강식에서는 먼저 문교부 장관의 훈시가 있었다. 개강식이 끝나자, 교육 과정 개정 작업을 담당한 문교브 편수관들을 중심으로 강의가 시작되었다.

7월 29일의 강의가 끝난 뒤, 나는 문교부 국어과 편수관이면서 문교부 수석 편수관인 이희복 님과 같은 택시를 탔다. 택시 안에서 약 30분 동안 여러 가지 이야기를 나누었다. 이희복 님은 나를 격려하면서, ‘국어 교육’ 이라는 간행물을 나에게 주었다.

서울에서 강습을 마치고 부산으로 돌아온 나는 기회 있을 때마다 교원들을 대상으로 전달 강의를 했다.

1963년 8월 여름방학 중에는 ‘부산 국문법 연구회’ 조직에 참여하였다. 국어학을 전공하는 김계원, 나진석, 정신득, 박태권, 박지홍, 이주호, 신덕화, 허만길 등이 창립 회원으로 참여하였다. 우리는 그 이후 수시로 모여 국문법에 관한 토론을 전개했다.

부산직할시 승격 1년이 된 1964년 1월 1일에는 교육 자치제 실시에 따라 부산시교육위원회가 구성되었다. 종전에 부산시교육국에서 행하던 일들이 부산시교육위원회에서 맡아 하게 된 것이다. 부산시교육위원회 구성 후에도 나는 1964년(내 나이 21살) 5월 1일자로 부산시교육연구소 현직 연구 위원 위촉을 받았다. 위촉자 명의는 ‘부산시교육위원회 교육감 오복근’ 이었다.

내가 교직에 첫발을 들여놓은 이후 처음으로 일반 사회의 출판물에 글을 싣게 된 것은, 교직 경력 1년 2개월이 지난 1962년 6월(내 나이 19살)이었다. 부산시교육국에서 발행하는 기관지 ‘부산 교육’ 124호(1962년 6월호)에 논문 ‘경상도 방언의 특징’ 을 실은 것이 처

음이다. 2개월 뒤 '부산 교육' 126호(1962년 9월호)에는 논문 '국어
교육의 본질' 을 실었다.

   일간 신문에 실린 나의 첫 글은 한글날을 기념하기 위해 집필한 것
으로서 '부산일보' 1962년 10월 9일자 석간에 '외국 사람이 본 한글
의 위치' 이었다.

   그 이후로 나는 계속해서 글들을 발표했다.

   '부산 교육' 129호(1963년 5월호)에 논문 '어학상으로 본 상말 쓰
기 버릇의 까닭', 부산시교육연구소 발행 '부산시교육발전위원회
연구 논문집' 제1집(초등학교. 1963. 10. 30.)에 논문 '국어 교육의
중요 과제', '부산일보' 1963년 11월 1일자에 논문 '한글 맞춤법 통
일안의 근본적인 재검토를', '국제신보' (부산) 1964년 6월 18일자에
'방언은 상말을 내다본다', 부산시교육연구소 발행 '부산시교육발
전위원회 연구 논문집' 제4집(초등학교. 1964. 12.)에 논문 '한국 문
자 정책의 나아갈 길' 등을 발표했다.

표 창 장

제2854호   부산중앙국민학교 교사 허만길

   위의 분은 국어 일반 분야의 계속적인 연구를 거듭한 결과 교
육발전위원회의 논문집을 통하여 초등 교직원 및 여러 시민에게
훌륭한 발표를 하였을 뿐만 아니라, 교육에 기여한 바 그 공적이
크므로 이에 표창함.

1963년 12월 4일

부산시장 김현옥

부산시교육발전위원회가 창립된 1963년도에는 '부산시교육발전
위원회 연구 논문집'에 논문을 실은 교원들에게 김현옥 부산시장이
직접 표창장을 주고 메달을 목에 걸어 주었다.

나는 학생을 가르치는 교사로서 무엇보다도 학급 운영과 학생 개
개인의 성장 발달에 소홀함이 없어야 한다고 자주 다짐했다. 효과적
인 학급 운영을 위해 민주적인 학급 분위기를 중요시하면서, 해마다
학급 목표를 대여섯 항목으로 정하여 학생들에게 알리고서 중점적
으로 실천해 나갔다.

학생 개개인의 성장 발달을 위해서는 개성 파악, 개성 존중, 개별
능력 발휘, 개인차를 충분히 고려한 학습 지도, 개인 상담, 창의력 계
발을 중시했다.

교사들은 월급만으로는 가정 생계를 유지해 나가는 데 부족한 것
이 사실이었다. 사회적 여론도 교원의 처우는 경찰 공무원의 처우와
더불어 매우 열악하다는 것을 인정하고 있었다. 교사들은 은행원의
월급과 비교하여 자신들의 월급이 턱없이 낮다는 말을 자주 했다.
학생들을 위해 매일 사용할 학습용 종이조차 학교 차원에서는 충당
해 줄 수 없을 정도로 학교 예산이 빈약했다.

그래서 교사들은 생계의 수단으로 과외 지도를 예사로 하고 있었
다. 당국에서도 이를 말리지 않았다. 학년 초가 되면 학부모회에서
청소 용구를 비롯해 학급 비품을 경제적 형편이 나은 학부모들이 부
담해 줄 것을 공식적으로 요청하곤 했다. 나라 경제가 전반적으로
어려울 뿐만 아니라. 학부모 간의 빈부의 격차도 심했다. 도시에서

는 학부모들이 교사에게 촌지를 건네는 경우도 흔했다.

이런 실정에서 나는 최대한 학부모들에게 신뢰받는 교육자가 되고, 학생들을 공평하게 대하는 교육자가 되어야겠다는 것을 잊지 않았다. 유치원이나 초등학교 어린이 교육에서는 교사와 학부모가 서로 의논하는 일이 중요하다. 나는 학부모와의 관계에서 필요할 경우 학생에 대해 교육적인 의논을 성실히 행하면서도, 교육자로서 순수한 모습이 아닌 것을 보이지 않으려고 처신에 신중했다.

서늘한 늦가을 어느 날이었다. 나는 저녁밥을 막 끓여 먹고서 바람 쐬려 나가려던 참이었다.

"밥 좀 주이소(주십시오). 밥 좀 주이소."
하며, 대문을 두드리는 가냘픈 소리가 있었다.

아침, 저녁으로 밥 얻으러 다니는 사람들이 많던 시절이었는지라, 나는 예사로 생각하면서 대문을 열었다.

그런데 대문을 두드린 어린 소녀는 천만뜻밖에도 내 학급의 학생이 아닌가. 옷도 얇게 입고 있었다.

나는 어서 가까운 가게로 데리고 가서 빵을 사서 꼭꼭 씹어 먹게 했다. 그리고는 쌀과 보리쌀을 좀 샀다.

아이를 데리고 아이의 집을 찾아갔다. 마을의 집들을 다 지나고, 산 고개를 막 넘으니 나직한 초가집 한 채가 외롭게 있었다. 할머니, 어머니, 동생이 있었다. 아버지는 아직 집으로 돌아오지 않았다.

아버지와 어머니가 산에서 땔나무를 모아 와서 그것을 파는 것이 유일한 생계 수단이었다. 산이라고 해도 부산의 초량동 뒷산을 가리키는 것 같았는데, 민둥산이나 다름이 없었다. 땔나무인들 쉽게 모을 수가 없으리라는 생각이 들었다.

나는 가지고 있던 현금을 있는 대로 내놓으면서 기운 내기를 바랐다.

학생들이 학군을 제대로 지키며 학교에 다니는지를 일제히 조사하기 위한 가정 방문 기간이 있었다.

하루는 초량동 거주 학생 가운데서도 초량역 근처로 주소를 기재한 학생들의 집을 확인하기로 했다. 해질녘에 문패를 보고서 대문을 열고 들어갔다.

"어서 오이소.(오십시오)."

미혼으로 보이는 네 여성이 마루에서 일제히 일어서며 경쟁하듯이 나를 반가이 맞이했다.

"이리로 오이소."

"이리로 오이소."

그들은 금방이라도 팔을 끌 것처럼 시늉을 하며 나를 서로 맞이하려고 했다. 나는 영문을 모른 채 당황스러웠다.

"중앙국민학교에 다니는 '이00' 의 집이 아닌지요?"

그때였다.

"선생님, 오셨어요?

언니, 우리 담임선생님이시야. "

하고, 방 안에서 학급 여학생이 뛰어나오며 명랑하게 말했다.

그러자 여성들은 민망한 태도로 바뀌며 나에게 공손히 인사를 했다.

알고 보니, 여성들은 그 집에 거처하는 성매매 여인(사람들은 '창녀' 혹은 '매춘부' 라고 했음.)들이었다. 여학생의 부모가 포주였다.

초량역 주변의 큰 길 근처에는 성매매를 하는 집들이 있었고, 그러한 집들에 학교 다니는 자녀들이 함께 살기도 했던 것이다.

1962년 1월 24일, 3학년 담임을 하고 있을 때였다. 명기영의 어머니가 교실로 찾아왔다. 명기영은 얼굴도 귀엽고 공부도 잘하고 누구에게나 상냥하고 붙임성이 좋았다. 그런데 요 며칠 동안은 말이 적고 어두운 표정이어서 담임으로서 궁금하게 여기고 있었는데, 어머니가 찾아온 것이다.

명기영은 두 딸 중 막내였다. 언니와는 나이 차이가 많이 난다는 것은 이미 알고 있었다. 명기영의 어머니는 기영이의 언니가 며칠 전에 병으로 사망했다며 울면서 말했다. 다 키운 큰딸이 죽었으니, 가족이 온통 허망함에 빠져 있다고 했다. 그래서 막내딸의 심정을 담임선생님이 이해해 달라고 했다.

애석하게 떠난 딸이 이승에서 못다 누린 행복을 저승에서나마 크게 누리게 하고 싶어, 설날(2월 5일)에는 부처님에게 극락왕생을 빌 것이라 했다.

땅이 꺼질 듯이 슬퍼하는 모성애를 진리의 차원에서 투명하게 위로해 주지 못하는 나의 한계가 초라했다. 언제쯤에나 내가 큰 깨달음을 이루어, 사람들의 이런 고통을 덜어 줄 수 있을 것인가.

1963년 5월 15일 아침에는 몸을 가눌 수가 없었다. 어젯밤부터 팔다리가 쑤시고 높은 열이 올랐다. 밤에 한 잠 자지 못하고 오르는 열을 참으며 방 안을 뒹굴었다.

아침 7시가 지나서야 간신히 몸을 일으켰다. 약국에 가서 약을 지었다. 자취하던 집에는 변소(화장실)가 없었다. 나는 동네 공동변소를 사용했는데, 변소에서 나오다가 이웃에 사는 학급 학생을 만났다. 나중에 학교에 가면 교무실로 가서 내가 학교에 나가지 못한다는 것을 알려 달라고 했다. 길거리에 공중전화가 없던 때인지라 학교에 무엇을 연락하자면 사람을 통해야 했다.

초등학교는 교사가 출근하지 못하면, 여유 인력이 없는지라, 그 교실에는 같은 학년 교사들이 한 시간씩 번갈아 들어가 가르치거나, 옆 교실 교사가 왔다 갔다 하며 지도해야 했다. 교사가 여러 날 휴가를 낼 경우에는 그 학급 학생들을 다른 학급에 분산하여 지도하기도 했다. 그만큼 초등학교 교사는 휴가를 내게 되면 학생들에게 어려움이 많았다.

나의 자취방은 학교의 뒷문에서 약 150m 떨어져 있었다. 오전 10시쯤이었다.

"선생님!"

하고, 아이들이 노는 시간을 이용해 몰려왔다.

아무것도 먹지 못하고 기진맥진해 있는 나의 가슴에 천진한 어린이들의 마음씨가 짜릿짜릿 전해 왔다. 노는 시간에 이렇게 함부로 학교 밖으로 나와서는 안 된다며 타일렀다. 아이들이 학교로 돌아가고 난 뒤, 나는 다시 정신이 가물가물했다.

학교의 점심시간이었다. 점심시간에는 집이 학교에서 가까운 학생들은 집에 가서 점심을 먹었다. 김현옥이가 녹두죽을 한 냄비 들고 누워 있는 나에게로 왔다. 노는 시간에 김현옥이가 어머니에게 달려가 담임선생님이 식사도 못 하고 누워 있다며 크게 걱정했더니, 어머니가 녹두죽을 끓여 놓고서 점심시간에 나에게 전하도록 했던 것이다. 워낙 지친 상태인지리라, 또 쓰러져 누웠다가 한참 뒤에 몇 숟갈 들었다.

오후 수업을 마치고 지영희, 김현순, 이임선, 윤옥순 등이 위문하러 왔다. 기운을 못 차린 가운데서도 순진한 어린이들의 위문에 야릇한 마음의 파동이 느껴졌다.

저녁때이었다. 싸늘한 방바닥의 기운이 몸속에까지 들어왔다. 아침에 연탄불을 갈지 않았으니, 냉돌방이 될 수밖에 없었다.

지영희, 김현순, 이명선의 얼굴이 어렴풋이 보였다. 나는 말할 기력이 없이 그대로 잠이 들었나 싶었다. 시간이 얼마나 지났는지 알 수 없는데, 부엌에서 부채질 소리 같은 것이 들렸다.

캄캄한 밤이었다. 차갑기만 하던 몸에 따스한 기운이 희미하게나마 돌아오는 것 같았다. 가까스로 몸을 일으켰다. 물이라도 마셔야 한다는 생각으로 전등불을 켰다. 몸을 굴러 부엌으로 통하는 문을 열었다.

연탄 아궁이 주변에 타다 남은 불쏘시개들이 너절해 있었다. 부채 소리처럼 들린 연유를 짐작할 수 있었다. 내가 싸늘한 방에서 몸을 웅크려 누워 있는 것을 보고, 세 아이들이 연탄불을 피워 보려고 애썼던 것이다. 비록 아궁이에 불은 없었지만, 아이들의 따스한 체온이 가득했다.

이튿날 일찍 문방구로 갔다. 학생들에게 나누어 줄 공책을 샀다. 내가 일어나 다시 출근할 수 있는 것은 약의 힘도 있었지만, 어린이들이 나에게 베푼 따뜻한 사랑의 힘이 컸음을 알았던 것이다.

"선생님, 인제 아프지 마세요.

간호해 드릴 사람도 옆에 없잖아요."

하고, 아이들은 울기도 하고 웃기도 했다. 내 옷자락을 잡고 한사코 놓지 않는 아이들도 있었다.

새 학년이 시작된 지 얼마 되지 않은 1964년 3월 18일이었다. 한 여학생의의 어머니가 찾아왔다. 딸이 귀가 잘 들리지 않으므로, 교실의 자리를 앞으로 옮겨 주기를 바랐다.

내가 학생들의 어려움을 좀 더 치밀하게 파악하여야겠다는 생각을 했다. 어린이들은 자신의 불편함을 담임교사에게 자유롭게 말하지 못하는 경우가 있을 것이다. 담임교사가 무서워 그럴 수도 있고, 조심스러운 마음에서 그럴 수도 있고, 용기가 없어 그럴 수도 있다. 좋은 담임교사는 학생들이 자신에게 편하게 말할 수 있는 포근함과 자상함을 지녀야 한다.

학생의 어머니와 이야기하는 가운데서, 그 학생이 무남독녀라는 것을 알았다. 아버지는 오랜 전에 별세했다고 했다.

학생의 어머니가 집으로 돌아가고 난 뒤, 얼른 학적부를 펼쳐 보았다. 제주도에서 태어나고 강원도에서 자라다가 부산으로 왔다. 어머니의 안정된 직업은 없었다. 한동안 외할머니한테서 자라고 어머니와는 따로 지내기도 했다.

세상에서 애처롭게 여겨지는 어린이들이 얼마나 많겠는가. 좋은 교사는 제자의 마음바닥까지 고스란히 이해하면서 따스한 마음으로 성장 발달을 이끌어 줄 수 있어야 한다.

진리 추구에 나의 심신이 매달리고 있을 때였다. 몸은 쇠약할 대로 쇠약하고 위장병에 불면증도 겹치고 있었다.

242

나는 학교에서 퇴근하고 난 뒤에나, 어둑한 저녁에 초량동 뒷산 중턱을 가로지른 도로를 산책하면서 사색하는 경우가 있었다. 도로라고는 하지만, 차가 다니는 길은 아니었다. 산을 깎아 넓은 길을 만들어 둔 정도였다. 시민들은 그 길을 '초량 산복(산허리) 도로' 라고 했다.

초량 수원지를 지나 산복 도로 동쪽으로 올라가 서쪽 끝까지 가면, 도로는 시내로 내리막길을 이루고 있었다. 그 내리막길 모서리에 초가집 한 채가 있었다. 그 집이 또한 내가 담임하고 있는 강영석 어린이의 집이었다. 강영석은 영리하고 인사성이 밝고 자진하여 청소를 하는 모범 학생이었다. 강영석의 부모는 동네를 오르내리며 연탄을 각 가정에 날라주고 있었다.

사람들은 연탄을 각 가정에 날라주는 것을 '연탄 배부' 라고 했다. 연탄 배부는 연탄 판매와는 달리 순전히 각 가정에 연탄을 날라다 주는 일만 하는 것을 가리켰다.

강영석의 가족에게는 연탄 배부가 생계의 수단이었다. 강영석의 부모가 거기서 연탄 배부를 한다는 것도 내가 초량 산복 도로를 산책하면서 알게 된 것이다.

1964년 6월 24일(내 나이 21살) 오후 6시쯤 산복 도로 동쪽을 올랐다. 앞쪽에서 강영석의 어머니가 연탄 수레를 끌고 있었다. 이렇게 만나는 경우는 가끔 있었다. 그럴 겨우 나는 연탄 실은 수레를 뒤에서 밀어 주는 것이 보통이었다.

오늘도 나는 연탄 수레를 밀었다. 그러다가 강영석의 어머니에게 하루 수입이 얼마나 되느냐고 물어 보았다.

열심히 애쓰면 하루 70원을 벌 수 있다고 했다. 마침 길 가에 팥이

든 조그만 국화빵을 구워 파는 가게가 있었다. 국화빵을 10원어치 사서 전했다. 올해는 여름이 지나고 겨울이 오더라도 연탄 배부 가족이 옷이라도 따뜻이 입을 수 있기를 바랐다.

나는 교육자로서 학생들과 희로애락을 함께 하는 것이 행복했다. 진정한 교육자는 지금의 행복에 멈추지 않고, 진정으로 큰 교육자의 길을 끊임없이 찾고 실천하는 것이 중요하다는 것을 알고 있었다. 그리고 나는 진정으로 큰 교육자는 학교 안에 닫혀 있는 좁은 교육자로 멈추어서는 안 되고, 온 세상, 온 우주, 온 진리로 열려 있고 그것을 열어 갈 수 있어야 한다는 것을 알고 있었다.

국어학자 최현배 박사의 초청

내가 17살에 중학교 교원 자격 검정고시에 응시하여 18살에 중학교 교원 자격증을 받았다는 사실을 안 외솔 최현배 박사님이 나에게 편지를 보내셨다. 그때 최현배 박사님은 연세대학교 교수이시고, 한글학회 이사장이셨다.

최 박사님은 거의 해마다 중학교 교원 자격 검정고시 및 고등학교 교원 자격 검정고시 출제 위원(시험관)을 맡으셨는데, 내가 중학교 교원 자격 검정고시에 응시하던 1960년에는 고등학교 교원 자격 검정고시 출제 위원만 맡으셨으므로, 그 해에 당장 나를 알지는 못하셨다. 그리고 최 박사님은 이들 시험의 출제 위원을 지내셨으므로, 교원 자격 검정고시가 얼마나 어려운 시험인가도 잘 알고 계셨다.

나는 최 박사님이 서울에서 1962년(내 나이 19살) 3월 26일자로 쓰신 편지를 3월 28일에 받게 되었다. 그때 나는 부산중앙국민학교 교사이었다.

허 만 길 군

그대가 진주 사범 재학 중 17살로서 중학교 교원 자격 고시에 응시하여 합격되었다 하니, 참 한글 공부에 대한 취미와 재질을 깊이 찬양합니다.

장차 어떠한 길을 밟아 갈 예정인지 모르겠지마는, 나는 그대를 한번 만나보고 싶은 생각이 간절하니, 한번 서울로 올 수가 없을까요?

어느 토요일에 와서 일요일 서울을 떠나서 학교로 가면 되잖을까요? 내가 부산 가는 일은 별로 없고 보니, 이렇게 그대의 상경을 청하는 것이오. 여비는 걱정 마시고 회신을 바랍니다. 이만 그침.

1962. 3. 26.

최 현 배

이것이 최 박사님이 나에게 보내신 첫 편지 내용이었다. 다른 사람들이 잘 쓰지 않는 초록색(배추색) 잉크로 쓰신 글씨였다.

나는 3월 29일자로 답장을 올렸다. 4월 7일(토요일) 서울로 가서 박사님을 뵙고, 4월 8일(일요일) 부산으로 돌아오겠다고 했다.

그러자 최 박사님은 4월 2일자로 나에게 글을 보내셨다.

허 만 길 군

3월 29일의 그대의 편지는 반가이 받아 읽었소. 오는 7일 오후 2시에 서울로 오겠다니, 그리 기다리고 있겠소.

서울역에 나와서 곧 택시를 타고(보통 500환이면 우리 집까지

246

오게 됨.) 우리 집까지 오기를 바라오. 그것이 가장 편리하겠소.

택시 운전수에게

"신촌 이화 여대 앞 네거리까지 간다. 거기서 200미터쯤 남쪽으로 간다."고 하고서, 철길 가를 해서 오면 될 것이오.

만약 그대가 서울 길이 익으면 신촌 가는 합승차(100환)나 버스(50환)를 그 정거장 앞에서 탈 수도 있지요. 다음에 우리 집을 가리키는 그림을 보이니, 참고로 가지고 오면 좋겠소.

1962. 4. 2.

서울 마포구 대흥동 13-24

최 현 배

최 박사님은 이렇게 글을 쓰시고는 다른 종이에 이화여대 네거리에서부터 최 박사님 집에 이르기까지 버스 내리는 곳, 택시 내리는 곳, 집 가까이 있는 고압 전신주(쇠기둥 넷으로 된 높은 전주), 집의 골목길 뒷문(검정 판장으로 된 문. 거기에 설룽줄이 있으니 흔드오.) 등을 초록색 잉크와 붉은색 잉크로 그림과 함께 자세히 표시하셨다. '설룽줄'은 판장문에 긴 줄을 매어, 골목에서 그 줄을 흔들면 집 뒤편 현관에 달린 요령이 울리도록 되어 있는 것을 뜻했다.

4월 7일(토요일) 아침 7시 30분에 부산역에서 무궁화호 기차를 탔다. 서울역에 내리니, 비가 많이 내렸다. 신촌행 합승차를 탔다. 당시 대흥동은 시골처럼 한적했다. 최 박사님이 그려 주신 약도대로 찾아가 골목길 뒷문의 설룽줄을 흔들었다. 집일을 보는 처녀가 나와서 나를 집 뒤편 현관으로 안내했다. 현관에서 벨을 누르니, 한복을 입은 할아버지가 나오셨다. 예순여섯 살의 최 박사님이셨다.

"허 군이오?"

"네."

나는 낮은 책상에 원고가 많이 놓인 방으로 안내되었다. 최 박사님은 원고 쓰시기에 몹시 바쁘시구나 하는 생각이 얼른 들었다.

최 박사님에게 큰절로 인사를 올리고 나니, 박사님은 나에게 많은 것을 물으셨다.

국어 공부를 하게 된 동기, 중학교 교원 자격 검정고시에 응시하기 위해 공부한 책 이름 등도 물으셨다.

최 박사님은 내가 서울에 와서 대학 공부를 하겠다면 힘껏 도와주겠다고 하셨다.

나는 연세 많으신 부모님의 외아들로서 직장을 그만두고 부모님 곁을 멀리 떠나올 수 없다고 했다. 큰집에는 할머니, 그리고 슬하에 아무도 없는 큰아버지, 큰어머니가 계시는데, 나마저 직장도 없이 멀리 떠나 있게 된다면, 여간 걱정스러운 일이 아닐 수 없다고 했다. 나 자신 열두 살 중학교 시절부터 고학을 하다 싶이 자립적으로 살아왔는데, 다른 사람들에게 큰 폐를 끼치고 싶지 않다고 했다. 우선 부산에서 야간 대학을 마치고서 그 다음 일을 생각하는 것이 나의 현실이겠다고 했다.

최 박사님은 한글 연구에 어울리는 뛰어난 재능을 가진 자를 찾기 어려운데 내가 박사님의 한글 연구의 뒤를 크게 이어 주었으면 한다고 하셨다. 나는 박사님의 격려만으로도 고맙고 영광스럽기 그지없다고 했다.

최 박사님의 대표적인 저서 '우리 말본'의 내용에 대해 여러 가지 말을 나누었다. 박사님은 '우리 말본'에서 다른 학자들이 쟁점으로 삼고 있는 '잡음씨', '겹씨' 등에 대해 깊은 이야기를 하셨다. 그리고 한글학회의 기관지 '한글' 여러 권과, 박사님이 지으신 책 '고친 한글갈', '우리말 존중의 근본 뜻', '글자의 혁명', '환갑 기념 논문집' 등을 서명하시어 나에게 주셨다. 물론 이들 책은 이미 내가 공부했던 책들이지만, 박사님의 서명을 더하여 나에게 주셨으니, 참으로 고마웠다.

저녁 식사가 일찍 들어왔다. 쇠고기 불고기가 상에 올려 있었다. 어렵게 살아온 부모님과 가족들이 생각났다. 부모님보다 내가 더 좋은 밥과 반찬을 어찌 삼킬 수 있겠는가 하는 생각이 들면서 눈물이 앞을 가렸다. 고기반찬에는 젓가락을 대지 않고 밥과 나물과 간장으로만 식사를 조금 했다. 최 박사님은 고기도 먹지 않고 식사를 그렇게 적게 해서 되느냐고 하시며 걱정스러워 하셨다.

저녁 식사 뒤에는 최 박사님의 서재 구경을 했다. 서재는 박사님의 방 바로 옆에 있었다. 많은 책들이 책시렁에 정돈되어 있었다. 서고가 따로 있다고 하셨는데, 또 그 서고에는 얼마나 많은 책이 있을 것인가 하고 상상해 보았다. 넓은 정원에는 꽃나무들이 빗방울 속에서 파란 싹들을 자랑하면서 벙긋벙긋 나에게 봄을 노래해 주는 듯했다.

나는 최 박사님의 방에서 잤다.

이튿날(4월 8일, 일요일) 아침이었다. 잠을 잘 자고 나니, 몸이 개운했다. 마루에 나와 닫힌 유리문으로 하늘을 바라보니, 비는 그쳤고 날씨가 맑게 갤 것 같았다. 비 온 뒤의 서울의 지붕들은 음악 속에 잠든 양같이 조용하고 산뜻했다.

최 박사님은 어제 오후 운전수에게 전화를 걸어, 오늘 박사님 내외 분과 내가 창경원 구경을 가겠다고 하셨는데, 나는 그 말씀이 생각나면서 바깥나들이에 좋은 날씨이겠다는 생각이 들었다.

"허 군, 바람 쐬러 나오오."

최 박사님이 내가 마루에 나와 있는 것을 알아차리시고 말씀하셨다. 박사님은 일찍 일어나시어, 뜰에서 어린 나무들을 정리하고 계셨다. 4월 5일 식목일에 심고 남은 어린 나무들인 것 같았다.

나는 어린 버드나무를 한 아름 안고 박사님과 함께 한적한 큰길로 나갔다. 대흥극장과 철길이 있는 곳이었다. 길가에 버드나무들을 심었다. 국민학교(초등학교)에 다니는 동네 아이들이 여기저기서 나왔다. 일요일인지라 그냥 놀러 나온 아이들이었다. 박사님은 아이들에게 이제 심은 버드나무들을 몇 그루씩 배당해 주셨다.

"이 나무는 너의 것이야. 네가 주인이다."

라고 하셨다. 그리고는 각자에게 맡겨진 나무들을 잘 자라게 하라고 하셨다.

최 박사님의 집으로 돌아와 달리아 뿌리와 홍초 뿌리를 나무상자에 가득 담았다. 박사님과 함께 그것을 들고 다시 큰길로 나갔다.

"허 군, 오늘 아침은 몸이 이상하군."

최 박사님은 작은 소리로 나에게 말씀하셨다. 나는 박사님의 평소 모습을 알지 못했는지라, 박사님의 건강 상태를 얼른 파악하지는 못했다.

그렇게 말씀하시면서도, 최 박사님은 50미터쯤 떨어진 가게에까지 나무상자를 들고 가자고 하셨다.

"이 꽃뿌리들을 팔든지, 나누어 주든지 하오."

라고 박사님이 가게 주인에게 말씀하셨다.

그 꽃뿌리들은 값이 상당히 나가는 것이었다.

"예, 예. 선생님."

하고, 가게 주인은 고마움과 존경의 말을 되풀이했다.

최 박사님은 잠깐 가게의 의자에 앉으셨다. 나는 박사님의 표정을 살피며 어서 기운을 회복하시기를 바랐다.

"선생님, 좀 어떠하십니까?"

나는 걱정스럽게 여쭈었다.

"저기 의원으로 좀 가 보세나."

가게 옆에 조그만 의원이 있었다. 여닫이문을 여니, 의사 한 분과 간호부 한 분이 있었다.

최 박사님은 한복 호주머니에서 신문지 조각을 꺼내셨다. 그것을 깔때기 모양으로 접으셨다. 나에게 주전자의 물을 그 종이 깔때기에 부으라고 하셨다, 물을 반 컵 정도 부었을 때 그만하라고 하셨다. 밖으로 나가셨다. 나도 박사님을 부축하며 따랐다.

"최 선생님, 무얼 하시렵니까?"

간호부가 여쭈었다.

"손을 씻을 테요."

그리고는 최 박사님은 나에게 더 자서히 말씀하셨다.

"이런 집에는 수도가 있는 우리 집과 달라 물이 아주 귀해요. 물 구하기가 힘들어요."

라고 하셨다.

동네 아이들에게 버드나무의 주인이 되어 이를 잘 기르라고 하시고, 이웃 사람에게 아무 대가를 바라지 않고 꽃을 주시고, 물이 귀한 사람의 심정의 헤아림을 행동으로 보이시고 하는 데서, 나는 박사님은 모든 사람들의 스승이시며 모든 사람들을 두루 사랑하시며 모든 일에 거울이 되시고 있음을 그 짧은 시간에서도 알 수 있었다.

간호부는 최 박사님의 혈압과 체온을 쟀다. 간호부의 측정 결과를 보고, 의사는 혈압은 괜찮은데, 체온이 정상보다 낮다고 했다.

최 박사님은 집으로 돌아와 좀 누워 계시다가, 나와 함께 아침 식사를 하셨다. 그때 시각이 오전 10시쯤이었다.

최 박사님은 사모님에게 자신은 집에서 안정하는 것이 좋겠으니, 사모님 혼자 나를 안내하여 서울 구경을 하도록 하는 것이 좋겠다고 하셨다.

사모님은 차안에서 요즘 최 박사님은 주시경 선생의 뒤를 최 박사님 자신이 이어 한글 연구를 하셨는데, 아직 최 박사님의 뒤를 크게 이을 사람을 찾지 못해 걱정하신다고 하셨다. 그리고 내가 어제 서울에 와서 공부하지 못하겠다고 한 것을 두고 최 박사님은 지난밤에 몹시 서운하게 생각하셨다고 하셨다. 그래서 아침에 건강이 안 좋아지신 것이 아닌가 싶다고 하셨다.

사모님은 나에게 창경원 구경을 시켜 주시고, 혜화동에 사는 맏아드님(정음사 사장 최영해) 집으로 데리고 가셨다. 거기서 맏며느님이 손수 지은 점심을 먹었다. 그리고는 덕수궁 구경을 한 뒤 오후 4시 부산행 무궁화호 기차를 타기 위해 서울역 광장에서 사모님에게 작별 인사를 드렸다.

이 뒤로 나는 최 박사님뿐만 아니라, 박사님 가족과도 가깝게 지냈다.

그 해(1962) 여름 최 박사님이 부산 근처 일광에서 나에게 엽서를 보내셨다. 7월 30일부터 일광 해수욕장에 계신다면서, 나를 보고 싶다는 내용을 쓰셨다.

8월 3일 나는 부산에서 아침 5시 30분 출발 기차를 타고 일광으로 갔다. 경기중학교 2학년에 다니는 친손자와, 친손자보다 나이가 많은 외손자도 와 있었다. 조금 뒤 안호상 박사님도 자리를 함께 하셨다. 최 박사님의 제자인 부산고등학교 추월영 교장도 부산에서 오셨다. 두 박사님은 우리 민족이 세계에 크게 드러날 수 있는 길에 대해 많은 이야기를 나누셨다.

최 박사님은 나에게 부산에서 이왕 야간 대학을 다니고 있으니, 대학을 마치고 대학원은 서울에서 하기를 바란다고 하셨다.

8월 9일 나는 다시 일광으로 갔다. 셋째 아드님 최신해 박사(청량리 뇌신경 병원 원장, 수필가) 부부도 아이를 데리고 와 있었다. 흐리던 날씨가 천둥과 함께 굵은 빗방울을 내리 쏟자, 우리는 소나무와 바위틈을 찾으며 비를 이리저리 피하곤 했다.

8월 10일 경주를 거쳐 서울로 가신 최 박사님은 나에게 편지를 보내셨다. 직장 일에 열중하느라 공부할 시간이 많지 못할 것임을 안타까워하셨다.

최 박사님은 그 해 11월 13일 문교부 지정 연구학교인 부산고등학교 연구 발표회 날에 부산고등학교에 오셔서, 그 근처 부산중앙국민학교에 근무하던 나를 찾으셨다. 나도 부산고등학교 연구 발표 주제와 관련하여 어린이들의 발음 교정에 협조한 바도 있고 해서 수업이 끝나던 길로 연구 발표회에 참석하여 박사님을 뵈었다.

이듬해 1963년(내 나이 20살) 10월 29일 최 박사님은 울산으로 가시는 길에 부산에 들르시어, 내가 근무하던 부산중앙국민학교를 방문하셨다. 당시 국어학계에서 가장 큰 논쟁거리의 하나이던 잡음씨에 관해 쓴 '잡음씨에 대하여' 라는 논문을 나에게 주셨다. 최 박사님을 모시고 부산역으로 나가니, 사모님이 기다리고 계셨다. 그날은 울산 가는 기차가 없다고 하기에 나는 동래 온천장으로 내외분을 모시었다.

어릴 때부터 삶의 궁극성에 대해 의문을 지녀왔던 나는 1963년 11월 초부터는 이에 대한 심각성으로 마침내 불면의 고통을 헤매면서 이 문제와 직접 싸우게 되었다. 다량의 수면제를 먹어도 듣지 않던 불면증은 소화력도 약하게 만들어 물 한 모금도 제대로 먹기가 거북스러웠다. 양약, 한약, 침구 요법을 써도 듣지 않고 부산대학병원에서도 어쩔 수가 없다고 했다. 나의 직장인 부산중앙국민학교 동료들은 나를 안타깝게 여기지 않는 이가 없었다.

최 박사님은 부산에 있는 동아대학교에서 한 달에 한 번 정도로 학생들에게 특강을 하셨다. 부산에 오실 때면 나를 꼭 찾으셨다. 최 박사님도 불면증을 겪을 때가 많다고 하시면서 위로해 주셨다.

1964년 4월 9일에는 부산 국제시장에 나를 데리고 나가시어 지아민과 핵사비타민을 사 주셨다. 신경 안정을 위한 약은 순하게 써야 하신다면서 광복동 거리의 약방을 다니시면서 불면증에 듣는 약을 알아보아 주시기도 하였다.

나의 부산중앙중학교 교사 재직 시절, 1966년(내 나이 23살) 7월

16일 한글학회 부산지회 주최로 부산여자고등학교에서 나는 '한국어 음소 설정의 새 검토' (요약서 '한글' 제140호 136~137쪽, 한글학회, 1967)라는 주제로 연구 발표를 하였다. 그때 최 박사님은 서울에서 일부러 오시어 찬조 강연을 해 주셨다.

내가 동아대학교 야간 대학 국문학과를 졸업하던 해(1967)였다.

최 박사님은 1967년 6월 6일에 부산에 오셨다. 오후 2시 재건호 기차로 부산역에 도착하신 박사님을 나하고 아내가 마중했다. 나는 박사님을 모시고 부산 동래 온천장 옆에 있는 '금강공원'으로 갔다. 금강공원은 금정산 기슭에 자리잡고 있는데, 작은 금강산이라 불릴 만큼 기암절벽과 울창한 숲과 맑은 물소리가 좋은 곳이다. 금강공원을 산책한 뒤에 케이블카를 타고 금정산을 올랐다.

저녁에는 나의 결혼 살림을 보시러 부산고등학교 추월영 교장과 함께 초량동 셋방으로 오셨다. 나의 장모님이 지으신 생선국을 잡수시며 매우 맛나다고 하셨다.

이튿날 오전 10시 30분에는 내가 근구하는 부산중앙중학교에 오셨다. 바람이 많이 불었지만, 운동장에서 학생들에게 특별 강연을 하셨다. "자기를 과소평가하지도, 과대평가하지도 말되, 특히 자기를 과소평가하지 말기를 바란다."는 내용으로 강연을 하셨다.

박사님은 동아대학교에서 낮과 저녁 두 차례에 걸쳐 특강을 하시고, 6월 8일 오전 8시 재건호 기차를 타고 상경하셨다.

서울특별시교육위원회에서 실시하는 교원 채용 순위 고사를 거쳐, 나는 1967년(내 나이 24살) 11월 23일 서울 영등포여자고등학교 교사로 근무하면서부터는 최 박사님을 뵐 기회가 더 많아질 수 있었다.

최현배 박사님은 1970년 3월 23일 새벽 3시 35분경 서울 세브란스 병원 별관 524호실에서 별세하셨다. 1894년 10월 19일에 태어나셨으니, 76살 되시는 해에 돌아가신 것이다.

국무회의에서는 최 박사님의 장례를 사회장으로 치르기로 가결하였다. 그리고 산소는 박사님이 생전에 원하신 대로 한힌샘 주시경 선생님의 묘소와 가까운 곳으로 정하였다, 경기도 양주군 진접면 장현리 양지바른 곳이었다.

돌아가신 지 닷새째 되는 3월 27일 9시 30분부터 연세대학교 대강당에서 영결식이 있었다. 나는 장례 지도 위원석에 앉았다. 박사님의 영정(초상화)은 생전처럼 나를 따뜻하게 바라보셨다.

각계 각층의 꽃다발 드림이 있었다. 나도 앞으로 나가 박사님에게 큰절을 올리고 국민훈장 무궁화장 앞에 꽃을 놓아 박사님이 나의 꽃임을 쉽게 아실 수 있게 했다.

그 해 첫날 내가 세배를 드렸을 때, 최 박사님은 날씨가 풀리면, 내가 사는 집에도 와 보시겠다면서 약도까지 물으셨다. 그런데 오시지는 못하고 그 인자함을 남기시고 멀리 별빛으로 가셨다. 내가 어서 대학원에 진학하였으면 하고 늘 마음쓰시던 박사님이셨다.

다른 몇 사람과 함께 박사님의 널을 영구차로 모신 나는, 한글학회 직원 2명과 함께 정부의 문화공보부에서 내 준 차를 타고 행렬의 맨 앞장을 섰다. 내가 탄 차의 앞과 옆으로는 경찰 오토바이가 경건하게 호송 역할을 했다.

장지에까지는 조문객이 700여 명이 따라왔다. 부산, 광주, 제주 등 여러 지방에서 올라온 많은 얼굴들이 포함되어 있었다.

　하관이 끝나고 상주들은 먼저 서울로 가고, 나는 뒷일의 진행을 보았다. 아까 산비탈을 천천히 휜 베 잡고 오르던 추모의 인파를 다시 떠올렸다. 오후 6시경 승용차가 기다리고 있는 곳까지 걸으면서 최 박사님이 손 저으며 전송해 주시는 모습을 상상했다. 그리고는 자꾸만 되돌아보았다.

　"스승님, 편안히 쉬십시오."라고 되풀이하면서, 외솔 최현배 박사님이 나에게 주신 고마웠던 일들을 곰곰 되돌아보았다.

스물한 살의 기초적, 핵심적 깨달음

어릴 때부터 적어도 내가 의식하는 한 국민학교에 들어가기 훨씬 이전 서당 시절에도 내 앞에는 자연스러우면서도 절대적으로 펼쳐질 내가 가야 할 어떤 길이 나를 지키면서 맴돌고 있는 듯함을 느끼곤 했다.

그것은 어떤 운명인 것처럼 다가오기도 하고, 전생과 현세와 다음 세상과의 연결 선상에서 필연적으로 가야 할 길 같기도 했다. 그것은 나를 수수께끼 속에서 몸부림하게 하기도 하고, 신비나 불가사의나 시련으로 이끌고 보살피는 듯도 했다.

인류가 와서 머무는 이 땅의 인류는 대체 무엇을 어떻게 살아야 한담. 이 땅에서 사는 시간은 인류에게 무슨 의미를 주기 위해서이며, 이승의 저 너머 저승의 나라는 과연 있는 것일까? 있다면 그것은 이 승과는 어떤 관계일까? 어린 시절부터 이런 문제들이 내게 운명처럼 휘감아 온 것을 어쩔 수 없었고, 또 기어이 이런 문제들을 풀어내야만 나는 크고 안전한 숨을 쉴 수 있을 것 같았다.

나는 인생, 우주, 죽음, 삶, 학문, 종교, 예술, 정치, 사회 등의 사색에 깊이 파묻혀 들지 않을 수 없었다.

중학교 3학년 졸업 무렵에는 내가 어쩔 수 없는 운명으로 가야 할 길은 있는 것이거나 없는 것이거나 추상적인 것이거나 구체적인 것이거나 절대적인 것이거나 상대적인 것이거나 모든 것의 본질적, 이상적 궁극성으로서의 진리의 추구(깨달음과 수양)와 구현이라는 말로 잠정적으로 정리되어 가고 있었다.

이 세상에서 내가 하여야 할 가장 추상적이고 포괄적이고 당위적인 일로서 나의 이상을 설정해 가고, 궁극적인 진리를 추구하고 구현해 나가는 것은 내가 어떤 현실에 처하든 끊임없이 해 나가야 할 일이었다.

사범학교를 졸업하고 직장 생활을 하면서부터는 이러한 운명 같은 의문에 대한 사색은 더욱 더 심각해지기 시작했다. 낮에는 학교에 근무하고, 밤에는 야간 대학에 다니고, 연구 활동과 각종 사회 활동을 하면서도 운명 같은 의문에 대한 사색은 멈추지 않았다.

대부분의 교사들이 공공연히 과외 수업으로 생계를 보충해 가야 하는 현실에서 나는 교직에 첫 발을 디딘 낮은 호봉의 적은 월급이지만, 과외 수업에 관심을 가질 시간적 여유가 없었다.

적은 월급으로 집세를 내고, 책을 사 보고, 그향에 얼마 안 되는 돈이나마 보내고 나면, 야간 대학 등록금이 마련되지 않아 휴학을 하기도 했다. 뿐만 아니라 하루에 세 끼니를 두 끼니로 줄여 보기도 했다.

교직에 들어선 지 1년 4개월이 막 지난 1962년(내 나이 19살) 8월 22일이었다.

나는 허기증이 일어났다. 가끔 머리가 핑 돌면서 현기증이 일어났다. 점심때가 되었을 때 텅 빈 위장이 아주 쓰리었다. 여러 날 점심을 굶다가 오늘은 점심을 반 그릇쯤 먹었는데도 머리가 빙빙 돌았다.

밖에 나가서 5원짜리 국수라도 한 그릇 사 먹을까 하는 생각도 했지만 참았다. '절약'이라는 말이 앞섰던 것이다. 이를 악다물고 침침한 눈시울로 그대로 책만 들여다보고 있노라니까, 조금씩 시야가 밝아 왔다.

이런 환경에서도 나는 운명 같은 의문에 대한 해답을 찾기 위해 사색으로 깊이 빠져들었다. 교육을 하면서도 연구 활동을 하면서도 길을 가면서도 누워서도 앉아서도 산책하면서도 남들과 대화를 하면서도 운명 같은 의문의 해답을 찾아 헤맸다.

그러다 보니, 신체적 쇠약이 오기 시작했다. 먼저 소화기 장애가 왔다. 속이 심각하게 쓰렸다. 약국에서 위산과다 증세의 약을 수시로 사 먹었다.

1963년(내 나이 20살) 10월 하순 어느 날, 나는 밤중에 온몸이 오싹해지면서 흔들흔들하는 바람에 잠에서 깼다. 추위가 느껴졌다. 맥을 짚어 보았다. 맥이 아주 느렸다. 방에 불을 때지 않고 있었는데, 밤중에 아궁이에 연탄불을 지피기도 어려웠다. 몸을 따뜻하게 하고 맥박을 빨리 뛰게 하기 위해 이불 속에서 팔다리를 놀리고 몸을 손바닥으로 문질렀다. 약 30분 뒤에 맥박의 속도가 정상으로 돌아왔다.

날이 샜다. 오후에 학교 숙직실에서 누워 책을 읽고 있는데, 또 몸이 이상했다. 맥박을 짚어 보았다. 이번에는 지난밤과는 달리 맥박이 아주 빨랐다. 1분에 100번 안팎으로 뛰었다.

곧 약국으로 갔다. 약사는 자율 신경 안정제라면서 스위스에서 만든 리브리움을 주었다. 60mg 3알을 먹으니 진정되었다.

이 뒤로 나는 위장이 좋지 않은데다가, 밤이면 잠이 제대로 들지 않았다. 그동안 운명 같은 의문에 대한 해답을 찾기 위해 잠 못 드는 밤들이 많았지만, 인제는 잠을 자려고 해도 잠이 제대로 들지 않았다.

11월 1일 밤에는 겨우 두 시간밖에 자지 못했다. 학생들을 가르치면서 연구학교 운영, 원고 쓰기 등 일은 조금도 멈추지 않았다.

11월 2일(토요일)에는 4학년 담임교사 15명이 오전 수업을 마치고, 1박 2일간의 가벼운 여행을 떠났다.

교사들은 부산역에서 기차를 타고 밀양역에 내렸다. 밀양역에서 택시를 타고 표충사(절)로 행했다. 교사들은 흥겹게 노래하기도 하고, 어제 '부산일보'에 실린 나의 글 '한글 맞춤법 통일안의 근본적인 재검토를'을 화제로 삼기도 했다.

가을 정경은 황홀하기 이를 데 없었다. 불그스레한 석양빛을 받으며 웃고 있는 단풍, 하늘을 찌를 듯이 솟은 기암절벽, 가을 하늘보다도 맑은 개울물에 잠겨 있는 반드레한 돌의 자태가 마음을 평화롭게 해 주었다. 표충사 앞의 은행나무에서 파르르 떨어지는 샛노란 잎들은 우주의 영혼에 파문을 그리는 듯했다.

음력 열이렛날의 둥근 달빛은 많은 것을 껴안고 있었다. 남녀 대학생들의 포크 댄스, 개울가에서 모닥불을 둘러싼 여자 군인들의 노랫

가락, 양산에서 왔다는 젊은 여교사들의 서성이는 발걸음, 바위의 이
틈 저틈에서 속삭이는 청춘 남녀, 절의 객실에서 수학여행 온 꼬마들
에게 느릿느릿 부처님을 가르치는 상좌 중 등이 가을밤을 살찌웠다.

나는 절을 오르락내리락하다가 잠자리에 들었다. 밤 2시가 되니,
일행은 모두 잠들었다. 그러나 나는 3시가 되어도 눈이 멀뚱멀뚱했
다. 약국에서 수면 유도제로 준비한 스리나를 2알 먹고서 얕게 4시
간을 잤다.

그러나 그 다음날부터는 밤마다 수면 유도제 스리나를 먹었다.

그러던 어느 날이었다. 식당에서 점심밥을 먹고 막 일어서는데 속
이 갑갑했다. 아무리 트림을 해도 트이지를 않았다. 금방 얼굴에 핏
기가 없어지는 것 같고, 헛배가 불러 올랐다. 저녁 식사 때도 마찬가
지였다.

이튿날 아침 식사 때도 여전했다. 소화가 통 되지 않았다. 수업을
하면 호흡이 가빠지는 것 같았다. 소화제 물약 '생명수'를 먹어도
속이 트이지 않았다. 점심 식사로 흰죽을 먹었다. 밥을 먹을 때와 마
찬가지로 소화가 전혀 되지 않았다. 학교 양호실에서 중조(탄산수소
나토륨)가 든 소화제를 먹었으나 좋아지지 않았다.

저녁에 약국에 갔다. 약사는 신경을 많이 쓴 결과로 위에 산이 많
아 일어나는 현상이라며, 위산과다 치료제 노루모산을 주었다. 한
포를 먹으니, 2, 3분 후에 속이 확 트였다.

그 뒤로 나는 죽을 주로 먹었다. 밤이면 스리나, 매 식후에는 노루
모산을 복용하는 것이 계속되었다. 나는 불면증과 위장병에 시달리
는 상황이 되었다. 그러나 일상 활동과 운명 같은 의문에 대한 사색

은 중단되지 않았다. 아니, 운명 같은 의문에 대한 해답을 찾기 위한 노력은 더욱 강화되어 갔다.

날이 갈수록 몸은 쇠약해졌다. 스리나를 먹어도 잠을 전혀 자지 못하거나, 잠깐 얕게 잤다. 어떤 날은 스리나 2알씩을 1시간 간격으로 두 번 먹기도 했다. 죽도 반 그릇 정도박에 먹지 못했다. 속이 갑갑하면서 음식이 넘어가지 않았기 때문이다. 잠을 제대로 자지 못한 눈시울과 눈의 흰자는 피로감에 쌓여 붉은 빛을 띠었다.

의사의 진찰을 받아 보기로 했다. 학교 가까이에 '신경외과' 라고 간판이 걸린 의원을 찾았다. 의사는 피로와 몸의 쇠약에서 오는 증상 같다고 했다. 포도당에 비콤을 섞은 혈관 주사를 맞았다. 가루약과 물약을 받았다. 몇 차례 의원을 드나들면서 가루약은 부롬가리라는 이야기를 들었다. 물약은 김칫국 맛과 비슷했는데, 부롬가리, 부롬나토륨, 부롬암모늄, 고미징기 등으로 조제했다는 이야기를 들었다.

불면과 위장병의 고통을 헤매면서도 모든 것의 궁극성에 관한 의문의 해답을 찾는 싸움은 계속되었다. 쇠약한 몸을 회복하기 위해 불면증과 위장병 해소에 노력하면서 운명 같은 의문에 대한 해답을 찾기 위해 강렬하게 몸부림했다.

불면증 해소를 위해 신경과 전문의를 찾았다. 신경 안정제 메프로바메이트, 페노바르비탈, 수면제 새코날을 다량으로 복용해도 잠은 찾아오지 않았다. 이런 약들로 소화력이 더 약해지는 것 같았다. 내과 전문의를 찾아 약을 먹었으나, 위장병은 틀 한 모금도 제대로 먹기 어려운 상황이 되었다.

편작한의원을 비롯해 여러 한의원에서 한약을 지어 먹고 침구 요법을 썼으나 효험이 없었다. 끝내는 부산대학병원 내과에서 진찰을 받았으나, 의사는 어쩔 도리가 없다고 했다. 경제적 사정으로 야간대학은 휴학 상태였으나, 학교 교육 활동과 연구 활동 등은 멈추지 않았다.

나의 불면증과 위장병을 낫게 해 주려고 나의 국민학교 은사이자 나와 한 교무실에서 근무하던 송대섭 선생님은 나를 위해 팔방으로 애를 썼다. 부산중앙국민학교 교직원들은 나를 안타깝게 여기지 않는 이가 없었다.

1964년 3월 10일경이었다. 같은 교무실에서 근무하는 김옥자 교사가 자신의 시매부(시누이의 남편)가 약국을 운영하고 있는데, 건강 상담을 해 보는 것이 어떻겠느냐고 했다.

나는 약국을 찾아갔다. 범일동 전차 역에서 북쪽 비탈을 조금 오르니, '민보당'이라는 약국이 있었다. 젊은 약사는 체격이 좋고 믿음직하고 친절했다. 부산대학교 학생회 임원을 지냈음을 알았다.

약사는 먼저 몸의 원기를 돋우는 것이 좋겠다고 했다. 지어 주는 약을 먹었다. 인삼을 달여 먹기를 권했으므로, 주전자에 인삼을 넣고 끓여 먹었다.

여러 날 지나니, 밤중에 몸에서 땀이 났다. 위장에 기운이 도는 것 같았다. 죽을 조금씩 들 수 있었다. 속이 갑갑한 기운이 걷히기 시작했다.

3월 19일에는 약사에게 양약의 기초적인 지식을 가르쳐 달라고 했다. 약사는 나에게 그 날로부터 몇 차례 양약의 성분과 조제법에 대해 가르쳐 주었다.

제일 먼저 아미노피린(Aminopyrine. 해열 진정, 진통 작용), 바르비탈(Barbital. 최면제. 진통, 진경 작용), 카페인(Caffeine. 각성제. 강심, 흥분 작용), 피리벤자민(Pyribenzamine. 항히스타민), 에비오제(Ebiose. 소화 효소제), 에피드린(Epedrine. 기침약)에 관한 설명을 듣고, 1회 복용량과 조제법에 대해 알았다.

흔히 'A.P.C' 로 불려지고 있는 것은 아스피린(Aspyrine), 피에나세틴(Pyenacetine), 카페인(Caffeine)을 가리킨다는 것과 그 상용량을 알았다.

어른의 감기, 아이의 감기에 대한 처방, 약의 부작용 등 양약에 대해 실례 중심으로 조금 배웠다.

민보당 약사의 처방에 따르니, 나의 위 기능은 좋아지고 있었다. 그러나 잠은 여전히 자지 못했다. 인삼을 달여 먹을 때와 먹지 않을 때를 비교하니, 인삼을 먹을 경우는 밤에 정신이 더 맑아지는 것을 알았다.

서울에 거주하는 국어학자 외솔 최현배 박사는 부산의 동아대학교에서 가끔 특강을 했다. 그럴 때면 최 박사는 꼭 나를 찾았다. 자신도 불면증을 겪을 때가 많다고 하면서 나를 위로해 주었다.

최현배 박사는 1964년(내 나이 21살) 4월 9일 부산 국제시장에 나를 데리고 가서, 지아민과 핵사비타민을 사 주었다. 신경 안정을 위한 약은 순하게 써야 한다면서 광복동 거리의 약방을 다니면서 불면증에 듣는 약을 알아보아 주었다.

6월 19일 밤부터 6월 20일 아침까지 한 잠 자지 않고 충혈 된 눈으로 바이런의 전기를 읽었다. 그는 주관성이 극단으로 강한 사람으로서 야성적인 천재로 여겨졌다. 그러나 그는 우주의 근본 진리를 탐구하려는 데까지는 이상이 미치지 못했다. 자아를 잘 다스리지 못하고 오만과 방탕으로 사교계의 비도덕적인 총아로 현실을 뒹군 것이 아쉬웠다.

6월 21일에는 토성동에 있는 정인한의원에 가서 '심신불안방'(心神不安方) 세 첩을 780원에 지었다. 6월 22일 밤에는 신경과 전문의가 처방해 준 안정제 메프로바메이트 400mg과 페노바르비탈 50mg을 먹고 눈을 조금 붙였다. 6월 23일에는 정인한의원에서 '심신불안방' 5첩을 650원에 짓고는 초량 수원지를 거쳐 국토 건설 사업이 한창인 초량 뒷산 길(초량 산복 도로)을 걸었다. 6월 26일에는 정인한의원에서 '양혈안신탕'(養血安神湯) 5첩을 650원에 지었다.

이런 가운데 낮과 밤이 없이 나의 머릿속을 꽉 메운 것은 이 세상과 인류의 모든 것에 대한 궁극적인 목적은 무엇인가, 과연 이승의 뒤나 앞인 저승은 있는가, 극락(천당)과 지옥은 실지로 있는 것인가, 삶의 의미나 가치는 무엇인가 하는 이런 수수께끼들이었다. 불면의 몸부림은 그칠 줄을 몰랐다.

불면의 아픔 속에서도 변할 수 없는 것은 이 수수께끼들을 꼭 풀어내어야만, 내가 지금 살아 있고, 교육을 하고 있고, 학문을 하고 있는 이런 내 자신의 모든 일의 궁극성을 들여다볼 수 있을 것이요, 그렇잖으면 나는 길을 걸어도 무엇 때문에 어디로 걷는가를 모르는 맹목의 존재에 불과할 것이라고 여겼다.

때로는 한없이 많은 사람 속을 외로이 걸어도 보고, 아이들에게는 마냥 즐겁기만 한 부산 동래 온천장 유원지 '금강원' 바위 위에 우두 커니 걸터앉아 있기도 했다. 초량동 뒷산의 산복(산허리) 도로를 어 둠을 모르고 걷기도 하고, 불현듯 서점의 책에서 무엇을 얻으려다 실 망하기도 했다. 특이한 영화 제목을 보고 혹시나 어떤 암시라도 받 을까고 영화관에 드나들기도 했다. 나는 명상과 사색으로 지친 몸을 끌고 다녔다.

그런 지친 몸을 그대로 자취방에 쓰러져 누워 있으면, 먼 하늘에서 부터 오는 옛 거룩님이 있었으니, 때로는 석가, 때로는 예수의 모습 을 향하여 나의 수수께끼를 혹은 경건히 혹든 격렬히 질문해 보기도 했다. 그러나 그 님들은 무엇인가 말을 할 듯하면서도 야릇한 미련 을 보이며, 아쉽게 다시 먼 하늘 저 너머로 사라지곤 했다. 아, 눈을 비비고 사방을 만져 봐도 아까의 하늘과 광야는 아니고 단칸방의 벽 이었다.

때로는 눈을 감자마자 서서히 나타난 공자의 모습을 향해 여러 의 문을 던지면 공자는 "나도 다시 생각해 봐야겠다." 며 숲속으로 사라 지기도 하였다.

내가 아프다는 소식을 듣고 고향에서 온 어머니가 내가 가만히 누 워 있을 때면, 나의 발목을 쓰다듬으며 내가 잠을 자는지를 확인하는

지라, 나는 어머니를 안심시켜 드리기 위해 그냥 자는 체도 했다.

지난해 11월 초부터 이렇게 10개월 남짓 불면의 날을 겪던 1964년 내 나이 21살 되던 해 8월 21일 저녁 무렵, 초량동 한길을 사색으로 거닐던 나의 머릿속에 '참' 이라는 말이 스치자, 아, 이승 저승의 온 우주와 하느님과 삼라만상은 나의 머릿속과 완전히 영감으로 활짝 열리고, 하늘에서도 광명이 사방으로 퍼지는 것을 감지했으니, 나의 기초적, 핵심적 깨달음은 드디어 이루어졌다.

'참', '참', '참' ……. '참'(Cham. True, Truth)이란 낱말을 지금껏 몰랐을 리 없었건만, 안다는 것과 깨닫는다는 것은 이렇게도 어머어마하게 다른 것일까. 그 날로 나는 먹어도 먹어도 잠들지 않던 수면제를 아예 먹지 않았으나 편안한 잠은 그날부터 차차 모여들었다.

'참' 을 깨닫고서, 나는 깨달음이 얼마나 어려운 진통 뒤에 얻을 수 있는 것인가를 알았다. 그리고 화려한 궁정 생활도 마다하고 온갖 고행 끝에 성불했던 석가, 따가운 사막을 아프게 걸으며 하느님의 소리에 귀 기울이고 인류의 죄를 대신하여 십자가조차 진 예수가 새삼 존경스러웠다.

또 어느 편안한 잠 속에서는 지옥과 극락은 분명히 있느니라는 소리를 들으며, '참하늘나라(극락, 천당)' 의 일부를 구경할 수도 있었다.

깨달음을 얻고서, 고향에 계시는 부모님에게 1964년 9월 2일자로

글월을 올렸는데, 그 일부에는 "열 달 동안 잠 못 이루던 밤도 멀리 사라져 버렸습니다. (줄임) 지난 8월 21일 저의 머릿속에 깨달음이 떠올랐습니다. 오랫동안의 숙제가 풀려지니 저의 마음은 얼마나 편안했는지 모릅니다. 그날로 침도 약도 내던져 버렸습니다. 그랬더니, 잠은 다시 찾아왔습니다."는 내용이 담겨 있었다.

'참'을 깨달은 이후로 후속적, 구체적 깨닫음과 불가사의한 형태로 신(神)의 지지는 자주 일어났다. 그리하여 그동안 닦았던 나의 깨달음을 인류에게 펼침이 마땅하다는 나 스스로의 충만한 사명감과 신의 엄숙한 독려에 힘입어, 인류가 근원적으로 알아야 할 해답과 인류의 바른 길을 위해 '인류를 위한 참얼음'이라 이름한 책을 1980년(내 나이 37살) 8월 21일에 출판사 ㅅ인사(서울 중구 오장동 139의 19)를 통해 출판하였다. 이 책은 가로 12.5cm, 세로 19.5cm이며, 본문 128쪽이다.

이 책의 차례는 "머리말, 제 I 편 참얼음의 의의, 제 II 편 창조의 뿌리, 제III편 '참' 발현의 등급, 제IV편 이승과 저승, 제 V 편 참땅나라 건설, 제VI편 참알인류학, 제VII편 인류 개체의 참삶, 제VIII편 참얼음 수양, 제IX편 들례와 지날례, 제 X 편 하느님께 의식, 제XI편 하느님의 우대와 경고, 제XII편 신과 옛 깨달은하님과 나"로 되어 있다.

최연소 전국교육자연구발표대회 최우수상 수상

1964년 8월 21일 기초적, 핵심적 깨달음을 얻고서 스무 날 남짓 지난 9월 11일 저녁이었다.

나는 번득이는 네온사인 거리에서 회색 하늘을 바라보며 걷다가 어느새 집 앞 골목에 이르렀다. 밤 9시 30분경이었다. 아랫배가 싸리하게 아팠다. 어릴 때 앓은 이질 배처럼 아팠다. 변소(화장실)에 다녀왔지만 계속 아팠다. 창자가 틀어 오르는 듯했다. 배를 움켜잡고 방안으로 들어갔다.

담요를 깔고 엎드렸다. 방바닥에서 서늘함이 사지로 스며들었다. 뱃줄기가 굼틀굼틀하고 통증이 심했다. 담요 위에 베개를 놓고 베개 위에 배를 붙였다. 이불을 푹 뒤집어썼다. 몸은 시려 오그라드는데, 뱃줄기는 자꾸만 치솟았다. 어느 한 부분에서만 아픈 게 아니고 배 전체가 아팠다.

베개를 치우고 반듯하게 누워 손으로 배를 주물렀다. 치솟는 뱃줄기를 이리 누르고 저리 누르고 몸뚱이를 왼쪽으로 돌리기도 하고 오른쪽으로 돌리기도 했다. 통증과 따끔거림은 숨조차 제대로 못 쉬게 하는 것 같았다.

약상자 속에 든 약이 생각났다. 소화제 훼스탈 2알을 먹었다. 병원에서 처방을 받아 약국에서 사 둔 진정제 페노바르비탈 약병을 찾았다. 약병의 용도에는 "배가 틀어오르는 데"라는 글자가 있었다. 불명중을 겪을 때 사흘 동안은 효험이 있는 듯했으나, 나흘째부터는 효험이 없어 그냥 보관해 둔 약이었다. 1일 10알을 초과하여 복용하지 않도록 하고 있는데, 4알을 먹었다.

그러나 자정이 지나도 진정되지 않았다.

아픔을 견디지 못해 이불을 발로 찼다가는 몸에 감고, 몸에 감았다가는 차 내곤 했다. 엎드렸다가는 바로 눕고, 바로 누웠다가는 이리 뒹굴고 저리 뒹굴었다.

새벽 3시가 되었다. 진정제를 4알 더 먹었다. 1일 최고량에 가까운 양을 먹은 셈이다. 잠이 들었다. 눈을 뜨니 아침 6시 30분이었다.

7시 30분경 약국으로 갔다. 약사는 약을 조제해 주면서 30분 후면 진정될 것이라고 했다. 30분이 아니라 40분이 지나도 차도가 없었다. 심상찮다는 생각이 들었다. 의사에게 가 봐야 할 것 같았다.

집에서 약 50m 거리에 있는 제혜의원으로 갔다.

진찰대에 오르면서 아픈 증상을 말했더니, 의사는

"맹장염이 아닐까요?"

라고 했다.

의사가 오른쪽 아랫배를 꾹 눌렀다.

"아야!."

나도 모르게 소리가 나왔다.

의사는 맹장염이 틀림없다고 했다.

의원의 문을 나섰다. 허리를 바로 펼 수가 없었다.

집으로 왔으나, 집주인 할머니는 벌써 장사하러 나가고 집주인 아이는 학교에 간 뒤였다. 누군가의 도움이 필요했다. 가까이 사는 학부모 집으로 갔다. 나를 택시에 태워 병원까지 좀 데려가 달라고 부탁했다. 동광동 입구에 있는 서외과 의원으로 갔다. 비교적 큰 규모의 외과 의원이었다.

"전신 마취를 합니다.

하나부터 열까지 세어 보세요."

웅성웅성하는 소리가 들렸다. 나는 몸을 움직이려 했다. 도저히 몸이 말을 듣지 않았다. 눈을 뜨려고 했으나 눈도 뜨이지 않았다. 말을 하려고 했으나 입이 열리지 않았다. 웅성웅성하던 소리가 좀 더 뚜렷이 들렸다. 국민학교 은사이자 지금 한 학교에 근무하는 송대섭 선생님의 목소리 같았다. 나와 같은 학년의 주임교사 이정기 선생님의 목소리도 들렸다.

가까스로 눈을 거슴츠레 떴다. 송대섭 선생님이 보였다. 자초지종이 잘 판단되지 않았다.

"왜 이때까지 수술하지 않고 있습니까?"

"허 선생, 수술했어."

하고, 송 선생님이 말했다.

비로소 나는 눈을 크게 번쩍 떴다.

"아, 선생님."

272

내가 놀란 마음으로 이렇게 말하는데, 눈물이 좌르르 흘렀다. 눈을 다시 감아 버렸다. 순간적으로 왜 나도 몰래 눈물이 흐르는가 하는 생각이 들었다. 그러면서 내가 그동안 너무 고독했나 보다는 생각이 들었다.

"여기가 수술대입니까?"

하고 물었더니, 입원실이라고 했다.

둘러보니, 간호원도 의사도 없는 입원실이 분명했다.

"지금 몇 시입니까?"

라고 했더니, 오후 네 시라고 했다.

오전 10시경 수술대에 올랐는데, 시간이 그렇게 많이 지난 것이었다.

조금 지나니, 송 선생님의 연락을 받았다며 부산동광국민학교에 근무하는 외오촌(노재진)이 들어왔다. 그리고 외당숙모의 간호가 이어졌다. 여러 사람들이 나를 위문했다. 아버지, 어머니도 전보를 받고 왔다.

세상에는 고마운 분들이 참 많다는 생각이 들었다. 그러면서 나도 몰래 좌르르 흐른 눈물이 자꾸만 생각났다.

5.16 혁명 후 교육계에는 부조리 제거를 위한 일들이 많이 추진되었다. 그 중에는 중 · 고등학교의 강사 채용과 관련되는 것도 있었다. 중 · 고등학교에는 학교장 재량으로 채용하는 강사들이 많았다. 부산시교육위원회에서는 강사 채용과 관련된 부조리 제거와 좋은 자질의 교원을 채용하기 위해 교원 공개 채용 시험 제도를 실시하기로 했다.

국립 사범대학 졸업자는 종전처럼 무시험으로 교원으로 채용하고, 그 외는 교육위원회 주관으로 공개 경쟁 시험을 통해 교원을 채용하기로 한 것이다.

1964학년도 이전에 각 중·고등학교에 강사로 있던 교원이나 새로이 중·고등학교 교원(정규 교사 및 전임강사)이 되고자 하는 사람은 누구나 이 시험을 거치도록 했다. 1965학년도에 필요한 교원의 수만큼 성적순에 따라 합격시켜, 그 중에서 이미 강사로 재직하고 있던 사람에 대해서는 정규 교사로 발령하고, 강사가 아닌 사람은 부산시교육위원회 교육감 발령의 전임강사로 채용하기로 한 것이다.

시험 과목은 교육학과 전공과목이었다.

나는 이 시험에 응시했다.

1965년 3월 하순, 부산시교육위원회 교육감실에서 전화가 왔다. 비서관이라고 했다.

"축하합니다.

허 선생님께서 1965학년도 부산시 중·고등학교 교원 채용 시험 전체 응시자 중에서 1등을 했습니다.

가장 좋은 고등학교에 발령하라는 교육감님의 지시가 있었습니다.

다시 한번 축하합니다."

그러고 나서 며칠 뒤였다. 교육위원회 장학관이 나에게 전화를 했다.

"허 선생님이 채용 시험에서 1등을 했기 때문에 경남고등학교, 부산고등학교, 경남여자고등학교 가운데 발령하려고 했습니다만, 선생님의 나이가 고등학교 학생을 가르치기에는 너무 젊다는 이야기들이 있습니다.

그래서 선생님께서 이해해 주신다면, 중학교 가운데서 일류 학교인 경남중학교에 발령하고자 하는데, 선생님의 생각은 어떻습니까?"

그때 내 나이는 22살이었다. 나이 많은 고등학교 학생들은 20살이 넘기도 했으므로, 교육위원회에서는 평범한 생각으로 그럴 수도 있을 법했다.

"알겠습니다."

"양보해 주셔서, 감사합니다."

이리하여 나는 부산의 최고 명문 중학교인 경남중학교 전임강사로 발령받았다. 발령일은 1965년 4월 12일이었다. 월 수당은 6,400원이라고 되어 있었다.

경남중학교는 1942년 부산제2공립중학교도 개교하여, 1946년 경남공립중학교로 이름을 바꾸고, 1951년 부산제1고등학교(경남고등학교)와 부산서중학교로 분리되었다가, 1953년 부산서중학교에서 경남중학교로 이름을 바꾼 학교였다.

나는 가장 젊은 교원으로서 전공과목을 활기차게 지도했다. 교직원들도 나를 좋아했고, 학생들도 활발한 나를 좋아했다. 그동안 경제적 사정으로 휴학했던 동아대학교 야간 대학에도 1965년 3월부터는 다시 다니게 되었다. 대학교는 나의 근무처와 그리 멀지 않은 거리에 있었으므로, 학교 근무를 마치고 공부하러 가기에 편리했다.

교무 분장은 연구부에 소속되었다. 교감과 연구주임은 내가 창의적으로 교육 활동을 하려는 것을 좋아했다.

나는 부산, 경남 일대의 우수한 학생들이 시험을 거쳐 입학한 수재들에게 거기에 걸맞게 큰 안목을 길러 주는 것이 좋겠다는 생각을 했다. 그래서 나는 수시로 유명 인사를 초청하여 전교생에게 특강을 해 주자는 건의를 했다.

학교에서는 참신한 생각이라며 그 일을 내가 맡아 달라고 했다. 나는 제일 먼저 여류 시조 시인이자 부산어린이회관 관장인 이영도 님을 초대했다. 학생들이나 교직원들이 교과서나 신문지상을 통해서만 널리 알고 있던 분을 초대하였으니, 다들 기대가 컸다.

이영도 님은 '가슴에 손을 얹고 생각해 봅시다' 라는 주제의 강연에서 "학문도 예술도 인생을 떠나서는 있을 수 없다. 모두가 인류의 행복과 생명의 뜻을 이해하는 길을 배우고 깨칠 수 있도록 노력하자. 일류 학교로 손꼽히는 경남중학교 학생들은 일류 고등학교에 입학하는 것만이 인생의 목적이 아님을 생각하자."는 요지로 멋지게 강의했다. 그리고 학교 교지 편집을 맡은 나는 그 내용을 교지 '쌍백선' 제24호(1966. 1. 25. 경남중학교)에 실었다.

교직원이나 학생들이나 학생들의 꿈을 키우고 인성을 함양하는 데 큰 도움이 되었다고 했다.

1층 교무실 가까이에는 넓고 깨끗한 도서실이 많은 책을 간직하고 있었다. 나는 도서실에서 책 읽기를 즐겼다. 학생들은 내가 앉은 자리 가까이로 몰려 와 책 읽기를 좋아했다.

학교 체육회가 있는 날에 김현옥 부산시장과 오복근 교육감이 함께 학교 방문을 하였다. 본부석에 앉은 두 분이 동시에 나를 찾았다.

김현옥 시장은 내가 부산중앙국민학교 교사 시절에 어린이 기자들

276

을 데리고 관사로 방문한 이래, 부산시교육발전위원회 창립 활동, 교육 논문 우수상 수상, 부산 시민 헌장 초안 등과 관련하여 나를 알아 왔던 것이다.

오복근 교육감은 내가 초등학교 교사 시절 많은 활동을 한데다가 중·고등학교 교원 채용 시험에서 1등 한 것을 기억하고 있었던 것이다.

본부석으로 가니, 시장과 교육감은 동시에 나를 반겼다. 두 분은 이해도 교장에게 나를 칭찬하면서 젊은 인재를 잘 길러 주기 바란다고 했다.

그 뒤에 나는 교장을 통해 부탁을 받은 김현옥 부산시장의 원고를 초안한 일이 있었다. 교장이 내가 쓴 원고를 가지고 시장에게 전했더니, 시장과 비서관이 원고가 아주 잘 되었다고 하더라는 말을 들었다.

경남중학교 교복은 두 소매 끝에 각각 두 거의 흰 줄을 두른 것이 특징이었다. 그래서 교지 이름도 '쌍백선' (두 흰 줄)이었다. 교지 편집을 맡은 나는 새로운 모습의 교지를 만들려고 애썼다.

1966년 1월 25일자로 발행된 '쌍백선' 제24호는 표지 디자인에서 내용 구성에 이르기까지 종전과는 아주 새로운 모습이었다. 교지가 첫 선을 보이자 연구주임이 자랑을 많이 했다. 교직원들이 그 자랑에 진심으로 호응하는 것을 볼 수 있었다.

교지에는 학생들의 활동을 종합적이고 입체적으로 조명할 수 있도록 하고, 학생들의 다양한 활동을 조장하고, 교육의 내면화에 도움이 되도록 했다. '학술·교양' 란 외에 특집 '우리를 알자, 우리를 깨닫자’를 크게 부각시켰다.

특집 ‘우리를 알자, 우리를 깨닫자’에는 김영삼 국회의원(뒷날 제 14대 대통령)의 ‘잘 사는 이유, 못 사는 이유’, 김현옥 부산시장의 ‘도야의 선량이 되자’, 오복근 교육감의 ‘오늘날 학생의 위치’ 등의 유명 인사 글을 싣고, 스승이 바라는 제자(1명), 아버지가 바라는 아들(1명), 어머니가 바라는 아들(1명), 타교생이 부치는 글(1명), 본교생들의 자기 각성의 글(7명) 등을 실었다.

간직해 두는 교지가 아니라 생생하게 자극하는 교지가 되도록 했다.

경남중학교에 근무한 지 1년이 되어 갔다. 부산시교육위원회에서는 지난번과 마찬가지로 1966학년도 교원 채용 순위 시험을 실시하게 되었다. 현재 중·고등학교 전임강사로 있거나 신규로 중·고등학교 교원이 되고자 하는 사람은 이 시험을 치러 석차가 일정한 수의 범위에 들어야 했다.

현재 전임강사로 있더라도 그 범위에 들지 못하면 교원으로서 자동 면직이 된다. 현재 전임강사가 아닌 사람이 이 시험을 치러 석차가 일정한 수의 범위에 들면 전임강사로 발령받게 된다. 현재 전임강사로 있는 교원이 상위 석차에 들면 과목별로 순서에 따라 정규 교사 발령을 받을 수 있다.

나는 이 시험을 치렀다. 역시 전체 응시자 중에서 성적이 1등이었다. 현재 전임강사의 위치에 있었는지라, 1966년 4월 26일자로 부산중앙중학교 정규 교사로 발령을 받았다. 경남중학교에 여러 과목에 걸쳐 여러 전임강사가 있었지만, 나만이 정규 교사로 발령을 받았다. 인제 중등학교 정규 교사로서 안정적인 신분을 확보한 것이다.

부산중앙중학교는 6년 전 1960년 4월에 개교한 학교였다. 경남공업고등학교 구내 건물을 임시로 사용하다가 약 1년 4개월 전 1964년 12월 20일에 부산시 부산진구 전포1동 682번지로 옮겨 왔었다. 계획된 새 건물을 다 짓지 못하고 공사가 계속되고 있었다.

신설 학교인지라, 교육 여건이 뒤떨어져 있었다. 나는 부산중앙중학교에서 1967년 11월 22일까지 약 1년 7개월 동안 근무하면서 학생들을 위해 정성과 땀을 아끼지 않았다. 야간 대학에 공부하러 가지 않는 날은 늦게까지 남아, 학교와 학생들을 위해 무엇이든 일했다. 특히 학생들의 실력 향상과 개별 상담을 통한 생활 지도를 중시했다.

학생들에게 큰 꿈을 심어 주기 위해 국어학자 최현배 박사에게 특강을 요청했다.

1967년 6월 7일에는 바람이 많이 불었다. 최 박사는 운동장에서 오전 10시 30분부터 1시간 남짓 동안 전교생에게 특별 강연을 했다.

"자기를 과소평가하지도, 과대평가하지도 달되, 특히 자기를 과소평가하지 말기를 바란다."는 내용을 손자에게 말하듯이 따뜻하게 강연하였다.

나는 부산중앙중학교에 근무하는 동안 연구 활동도 의욕적으로 추진했다.

초등학교 교사 때 1963년부터 위촉받았던 부산시교육연구소 현직 연구 위원 활동은 1967년에는 부산시 시청각 교육 현직 연구 위원(부산시교육위원회 교육감 위촉, 1967. 4.) 위촉 활동으로 이어졌다.

1966년(내 나이 23살) 7월 16일, 나는 한글학회 부산지회 주최로 부산여자고등학교에서 '한국어 음소 설정의 새 검토' (요약서 '한글' 제140호 136~137쪽, 한글학회, 1967)라는 주제로 연구 발표를 하였다. 그때 최현배 박사가 서울에서 일부러 내려와 찬조 강연을 하였다. 서울대학교 언어학과 허 웅 교수도 참석했다.

1966년 7월 29일부터 7월 30일까지 2박 3일 동안 대한교육연합회 (뒷날 '한국교원단체총연합회' 으로 바뀜) 주최 제10회 전국교육자 연구발표대회가 있었다. 국어 교육 분야 전국교육자연구발표대회는 강릉에서 열렸다.

이 대회는 문교부에서 공식적으로 지원했다. 한 해 한 번씩 열리는 유일한 전국 규모의 교육자연구발표대회였다. 이 대회에는 각 시·도 단위의 예선을 거쳐 선발된 대표가 참가하도록 되어 있었다.

특히 전국교육자연구발표대회 성적 우수자는 대한교육연합회장 명의의 '푸른기장증' 이라는 표창장을 받게 된다.

나는 7월 20일 대한교육연합회 부산시교육회 주관의 부산시 교육 자연구발표대회에서 중등학교 (중·고등학교) 국어 교육 분야 교원 대표로 선발되었다.

그리하여 나는 부산시 교원 대표로 전국교육자연구발표대회(국어 교육 분야)에 참가하였다.

나는 '유형화적 언어 학습의 제창' 이라는 주제로 연구 발표를 하였다. 심사 위원은 서울대학교 이응백 교수를 비롯하여 국어 교육계 의 최고 권위자들로 구성되었다. 나는 이 대회에서 1등(최우수상)을 하였다. 대회 마지막 날 '대한교육연합회장 임영신' 명의의 '푸른기장중'을 받았다.

전국교육자연구발표대회에서 1등을 하였으니, 부산시교육위원회와 부산시교육회에서는 몹시 좋아했다.

그런데 내가 이 대회에서 1등을 한 것은 몇 가지 의미가 있었다.

첫째, 나는 중등학교(중·고등학교) 교사로서 최연소 전국교육자연구발표대회 푸른기장중 수상자가 되었다는 것이다. 이때 내 나이는 23살이었다. 이 나이는 대한교육연합회 관계자들이 대회사상 최연소라고 했다. 그런데 그 이후로도 이 기록을 깰 수 있는 사람이 나타나기는 어려운 일이다.

한동안 2년제 사범대학을 졸업하면 중학교 교사가 될 수 있었으나, 그 제도는 개정되어 4년제 대학 졸업자로서 교원 자격증을 갖추어야만 중등학교(중·고등학교) 교사가 될 수 있다. 4년제 대학을 졸업하면 22살로 본다 하더라도, 그 해에 당장 교원으로 취업하여 1년이라는 짧은 교육 경력으로는 시·도 대회에서 대표로 선발되어 전국교육자연구발표대회에 참가하여 입상하기란 현실적으로 매우 어려운 일이기 때문이다.

둘째, 당시에는 우리나라 국어과 교육이 독해(읽기) 일변도 교육이면서 음성 언어 교육에 대한 이론과 방법은 특별히 개발되지 않고 있던 상황이었다. 이러한 때에 언어의 일차적 문제인 음성 언어 교육(말하기, 듣기 교육)을 강조하면서 새로운 원리와 방안을 제시한 까닭으로 나의 연구가 큰 각광을 받았다는 것이다.

'유형화적 언어 학습'은 언어의 유형을 설정하여, 유형별 훈련을 통해 무의식적으로 유형이 잠재화되고(무의식적으로 언어 습관이 형성됨을 뜻함.), 언어 장면에 부딪히면 잠재화된 유형에 내용을 담아 자동적으로 언어를 표출할 수 있도록 하려는 개념의 학습을 뜻한다. 이것은 언어 유형을 만들어 각 유형에 언어 집합을 형성하고서, 그것에 여러 기법을 사용해 잠재적으로 언어 학습이 이루어지도록 하려는 개념이다.

우리나라 국어 교육 연구 단체로서 역사가 가장 오래 되고, 규모가 가장 크고, 국어 교육계의 권위자들이 회원으로 포함되어 있는 한국국어교육연구회(대표 서울대학교 교수 이응백)에서 그 해에 발행한 연구 논문집 '국어 교육' 제12집(1966. 12. 31.)에서는 나의 논문을 가장 앞에 실었다. 그 책의 1~10쪽에 나의 논문 '유형화적 언어 학습의 제창'을 실었던 것이다. 그만큼 나의 논문을 비중 있게 인정했다는 뜻이다.

부산시교육위원회에서는 그 해 10월 21일 전국교육자연구발표대회가 있기 전 부산시 교육자연구발표대회에서 우수한 논문을 발표한 중·고등학교 교사 15명에게 '부산시교육위원회 교육감(오복근)' 명의의 표창장을 수여하였는데, 국어과에서는 내가 수상했다.

그 해 11월 22일 부산시교육연구소에서는 '부산시교육발전위원회 연구 논문집' 제3집(중등학교)을 발행하였는데, 나는 앞의 논문을 보완하여 '언어 학습의 유형화와 잠재화 제창'이라는 제목으로 글을 실었다.

한국국어교육연구회 부산지부에서는 부산시교육위원회의 후원을 받아, 나에게 전국교육자연구발표대회에서 발표한 논문 내용 중심으로 부산시 교원 대상으로 연구 발표를 해 주기를 요청해 왔다.

그래서 나는 그 해 12월 19일 오후 3시부터 부산 미국공부원에서 '언어 교육의 혁신'이라는 제목으로 연구 발표를 했다. 국어과 교육에서 언어 교육의 일차적 문제인 음성 언어 고육이 무관심 상태에 있음을 지적하면서, 음성 언어 교육의 중요성을 강조하고 음성 언어 교육의 한 방법으로서 언어 교육의 유형화와 잠재화를 소개했다.

다시 그로부터 2개월 뒤 1967년 2월 21일에는 일간지 '부산일보'에서 나의 연구 논문을 크게 소개했다.

신문 기사는 머리말에서 "언어 교육의 새로운 방법으로서 내놓은 '언어 교육의 유형화와 잠재화'는 국어 교사로 있는 허만길 씨가 작년 여름 제10회 전국교육자연구발표대회에서 발표하여 주목을 받아, 지난 12월 다시 부산에서 발표회를 가진 것이다. 이제 실용 단계에 있다는 이 원리를 소개해 본다."고 하고서. 길게 기사를 썼다.

기사에서는 '언어 유형에 따라 언어 집합을 만들어 집중 훈련을 통해 잠재적으로 학습'이라는 말과 '언어 습득의 가장 빠른 길'이라는 말을 부각시켰다.

셋째, 나는 이 이후에도 한국국어교육연구회 회원(1965년 회원 가입), 한글학회 회원(1967년 5월 13일 회원 가입) 활동 등을 통해 국어과 교육에서는 말하기, 듣기, 읽기, 쓰기 교육이 조화를 이루어 나가야 하며, 독해 위주의 교육에만 머물면 국어과 교육은 절름발이 교육이 되고 만다는 것을 강조했다.

국어과 교육의 본질을 성실히 이행하기 위해서는 국어과 교사나 국어과 교사를 양성하는 사범대학 교수는 음성 언어(말하기, 듣기) 교육에 대한 연구와 실천 의지가 강해야 함을 지적했다.

내가 서울로 직장을 옮긴 뒤, 1969년(내 나이 26살) 4월 26일에는 서울 광화문 네거리에서 가까운 대한교육연합회 교육회관에서 한국 국어교육연구회 주최로 '언어 교육 및 언어 정리의 새 시도' 라는 주제의 연구 발표를 했다.

연구 발표 내용 중에 음성 언어 교육의 새 시도로서는 '유형화적 언어 학습의 제창' 이후의 연구 내용들을 종합화하여 '유잠자(類潛自) 언어 교육 이론' 이라는 용어로 포괄했다.

나는 우리나라 국어과 교육이 문자와 문장 위주의 학습에 머물고 있는 것은 음성 언어 교육에 대한 실질적인 방향 제시가 뚜렷하지 않은 데 큰 원인이 있다고 지적했다.

'유형화', '잠재화', '자동화' 의 첫 음절을 따서 '유잠자' 라는 용어를 만들고, 이들 유형화, 잠재화, 자동화를 원리로 삼아 '유잠자 언어 교육 이론' 을 내세우게 되었다고 했다.

이 연구 발표 2개월 뒤에, 나는 '유잠자 언어 교육론' (類潛自 言語 敎育論)이라는 논문을 교육평론사(서울)에서 발행하는 월간지 '교육평론' 1969년 7월~10월호, 1970년 2월호, 1970년 4월호에 연재했다.

이 논문의 목차는 "1. 연구 경과(1969년 7월호), 2. 유잠자 언어 교육의 착안(1969년 7월호, 8월호), 3. 유잠자 언어 교육의 세 원리(1969년 8월호), 4. 유잠자 언어 교육의 개념(1969년 8월호), 5. 유형 설정(1969년 9월호, 10월호), 6. 잠재화 기술 (1970년 2월호, 4월호), 7. 자동 적응, 8. 유잠자 언어 교육의 실제, 9. 유잠자 언어 교육의 주변 이론, 10. 유잠자 언어 교육의 딸린 요소들, 11. 유잠자 언어 교육의 전망"으로 되어 있었는데, 사정에 의해 논문의 뒷부분은 연재하지 못해 아쉬움이 있었다.

나는 이 논문에서 '유형화', '잠재화', '자동화'와 '유잠자 언어 교육'을 다음과 같이 정의했다.

어린이들은 언어를 습득함에 있어서 단순히 언어의 낱낱만을 습득하는 것이 아니라, 언어의 낱낱을 습득하는 가운데 어떤 문법적 사실까지도 무의식적으로 형성해 나가 드디어는 그것을 다른 언어 장면에서도 자동적으로 활용하게 된다는 사실을 상기해 볼 필요가 있다.

이것은 의도적인 언어 훈련을 할 때 동일한 언어 법칙과 동일한 연관 관계에 속한다고 보는 언어 무리들을 한 테두리 속에 넣어 두고, 그 테두리에 공통으로 적용되는 법칙 중심으로 훈련을 쌓게 되면, 머릿속에 언어 저장이 체계 있게 집약적, 경제적으로 될 것이며, 언어 표출에 있어서도 순수한 환기는 물론 그와 상관이 있는 일련의 다른 언어까지도 전이를 명확하고 근거 있게 할 것이다.

'유형화'는 총화 언어(어떤 언어 사회에서 사용하는 전체 언어 즉 어떤 언어 사회에서 가지는 최상류 집합군)를 유형에 따라 여러 집합군으로 형성해 두고 그 집합군의 유형 중심으로 학습을 꾀하여 정신 구조상에도 유형 단위로 집합 군소(언어 원소)의 저장을 이루려는 언어 습득의 원리를 뜻한다.

어린이들의 언어 습득은 우리가 어떻게 걸음을 배우게 되었는지 모르는 것과 마찬가지로 거의 부담 없는 단계로 진행된다. '잠재화'는 다양적인 조건 제시에 의해 잠재적으로 학습 목표의 정착을 꾀하려는 연속적 단계의 원리를 뜻한다.

'자동화'는 사람이 언어 장면에 부딪혔을 때 저장된 언어의 환기와 전이가 그 장면에 알맞게 자동적으로 일어나도록 하는 자동 언어 표출의 원리를 뜻한다.

'유형화'가 언어 습득의 원리이고, '잠재화'가 학습 방법의 원리임에 비해, '자동화'는 언어 표출의 원리이다.

그리고 '유잠자 언어 교육'은 "유형별(언어 조건 질서별)로 언어 집합군을 형성해 두고, 각 유형 중심으로 통제 상황과 통제 요소에 의해 잠재적 학습 방법으로 언어를 습득하고, 자동 표출하게 하여, 총화 언어(어떤 언어 사회에서 사용하는 전체 언어)의 활용을 집중 과정으로 완성시키려는 언어 교육(유형화, 잠재화, 자동화에 의해 총화 언어의 활용을 집중 과정으로 완성시키려는 언어 교육)"이라고 정의했다.

이렇게 나는 음성 언어 교육의 중요성과 이론 확립에 애쓰면서, 일선 학교 교사와 학생들이 중요 교재로 삼고 있는 국어과 교과서가 음성 언어 교육을 위한 구체적인 배려가 포함되어야 한다고 강조했다. 그 이후 문교부(교육부)에서 발행하는 국어과 교과서는 이 점을 차차 개선하게 되었다.

넷째, 우리나라 국어과 교육의 정상화를 위해 음성 언어 교육이 도외시되고 있음을 개선하고자 노력한 나는 서울대학교 대학원 석사 과정(국어교육학과)에서도 언어 교육을 전공으로 하여, 석사 학위 논문 제목을 '음성 언어 교육의 영역 설정 연구'(1979. 8.)로 하였다.

다섯째, 나는 교육전문직 임용 전형을 거쳐 1987년(내 나이 42살) 3월 1일 문교부 교육연구사로 임용되어, 국어과 편수관 업무를 맡게 되었는데, 음성 언어 교육을 강화한 국어과 교육의 새로운 차원을 여는 데 애썼다. 나는 국어과 편수관으로서 한글 맞춤법 및 표준어 규정 개정, 국어 순화, 문자 정책 연구 추진 등의 업무를 수행하면서 급한 일로서 국가 수준의 제5차 국어과 교육 과정을 개정하고 국어과 교과서를 새로 만드는 일을 추진하여야 했다.

당시에는 국어과 교육에 큰 영향을 미치는 초등학교나 중학교 국어과 교과서는 문자 언어(읽기, 쓰기) 가운데서도 독해(읽기) 중심의 단일본이었다.

나는 이 기회에 국어과 교육의 조화를 이루고 실효를 거두기 위해, 우선 우리나라 국어과 교육 역사상 처음으로 초등학교 국어과 교과서를 '말하기 · 듣기', '읽기', '쓰기' 세 책으로 유기적 분화를 하는 정책을 추진했다. 그리하여 일선 학교에서는 비로소 시간표상에 '말하기 · 듣기' 시간, '읽기' 시간, '쓰기' 시간을 각각 따로 배정하여 국어과 교육이 정상화될 수 있도록 제도화하였던 것이다. '말하기 · 듣기' 교과서는 음성 언어 교육의 차원에서 교사들이나 학생들이 구체적으로 학습할 수 있는 내용과 방법으로 구성되었음은 더 말할 나위 없다.

부산에서 서울로

나의 할머니는 큰집에서 큰아버지(백부), 큰어머니(백모)와 함께 살았다. 할머니는 할머니의 세 아들 곧 나의 아버지의 삼형제 가운데 아들(할머니의 손자)로서는 하나뿐인 나를 늘 일찍 혼인시키려 했다. 내가 서당에 다닐 적에는 국민학교에만 들어가면 혼인을 시켜 후손을 빨리 보겠다고 하고, 내가 국민학교에 입학했을 때에는 열 살만 되면 혼인시키겠다고 했다.

그런데 할머니(경주 최씨, 최성경 崔成景)는 내가 부산중앙국민학교 교사로 있으면서 근원적 진리를 향한 몸부림을 한창 겪고 있을 즈음, 1964년(내 나이 19살) 2월 13일 돌아가셨다. 그 날은 음력 정월 초하루로서 설날이기도 했다. 1888년 음력 12월 13일에 태어났으니, 일흔다섯 살로 이승을 떠나셨다. 1951년 8월 31일에 돌아가신 할아버지(허종성 許宗成 1891~1951)보다 약 12년 뒤에 돌아가셨다.

나는 할머니가 돌아가시기 1년 전 1963년 4월 24일에 고향으로 가서 할머니를 뵈었다. 할머니는 병환으로 누워 계셨다. 항상 하나뿐인 손자를 위해 축원 축수하던 할머니가 누워 계시는 것을 보고, 나는 가슴이 한없이 답답함을 참지 못하면서 약을 지으러 다녔다.

그러나 할머니는 나의 혼인을 보지 못하고 돌아가셨다.

할머니가 별세한 지 1년 3개월 뒤, 내가 경남중학교 전임강사로 있을 때, 1965년 5월 25일 큰어머니(담양 전씨, 전난귀田蘭貴)도 별세했다. 큰어머니는 1905년 음력 10월 11일에 태어났으니, 쉰아홉 살에 별세한 것이다.

큰어머니는 두 딸을 출가시키고, 할머니와 큰아버지를 돌보면서 종갓집 며느리로서 책임을 다하느라고 고생이 많았다. 큰아버지가 젊었을 때부터 건강이 좋지 않았으니, 큰어머니의 고생은 짐작하고도 남을 일이다. 큰어머니도 나의 혼인을 보지 못하고 돌아가셨다.

할머니가 별세한 뒤, 나의 어머니는 큰어머니의 병구완과 큰아버지의 식사를 위해 애썼다. 나의 아버지와 어머니는 두 집의 일을 보아야 했다. 할머니가 돌아가신 뒤에는 빈소를 차려 삼년상을 지내고, 큰어머니가 돌아가신 뒤에는 큰아버지가 생존해 계시므로 전통 예법에 따라 1년상을 지냈다.

어머니는 비가 오나 눈이 오나 아침저녁으로 두 빈소에 상식을 올렸다. 고향에서 고등학교에 다니는 여동생이 큰집에까지 음식을 나르면서 집안일을 도왔다.

나의 아버지는 큰어머니가 돌아가시고 나서, 3년 남짓 뒤 1968년 12월 21일에 돌아가셨다. 그리고 나의 큰아버지는 나의 아버지가 돌아가시고 나서, 9년 남짓 뒤 1978년 5월 20일어 돌아가셨다. 나의 어머니는 아버지가 별세한 뒤에는 작은아버지(숙부)의 도움을 받으면서 큰아버지를 돌보아 드렸다.

여동생은 고향에서 의령농업고등학교를 졸업하고, 1966년 2월부터 부산에서 나와 함께 지냈다. 여동생은 타자 학원에서 5개월 동안 한글과 영문 타자를 열심히 배워 회사원으로 취업했다. 그리고는 경상남도 경찰국에서 시행하는 타자수 모집 시험에 합격하여 1967년 3월 17일부터 1967년 12월 18일 혼인할 때까지 약 9개월 동안 경찰국장실에서 근무하였다.

그래서 여동생이 고향을 떠난 뒤로는 두 살 때부터 우리 집에서 자란 나의 생질녀(별세한 누나의 딸) 순희가 어느덧 초등학교에 다니면서 외할머니(나의 어머니)의 심부름을 했다.

나는 부산중앙중학교 교사로 근무하면서 그동안 휴학도 해 가면서 공부하던 동아대학교 야간 대학부(야간부) 국문학과를 1967년 2월 25일에 졸업했다.

나는 1966년부터 사랑하게 된 부산동광국민학교 여교사와 약혼을 하고, 혼인을 하였다. 1967년 가을에는 예쁜 첫 아기도 태어났다.

그런데 서울특별시교육위원회에서는 1967학년도 중등학교 교사 채용 시험 시행 계획을 신문에 크게 공고했다. 나는 서울로 갈 수 있는 좋은 기회라고 생각했다.

그래서 1967년 4월 14일, 서울특별시교육위원회 중등학교 교사 채용 시험에 응시했다. 수험 번호는 114번이었다.

4월 19일에 합격자 발표가 있었고, 나는 합격했다.

서울대학교 사범대학 졸업자들이 다 배치되고 나면, 1967학년도 중에 발령이 날 것이라고 했다.

11월 1일 서울특별시교육위원회에서 연락이 왔다. 곧 교사로 채용될 것 같다고 했다. 나는 11월 3일(금요일) 밤, 기차를 타고 서울로 갔다. 11월 4일(토요일) 서울특별시교육위원회에 들렀더니, 영등포여자고등학교로 발령이 날 것이라고 했다.

그 다음 주 토요일(11월 11일) 오전에 다시 서울특별시교육위원회에 들러 발령에 필요한 서류를 제출했다. 교육위원회에서는 영등포여자고등학교에도 사전 통보가 되어 있으므로, 학교장을 미리 찾아뵙는 것이 좋겠다고 했다.

시청 쪽에서 영등포 쪽으로 가는 버스는 드물었다. 더구나 영등포여자고등학교 앞을 지나는 버스는 찾을 수가 없었다. 학교의 위치를 제대로 아는 사람이 없어 양평동 버스 정류소에 내렸다. 여러 사람에게 물어 신길동에 이르니, 학교 주변은 질펀한 버스 종점이 있고, 새로 지은 주택이 띄엄띄엄 보였다. 학교 바로 옆에는 나직하고 조그만 집들이 다닥다닥 붙어 있었다.

오후 2시경 학교 교문을 들어섰다. 날씨는 몹시 추웠다. 수위실을 지나 조그만 운동장에 올라서니, 본관 건물이 한눈에 들어왔다. 학교가 어쩌면 이렇게 메마르게 잠자고 있을까- 하는 생각이 들었다. 주변 환경이나 겨울 날씨의 탓으로만 돌릴 수 없는 그 무엇이 이 학교를 피어나지 못하게 하고 있는 것만 같았다.

소규모 학교에다가 발전이 더딘 학교로 느껴졌다. 나중에 알고 보니, 각 학년 6학급씩의 조그만 학교였다. 1950년 6월 20일에 6년제 영등포여자중학교로 개교하여, 1953년에 영등포여자고등학교로 분리되었다. 17년의 역사를 지닌 학교였다. 영등포 지역의 여자 고등학교로서는 가장 오래된 학교였다.

운동장 안으로 몇 걸음 옮기려니, 운동장 가운데서부터 차가운 바람이 낙엽을 휘몰아쳐 나에게로 달려왔다. 참으로 스산하고 황량했다. 그 바람은 나를 기다렸다는 듯이 무엇인가를 나에게 하소연이라도 하는 듯했다. 그 순간 나는 팔을 들어 손바닥을 펼쳐 학교의 운동장과 건물을 두루 향하여 휘두르며 말했다.

"내가 왔소. 내가 기어이 이 학교와 학생의 명예와 발전을 위해 크게 힘쓸 것이오."

학교장에게 인사를 하고, 난롯불을 쬐고 있는 교사들과 인사를 나누었다.

운동장을 도로 나오면서, 나는

"나의 힘으로 이 학교를 기름기와 싱싱한 생명력이 넘치는, 살아 성장하는 학교로 만들리라." 는 결심을 읊조렸다.

부산에서의 모든 일을 끝냈다. 1967년(내 나이 24살) 11월 23일자로 영등포여자고등학교 교사로 정식 발령을 받았다. 수업 담당은 2학년 4,5, 6반 '국어' 와 3학년 '작문' 이었다.

이 이후 나는 6년 3개월(1967. 11. 23.~1974. 2. 28.) 동안 영등포여자고등학교 교사로 근무했다. 학생과 학교의 발전을 위해 헌신적으로 노력하였다. 그 자세한 내용들은 나의 저서 '빛이 반짝이는 소리' (학예사. 1975. 10. 20.), '우리말 사랑의 길을 열면서' (문예촌. 2003. 5. 26.)에 기록하였다.

남은 이야기들

영등포여자고등학교 교사(1967. 11. 23.~1974. 2. 28.)로 서울 생활을 시작한 나는 경복고등학교 교사(1974. 3. 1.~1979. 2. 28.), 선린상업고등학교 교사(1979. 3. 1.~1983. 2. 28.), 다시 영등포여자고등학교 교사(1983. 3. 1.~1987. 2. 28.)로 근무했다.

1961년(내 나이 18살) 3월 31일 부산 거제국민학교 교사로 출발하여 약 26년간 학교 현장에서 학생들을 가르친 나는 교육전문직 임용 전형을 거쳐, 1987년(내 나이 42살) 3월 1일어는 문교부 교육연구사(국어과 편수관, 공보관실 연구사 1987. 3. 1~1988. 9. 4.)로 임용되었다. 그리고 문교부(1990. 10. 27. '교육부'로 명칭 변경) 중앙교육연수원 장학사(1988. 9. 5.~1993. 2. 28.), 서울특별시교육연구원 교육연구사(1993. 3. 1.~1994. 5. 16.) 등 약 7년 3개월의 교육전문직 업무를 수행했다.

다시 학교 현장으로 돌아와 서울 강신중학교 교감(1994. 5.

17.~1998. 2. 28.), 서울 문성중학교 교감(1998. 3. 1.~1999. 8. 31.), 서울 영원중학교 교장(1999. 9. 1.~2002. 8. 31.)을 거쳐, 서울 당곡고 등학교(2002. 9. 1.~2005. 8. 31.)에서 3년간 교장 임무를 수행하고 2005년 8월 31일(내 나이 62살)에 정년퇴임을 했다.

경복고등학교 교사 재직 중 1977년 3월에 서울대학교 대학원 석사 과정 국어교육학과에 입학하여, 선린상업고등학교 교사 재직 중 1979년(내 나이 36살) 8월 30일에 교육학 석사 학위를 받았다.

교육부 중앙교육연수원 장학사로 재직하면서 1991년 3월에 홍익 대학교 대학원 박사과정 국어국문학과에 입학하여, 서울특별시교육 연구원 교육연구사 재직 중 1994년(내 나이 50살) 2월 22일에 문학 박사 학위를 받았다.

강사로는 교육부 국제교육진흥원 강사, 교육부 중앙교육행정연수 원 강사, 서울특별시교원연수원 강사 등을 지냈다.

학회를 비롯한 단체 및 공공 기관 활동으로는 한글학회 회원, 한국 국어교육연구회 회원, 우리말 내용학회 감사, 한글문학회 부회장 및 이사, 한국순수문학인협회 회원, 한국문인협회 회원, 한국소설가협 회 회원, 한국현대시인협회 회원, 한국글짓기지도회 이사, 서울진로 교육연구회 부회장 및 이사, 한국진로교육학회 이사, 국제PEN클럽 회원, 한글전용국민실천회 중앙 위원, 문교부 언어생활 연구 위원, 학술원 부설 국어연구소 표준어 사정 위원, 교육부 교육 과정 심의 위원, 교육부 교과서 편찬 연구 위원, 교육부 국제교육진흥원 재외 동포용 교과서 개발 연구 위원, 한국청소년연맹 각종 상징 제정 위원, 대한풍수지리학회 이사, 한국스포츠마사지자격협회 회원, 국무총리실 소속 한국청소년개발원 협력 연구 위원, 한국직업능력개발원 전문가 협의회 위원, 서울특별시 양천경찰서 학교폭력 근절대책 추진위원회 위원, 한국시민자원봉사회 중앙회 중앙 지도 운영 위원, 한국방송정보교육단체연합회 이사, 서울대학교 교육행정연수원 중등 교장 자격 연수 현장 탐구 지도 교장, 서울특별시교육청 청소년 선도 방송 자문 위원, 서울특별시교육청 진로 교육 추진 위원장, 서울특별시교육청 중등학교 교사 임용 시험 출제 본부장 등을 지냈다.

초등학교 1학년(6살) 때부터 동네 사람들에게 '토정비결'을 보아 주고, 중학교 1학년(12살) 여름방학 때 한학자인 외할아버지(노형용 盧馨容 1882~1958)에게서 팔괘(八卦)의 기초를 배운 나는 그 이후 전문가들을 찾아 주역(周易)에 바탕을 둔 역학(易學: '추명학' 혹은 '명리학' 이라고도 함.)을 공부하고서 혼자서 경지를 높여 나갔다. 풍수지리(風水地理) 공부는 늦게 시작하였는데, 자격 연수 과정을 거쳐 1991년 1월 12일 대한풍수지리학회(회장 김대은)에서 '풍수지리사 자격증' 을 받았다.

교사 시절에 자격 연수 과정을 거쳐 1987년 3월 9일 '상담교사(교도교사) 자격증' (문교부 장관 발급)을 받은 나는 현대 심리학에 바탕을 둔 '상담' (counselling)과 고대 주역에 바탕을 둔 '역학' 을 통합적으로 활용할 수 있는 방안을 모색해 보려고 애썼다. 그리고 어릴 때부터 내 나름으로 터득하고 발전시켜 온 '명상' 을 종교 단체를 비롯해 많은 명상 지도자들이 제 나름으로 개발해 낸 '명상' 과 비교 연구해 보고자 했다. 동양의 기혈(氣穴)을 이해하고서는, 이를 서양의 스포츠 마사지(2005년 9월 30일 한국스포츠마사지자격협회에서 '스포츠 마사지 자격증' 취득. 회장 의학박사 김태영)와 접목할 수 있는 방안도 모색해 보고자 했다.

'한글문학'을 통해 시(1989), 소설(1990) 두 부문에서 추천을 받아, 시인 및 소설가로서 창작 및 문단 활동을 해 왔다.

1971년(내 나이 28살)에는 세계 문학사상 최초로 '복합문학' (Complex Literature)을 구상하여 그 첫 장편복합문학 '생명의 먼동을 더듬어'를 월간 '교육 신풍' 1971년 9월호~11월호에 일부 연재하고, 1980년 4월 26일 교음사(서울)에서 단행본으로 발행하였다.

'복합문학' (Complex Literature)은 "한 편의 문학 작품을 완성함에 있어, 시, 소설, 희곡, 시나리오, 수필 등 문학의 여러 하위 장르를 두루 활용하여 전개상의 변화와 활력을 꾀하고 주제의 형상화에 상승 효과를 거두기 위한 복합 장르로 구성된 문학 형태"를 뜻하는데, '두산 세계 대백과 사전'에는 2001년 9월판부터 '복합문학'이 등재되어 있다.

영등포여자고등학교 교사로는 두 차례 재직했는데, 첫 재직 시 (1967. 11. 23.~1974. 2. 28.)에는 학교 발전 분위기 형성을 꿋꿋이 추진하고, 이상 학급 운영을 시도하면서 과로로 기관지 출혈을 일으켜 연세대학교 세브란스병원에서 약 1개월간 입원 치료를 받기도 하였다. 그 자세한 내용들은 나의 저서 '빛이 반짝이는 소리' (학예사, 1975. 10. 20.), '우리말 사랑의 길을 열면서' (문예촌, 2003. 5. 26.)에 기록하였다.

서울에서 국어과 교사로 근무하면서 우리말이 비어, 속어, 욕설, 비도덕적 언어, 일본어를 비롯한 외래어 및 의국어의 남용으로 황폐해 가고 있음을 절감하고서, 1968년(내 나이 25살) 영등포여자고등학교 ‘국어반’을 조직하여, 조직적, 지속적, 전국적으로 우리말 사랑 운동을 펼치기 시작하였다. 3년 뒤 정부에서도 공식 반응이 있게 되어, 나는 1971년(내 나이 28살) 9월 둔교부 언어생활 연구 위원으로 위촉받아, ‘학생 언어생활 순화 지도 지침’을 문교부 ‘장학 자료’ 14호로 집필하였다. 그것은 1972년 2월 전국 초 · 중 · 고교, 대학에 배포되어 광복 후 최초로 거국적 국어 순화 운동이 일어나게 했다.

1977년(내 나이 34살) 5월 16일에는 문교부 장관으로부터 문교부 ‘장학 자료’ 26호 ‘생활 용어 순화 자료’ 집필 위촉을 받았다. 그것은 1977년 8월 전국 교육 기관에 배포되었다.

이로써 나는 광복 후 문교부 ‘장학 자료’ 중 국어 순화와 직접적으로 관련되는 두 ‘장학 자료’ 곧 ‘장학 자료’ 14호 ‘학생 언어생활 순화 지도 지침’ (1972. 2.)과 ‘장학 자료’ 제26호 ‘생활 용어 순화 자료’ (1977. 8.) 모두를 집필한 것이다. 두 장학 자료의 내용 요약은 나의 저서 ‘우리말 사랑의 길을 열면서’ (문예촌. 2003. 5. 26.)에 소개되어 있다.

1974년 경복고등학교 ‘우리말 사랑하기회’를 조직하여, 5년간 학교 안팎에서 우리말 사랑 운동을 벌인 결과 국민들의 공감이 확산되어 갔다. 1975년 8월 27일 박정희 대통령 특별보좌관 박종홍 박사(전 서울대 철학과 교수)는 대통령의 특별한 관심에 따라 나에게 고운 말 쓰기 운동에 관해 자문하였다.

4개월 뒤 1976년 1월 16일 대통령의 문교부 연두 순시 때 대통령은 국어 순화 운동을 국가적 차원으로 전개할 것을 지시하였다. 마침내 나의 우리말 사랑 운동은 국가적 차원으로 승화하게 되었으며, 대통령령 제8,279호로 '국어순화운동협의회'가 신설되고, 문교부 국어심의회 안에 '국어순화분과위원회'가 신설되었다.

경복고등학교 교사 재직 시 우리나라 방송통신고등학교 개설 (1974) 때부터 일하며 배우는 방송통신고등학교 학생들을 지도하면서 '방송 통신 고교생' 노래 작사 및 보급(1978), 최초의 '방송 통신 고교 교육의 문제점과 개선 방향' 논문 발표(교육평론 1978년 9월호)를 하였다. 문교부, 한국교육개발원, 문화방송(MBC), 서울특별시 교육위원회 등의 협조를 받으며 전국 방송 통신 고교생 대상 웅변대회 자문위원과 심사 위원장을 맡는 등 약 13년간 방송 통신 고교생의 면학 용기를 북돋우었다.

근로자로서의 학생이 어려움을 겪을 경우 그들을 적극 보살피고, 업체 관리자와 협의하여 근로 학생의 인격과 권익을 보호하려고 애썼다(허만길 실천 수기 '방송통신고등학교 학생들의 향학열을 돕던 생각', 나라 사랑 제103집 180~185쪽, 외솔회, 2002. 3. 23.). 그래서 1981년 6월 28일 방송통신고등학교 서울지구동문회장으로부터 감사패를 받았다.

경복고등학교 교사 재직 중 1975년(내 나이 32살) 국민들의 관심 속에 대학 입시 출제 경향 개선의 불길을 지폈다. 대학 입시 출제가 고등학교 교육 과정의 수준 및 교과서 중심의 출제로 전환토록 하여 고등학교 교육 과정 운영의 정상화 및 교육 부조리 제거에 도움이 되도록 하였다.

1974년부터 시행된 고등학교 평준화 정책에 대한 문제점 및 그 보완 방안을 위해 이 방면의 최초의 논문 '고등학교 평준화 보완 방안'을 '교육평론' 1977년 7월호에 발표한 뒤 1980년까지 고등학교 평준화 보완 방안과 과외 수업 과열 해소 방안 제시를 통해 교육 제도의 장기적 발전 추진에 많은 힘을 기울였다.

1970년대부터 환경 문제에 대해 많은 관심을 가지고서 서울 경복고등학교 새마을 운동 담당 교사로서 자연 브호 봉사 활동을 벌였다. 우리나라 쓰레기 분리 수거의 법적 공식 시행 해인 1995년도에는 서울 강신중학교 교감으로서 서울특별시청소사업본부 후원으로 서울특별시교육청 지정 자원 재활용 시범학교를 운영하였다. 1995년 노랫말 '우리 자연 우리 환경' 을 작사하여(작곡 정미진) 노래를 보급하였는데, 환경부 장관은 1995년 10월 23일자 공문으로 나에게 감사의 뜻을 보내 주었다. 주간 '동아환경신문' (서울)은 1996년 1월 1일 신년 특집으로 첫 면에 ' 우리 자연 우리 환경 ' 노래를 싣고 그 속장에 나와의 인터뷰 기사를 실었다.

나는 경복고등학교 교사 재직 중 1978년(내 나이 35살) 11월 과로로 수업 중에 쓰러졌다. 그 후유증으로 선린상업고등학교 교사로 있을 때 약 5개월간 휴직하기도 하였다.(허만길 저서 '우리말 사랑의 길을 열면서' 참고. 문예촌, 2003. 5. 26.)

1983년 3월부터 1987년 2월까지 4년간 두 번째로 영등포여자고등학교 교사로 재직하였는데, 처음 2년간은 첫번째 영등포여자고등학교 교사로 근무할 때(1967. 11. 23.~1974. 2. 28.) 펼친 학교 발전 분위기 형성 노력의 연장선에서 학생들과 함께 이를 꿋꿋이 추진하여

학생과 학부모와 지역 사회의 학교에 대한 기대와 신뢰를 높였다.

1985년 3월 1일부터는 주로 서울 구로공단(한국수출산업공단)에서 기숙사 생활을 하면서 낮에는 산업체에서 일하고 밤에는 영등포여자고등학교 부설 야간 특별학급에서 공부하는 학생 지도를 자원하여 1987년 2월 28일까지 2년간 헌신적 노력을 기울였다.

1985년과 1986년 심한 불경기와 노사 분규로 업체들의 폐업과 휴업에 따라 약 200명의 학생들이 일자리와 잠자리를 잃고 방황할 때, 나는 서울특별시청 및 노동부 관계자, 그 밖의 유력 인사들을 만나 실직자 전원의 수업료를 장학금으로 지급하도록 하고, 이들의 식사, 잠자리, 재취업 등에 혼신을 기울여 모두가 영광의 졸업을 할 수 있도록 했다. 이것은 당시 미담으로 널리 알려졌다.

그들의 면학 분위기를 북돋우기 위해 노래 '일하며 배우며'를 만들고, 구로공단 관계자와 업체 관계자들이 참여한 가운데 다양한 프로그램의 '학생 문예 발표회'를 개최하였다. 근로자로서의 학생이 업체에서 어려움을 겪을 경우 업체 관리자와 협의하여 근로 학생의 인격과 권익을 보호하려고 애썼다(허만길 실천 수기 '특별학급 제자를 회상하며', 교육관리기술 1988년 3월호 125~130쪽, 한국교육출판). 그래서 1987년 3월 7일에는 '산업체 근로 청소년 교육을 위한 특별학급의 육성 발전에 기여한 공'으로 상공부 장관 표창을 받았다.

1987년(내 나이 42살) 3월 1일 문교부 교육연구사로 임용되어서는 국어과 편수관으로서 1970년부터 추진되어 오던 국가 차원의 한글 맞춤법 개정 추진, 표준어 규정 개정 추진, 표준어 사정, 국어심의회 국어순화분과위원회 및 한글분과위원회 운영, 문자 정책 연구 및 추진을 하면서, 국가 수준의 제5차 국어과, 문법과, 한문과 교육 과정 개정에 힘을 기울였다. 초등학교 국어과 교육의 실효와 조화를 거두기 위해 우리나라 교육 사상 최초로 단일본 '국어' 교과서를 '말하기·듣기', '읽기', '쓰기' 세 책으로 유기적으로 분화하는 일을 추진했다. 공보관실 연구사로 자리를 옮겨서는 교육 정책의 홍보, 장관 연설문 작성, 기자들의 취재 편의 제공, 보도 자료 작성, 역대 장관 연설문 발굴 등에 힘썼다.

1987년에는 청와대와 문화공보부의 요청에 따라, '독립기념관 건립문' 문장 검토를 하고, 1988년 2월에는 대통령 취임 준비 실시단의 요청에 따라, '노태우 대통령 취임사' 문장 검토를 하였다.

문교부(교육부) 중앙교육연수원 장학사(1988. 9. 5.~1993. 2. 28.)로서 종합 연수 계획 수립, 연수 편람 발간, 공직자 새 정신 운동 연찬회 개최, 대학생 국비 해외 연수, 교원 국외 연수 인솔, 연수 성적 관리, 연수자 현장 연수, 연수자 기숙사 생활 지원 등의 일에 힘썼다. 1990년에는 공무원교육훈련법에 따른 전국 급식 학교 영양사 및 교육 행정 기관 영양사 대상 법정 일반연수를 중앙교육연수원으로서는 처음 실시하기로 함에 따라 그 연수 기획 및 연수 운영을 담당하였다. 3주 과정 영양사반 2개반(125명)을 운영하면서 학교 급식 발전 과제 및 영양사 애로 사항을 파악하여, 이 이후 영양사의 애로 사항 해결에 헌신적으로 애쓰면서 학생 영양 교육의 중요성, 학교 급식의 확대 실시, 학교 영양사의 영양 교사 제도화 등을 강조해 왔다(학교 영양사의 영양 교사 제도화는 2007년도부터 시행됨.).

서울특별시교육연구원 교육연구사(1993. 3. 1.~1994. 5. 16.)로서

‘진로교육연구부’에 근무하면서 중등학교 교사용 ‘진로 지도의 이론과 실제’ 발간 보급, 진로 교육 심포지엄 개최, 진로 교육 자료 개발, 진로 교육 상담 등에 힘썼다.

이 이후로 현대적 개념의 진로 교육 정착과 발전에 힘썼다. 서울진로교육연구회 임원(이사, 부회장), 한국진로교육학회 창립 및 임원(이사), 서울특별시교육청 진로교육추진위원장 등을 지내면서, 교육 시책 담당자, 일선 학교 교원, 학부모 대상 진로 교육 세미나 및 심포지엄 개최, 각급 학교 교사용 진로 교육 지도 자료 개발 및 보급, 서울특별시교육청 및 서울특별시교육연구원 주관 교원 대상 공모 진로 교육 논문 심사, 중학생용 진로 탐색 학습장 개발, 고등학생용 진로 학습장 개발, 진로상담교사 연수 프로그램 개발 및 강의 등을 통해 현대적 개념의 우리나라 학교 진로 교육의 정착과 발전에 힘썼다 (1993~2005).

종전의 중등학교 ‘교도부’를 1994년 10월부터 ‘진로상담부’로 제도적으로 개편하는 일에도 기여하였다.

당곡고등학교 교장 재직 시 2004년 3월 1일부터 2005년 2월 28일까지 1년간 서울특별시교육청 지정 ‘학생 소질 · 적성 계발 선도 학교’를 운영하면서, 고등학생의 소질 · 적성 계발을 위한 체계적 진로 교육 프로그램을 개발하여 각 고등학교 학생, 교원, 학부모에게 보급하였다.

진로 교육에 관한 많은 논문을 발표하고 진로 상담 및 진로 직업 관련 교과서를 개발하였다.

중국과의 정식 국교가 없던 시기에 1990년(내 나이 47살) 교육부 중앙교육연수원 장학사로서 교원 국외 연수단을 인솔하여 중국 상하이에 가서 임시 정부 자리가 아무 표적 하나 없이 퇴색된 집으로 중국 사람이 살고 있는 것을 보고서는 현장 즉흥시 '상하이 임시 정부 자리'(1990. 6. 13.)를 읊고, 귀국하자마자 언론의 협조를 받으며 임시 정부 자리 및 해외 애국 유적지 브존 운동을 광복 후 최초로 벌였다(주간교육신문 1990. 7. 2., 한국일보 1990. 7. 5., 조선일보 1990. 7. 10., 동아일보 1990. 7. 16., 경향신문 1990. 7. 20. 등 게재). 중국 상하이 시장에게도 협조 요청 편지를 내었다.

그 뒤 정부에서 임시 정부 자리 보존에 대해 공식적으로 중국 측에 의사 표시를 하게 되었고, 1993년에 상하이 임시 정부 자리는 보수 단장되어, 상하이를 들르는 우리나라 사람들이 즐겨 찾는 곳이 되었다.

나는 일본의 군수물 공장인 오사카브의 '아사히 철공소 조선인 화친회' 창립 회장으로서 동맹 파업으로 군수 공장 가동을 멈추게 하는 등 항일 활동을 한 아버지의 영향을 받아, '한일 협정'(1965)에도 언급되지 않았던 일제의 정신대(종군위안부) 문제에 지속적인 관심을 가져왔다. 마침내 일제의 정신대(종군위안부) 문제를 주제로 한 최초의 단편소설 '원주민촌의 축제'를 1990년 10월 '한글문학' 제12집(115~134쪽)에 발표하여, 종군위안부 문제를 국내외의 관심사로 환기시키는 주요 발단을 이루었다.

이 작품이 이듬해 1991년 11월 30일 한글문학상 수상작으로 선정됨을 계기로, 나는 '정신대 위령의 날' 제정 및 '국제 사람몸 존중의 날' 제정을 각계에 제의하고(주간조선 1991. 12. 15., 한국일보 1992. 1. 6., 조선일보 1992. 1. 18., 동아일보 1992. 1. 21., 주간경향

1992. 2. 9., 국가안전보장회의 발행 '비상기획보' 1992년 봄호 등재), 계속 종군위안부 문제를 국내외 문제로 환기시키면서 정신대 희생자의 넋을 위로하자는 운동을 벌였다.

1992년 1월 언론에서 일제 때 12살 초등학교 어린이들마저 정신대에 끌려간 사실이 뚜렷이 드러났다고 하자, 그동안 내가 제기해 온 정신대 문제는 급속도로 국내외의 큰 관심을 끌게 되었다.

나는 최초의 종군위안부 문제 단편소설 '원주민촌의 축제' (1990) 발표 및 정신대 문제 제기 공로로 2004년 12월 10일 세계인권선언 기념일에 국가인권위원회 위원장 표창을 받았다.

단편소설, '원주민촌의 축제' 는 2007년 3월 '두산 세계 대백과 사전' 에 등재되었다.

나는 교육부 국제교육진흥원 및 한국교육과정평가원 주관 해외 동포용 '한국어' 교과서 개발(1995~2002), 교육부 국제교육진흥원 주관 해외 동포 초청 모국어 연수, 재외 한글 학교 및 재외 교육 기관 근무 교원 초청 국어 연수, 귀국 학생 교육 담당 교사 국어 교육 연수, 해외 파견 교육 공무원 국어 교육 사전 연수 등의 강의 (1994~2004)를 통해 해외 동포의 모국어 교육에 힘썼다.

나는 서울 영원중학교 교장(3년 : 1999. 9. 1.~2002. 8. 31.), 서울 당곡고등학교 교장(3년 : 2002. 9. 1.~2005. 8. 31.)으로서 6년간 학교 경영 책임자로 있으면서, 민주적, 합리적, 개방적 학교 경영을 바탕으로 전 교직원과 함께 학교 발전을 위해 의욕적인 노력을 기울였다. 교육 이상을 의욕적으로 추구하면서 학교운영위원회의 민주적

운영, 학교 예산 편성 및 집행의 민주성과 투명성과 창의성 확보, 교직원과 학생과 학부모와 지역 사회의 교육 인식 공유 강화 등으로 교육 성과를 최대로 높이고자 했다.

교장 6년 재임 기간 중 4년 6개월 동안 서울특별시교육청 지정 시범 학교 및 선도 학교를 운영하였다. 중학교 교장 재직 중 3년 연속 학교 교육 우수 기관 서울특별시 교육감 표창, 고등학교 교장 재직 중 2년 연속 학교 교육 우수 기관 서울특별시 교육감 표창을 받았다.

영원중학교 교장 재직 중에 학부모의 교육 이해를 통한 가정에서의 자녀 지도를 유익하게 하도록 하기 위해 학부모 대상 학교 교육 설명회 개최, 학부모의 학교 행사 적극 참여, 학부모 문학 낭독회 개최, 학부모지도봉사단 창립 운영을 하였다.

영원중학교 교장 재직 중에 영원중학교가 우수 교육 기관으로 인정받아 일본 중학교 교원 및 학생의 학교 방문을 받고, 교육부의 추천에 따라 사하공화국 미하일로바 교육부 장관 일행의 학교 방문, 베트남 최고위 교육 개혁 기획단의 학교 방문이 있었다. 세계화 교육과 국제 이해 교육에 관심을 기울여 호주 대사관 협조로 세계적 청소년 문제 작가 존 마스든(John Marsden)의 초청 강연, 주한 네덜란드 외교관 토마스 클룩(Thomas C. M. Kluck)의 초청 강연을 실시하였다.

특히 1999년 11월 20일 일본 홋카이도 왓카나이 남중학교(稚內南中學校) 교원들의 영원중학교 방문 시에 나는 당시에 한·일 간에 크게 문제가 되고 있던 일본의 역사 왜곡과 관련하여, 지난날 두 나라 사이의 진실한 이해를 바탕으로 좋은 영향을 주고받자고 강조하

였다. 이에 일본 교원 연수단 대표 나카오 토시카즈(中尾 利一) 교감
은 일본이 한국의 주권과 한국 국민의 인권 침해를 충분히 교육하고
있지 않음을 시인하고서 앞으로 과거의 바른 역사와 미래의 꿈을 이
야기할 수 있는 교원이 되고 싶다고 했다.

나는 당고곡등학교 교장 재직 중 '소중한 꿈을 만들어 채워 가는
좋은 모습의 사람을 기른다' 는 학교 경영 주제를 내세우고, 학교장
의 경영 모습을 '교육 이상을 의욕적으로 추구하는 학교장, 민주적
이고 합리적으로 일하는 학교장, 격려와 용기와 자신감을 불러일으
키는 학교장' 으로 설정하였다.

학교(서울특별시 관악구 봉천동 소재)의 지역적 여건이 어려운 점
을 고려하여, 학생들의 사기 진작을 위해 문화방송(MBC) '라디오
감성 시대' 및 '별이 빛나는 밤에' 프로그램을 유치하여 학생들과
연예인이 합동 출연을 하고, 한국방송공사(KBS) '도전 골든벨' 프로
그램을 유치하여 서울의 공립 고등학교로서는 8년 만에 최초로 골든
벨을 울려, 학생과 지역인에게 큰 위안과 희망을 안겨 주었다.

나는 야외 학습장과 가운데뜰 조성을 비롯한 학교 녹화 사업
(2002), 학부모 대상 학교 교육 설명회 개최(2002~2005), 학부모 문
학 낭독회 개최(2002), 연말 학생 특기·장기 발표 대회 개최
(2002~2004), 학부모지도봉사단 창단 및 활동(2003~2005), 개교 기
념 단축 마라톤 대회 전통 창조(2003~2005), 2회(2년 6개월)의 서울
특별시교육청 지정 시범학교 및 선도학교 운영(2002~2005), 다른
고등학교보다 앞서 전일제 계발 활동 실시(2003~2005), 학생 진로
탐색장 '나의 꿈 나의 미래' 개발 전교생 활용(2003~2005), 학생회

소식지 발간(2003~2005), 학부모 주도 교복 공동 구매 협조 (2003~2005), 전일제 진로의 날 운영(2004~2005), 서울특별시교육 청 지정 교원 정보화 연수 특수 분야 운영(2003~2005), 학생 상벌점 제 전면 실시(2003~2005), 학생 축제 및 각종 경시 대회 활성화 (2002~2005), 학생회 활동 사례집 '푸른 꿈을 향한 모꼬지' 발간 (2003), 개교 20돌 기념 행사 및 '당곡 20년사 요람' 발간(2004), 졸 업생 대상 '자랑스러운 당곡인상' 제정 운영(2004~2005), 졸업생과 재학생 간의 대화의 날 운영(2004~2005), 다른 학교에서 시행하기 어려운 교내 판소리 경창 대회 개최(2004~2005), 첫 제주도 수학여 행 실시(2005), 서울 시내 고등학생 대상 진로 설계 발표 대회 개최 (2004), 서울 시내 고교생 학부모 대상 분기별 학생 진로 관련 연수 회 개최(2004), 서울 시내 고등학교 교사 대상 분기별 진로 교육 연 수회 개최(2004), 서울 시내 고등학교 중 최상위 수준의 도서관 확충 및 디지털 자료실 설치(2004), 국내 고등학교 중 최고 수준의 진로정 보자료실 설치(2004), 과학실 현대화(2004), 가사실 현대화(2005), 보건실 현대화(2005), 중앙집중식 천장형 교실 냉난방 시설 공사 (2005), 각종 학교 규정 정비 및 첫 학교 규정집 발간(2004), 교육청 공모 '교직원 교수·학습 방법 개선 연구' 당선 및 연구 추진(2004), 연간 학교 교육 계획 수립을 위한 교직원, 학부모, 학생 의견 수렴 철저 및 그 결과 교육 계획서 공개 반영(2003~2005), 학교 예산 편성 을 위한 전 교직원 의견 수렴 및 예산 집행 과정 상시 공개 (2003~2005), 교육 과정 운영의 충실(2002~2005), 교직원 근무 여건 개선(2002~2005), 교직원의 단합과 연수 활동 적극 장려 (2002~2005), 교직원의 학생 생활 지도 및 학교 교육 평가 토론회 수

시 개최(2002~2005), 교직원의 창의적 교육 활동 적극 조장
(2002~2005), 학교장의 의사 결정 과정에 교직원의 민주적 참여 활
성화(2002~2005), 교직원 교육 사랑 대화회 개최(2005), 학생 생활
규정 중 두발 규정 완화 개정(2005), KBS '도전 골든벨' 녹화 과정
에서 학생들의 공개적 건의에 따른 남녀 합반 수업 실시(2005년 2
회) 등에 열정을 쏟았다.

경복고등학교 교사 시절 나는 가난한 가운데도 제자들을 위해 희
생적인 노력을 아끼지 않고 청렴한 생활로 일관한다는 사실이 널리
알려져 서울특별시교육위원회 기획감사실 추천으로 서정쇄신 모범
공무원 서울특별시 교육감 표창(1978. 12. 29.)을 받은 바 있다.

나는 당곡고등학교 교장 시절, 아침 7시 50분부터 교문에서 학생
들을 맞이하고, 점심 식사를 교실에서 학생들과 자주 함께 하고, 어
디서나 학생과의 대화를 즐겼다. 해마다 대학수학능력시험 직전에
는 3학년 전체 학생에게 그리고 여름방학 직전에는 3학년 전체 학생
혹은 전교생에게 학생들의 이름을 일일이 직접 쓴 격려의 시를 직접
나누어 주었다. 학생과 학부모가 몹시 고마워했다.

나는 늘 대중교통과 도보로 출퇴근하면서 학생들과 친근하게 이야
기 나누기를 좋아했다.

당곡고등학교 교장 시절 2003년 9월 5일 학교 축제 '당곡제'가 열
렸는데, 방송제의 첫 순서로 뉴스에서 학생들의 선생님들에 대한 인
기투표 결과 내가 1위였다고 발표되었다. 교장이 1위인 경우는 처음
들어 보는 일이라며 모두들 환호성을 올렸다.

당곡고등학교 교지 편집반에서는 2003학년도 교지 '당매' 18호를

편집하면서 학생들에게 탐방기 인물 선정을 위한 설문 조사를 했더니, 내가 1위로 나타났다. 그들은 나를 탐방하고 탐방기를 '당매' 18호(2004. 1. 31. 발행) 54~57쪽에 게재하였다.

44년간의 교직 생활을 마감하는 나의 정년퇴임 날이 가까워지자, 당곡고등학교 남녀 학생들은 학급별로 혹은 개인별로 예쁜 종이에 편지를 써서 나에게 전해 주었다. 나의 초상화를 잘 그려 액자에 넣어 교장실로 가져온 학생도 있었다.

나는 정년 퇴임식을 사양했다. 그 대신 퇴임하는 날 40학급 각 교실을 돌며 학생들과 직접적으로 석별의 정을 나누었다. 교직원들이 승용차로 나의 집에까지 태워 주겠다는 것을 가다하고, 나는 택시에 짐을 싣고 마지막 퇴근을 했다.

2005학년도 교직원 수는 교원 82명, 행정실 직원 11명이었다. 나는 교직원 모두가 한 학교 교육 가족이기에 어느 누구에 대해서도 선입견으로 대하려 하지 않았다.

나는 모든 교직원들이 의욕적이고 창의적으로 학교와 학생을 위해 보람 있게 노력할 수 있도록 어떻게 교직원들의 개성과 공평성을 고려하면서 잘 배려해 주어야 할 것인가가 나의 한결같은 관심이었다.

2005년 8월 31일 내가 정년퇴임을 한 날, 전교조(전국교직원노동조합) 서울지부 중등관악동작지회 홈페이지 '알림터'에는 중등관악동작지회장 명의의 글이 올려 있었다. 내가 정년퇴임하는 날 지회장이 나를 인사차 방문하고서 올린 글이었다.

그 글에는 전교조 교사들도 나를 존경했다며, "본인의 퇴임식은 한

사코 거부하시고, 평교사의 퇴임식은 챙겨 주셨다. '교장이란 선생님들을 도와 드리기 위한 자리이다.' 란 말씀으로 44년 교직의 마지막 날을 장식하셨다."는 내용이었다.

■저서

- 빛이 반짝이는 소리(학예사, 서울, 1975. 10. 20.) : 교육 회상록
- 우리말 사랑의 길(학예사, 서울, 1976. 6. 15.)
- (장편복합문학)생명의 먼동을 더듬어(교음사, 서울, 1980. 4. 26.) : 세계 최초의 장편복합 문학
- 인류를 위한 참얼음(시인사, 서울, 1980. 8. 21.) : 깨달음의 글
- 한국 현대 국어 정책 연구(국학자료원, 서울, 1994. 8. 25.)
- (고등학교 교과서)진로 상담(공동 집필, 서울특별시교육청, 1999. 1.)
- (장편소설)천사 요레나와의 사랑(양피지, 서울, 1999. 12. 20.) : 21세기 이후 인류의 참삶의 방향 제시
- (시집)당신이 비칩니다(영하, 서울, 2000. 12. 23.)
- 우리말 사랑의 길을 열면서(문예촌, 서울, 2003. 5. 26.) : 우리말 사랑 운동의 국가적 승화 및 제도화 과정 실천 회고
- (시집)열다섯 살 푸른 맹세' (푸른사상사, 서울, 2004. 11. 27.)
- 열네 살 푸른 가슴(연인M&B, 서울, 2007. 6. 4.)
- 진리를 찾아 이상을 찾아(연인M&B, 서울, 2007. 12. 21.)

■주요 논문

- 역동언어학 및 역동유형이론 구상(한글 148호, 한글학회, 1971)
- 언어의 역동성에 비친 새 연구 과제들〈한글학회 주최 전국언어학자대회 연구 발표 논문 요약서〉(한글 새소식 제9호, 1973. 5. 5. 한글학회)

- '글쎄' 의 품사 범주와 통사적 의미(남천 박갑수 선생 화갑 기념 논문집, 1994)
- 음성 언어 교육의 영역 설정 연구(서울대학교 대학원 석사 학위 논문, 1979. 8.)
- 음성 언어 교육의 원리(난대 이응백 박사 회갑 기념 논문집, 1983)
- 유잠자(類潛自) 언어 교육론(교육 평론 1969년 7월호~10월호, 1970년 2월호, 4월호, 교육평론사)
- 예절로서의 곱고 아름다운 말씨(국어 생활 1987년 가을호, 국어연구소)
- 역대 국민학교 말하기 요소 분석 연구(남사 이근수 박사 환력 기념 논총, 1992)
- 공무원 국어 생활의 반성 및 향상 방안(국어 교육 제81·82합병호, 한국국어교육연구회, 1993)
- 광복 후의 문맹 퇴치 정책 연구(교육 한글 제7호, 한글학회, 1994)
- 1950년대 한국 군대의 문맹 퇴치 활동(한글 새소식 1994년 6월호, 한글학회)
- 국어과 교수·학습 개선 방향(새교육 1996년 1월호, 한국교육신문사)
- 바른 언어생활(교육부 교육행정연수원 초급실무자과정 연수 교재, 1997)
- 모국어 사랑과 어문 규정(교육부 국제교육진흥원 구 소련 및 중국 동포 교육 지도자 초청 연수 과정 교재, 1997)
- 겨레말의 중요성과 어문 규정(교육부 국제교육진흥원 2001 해외 파견 교육공무원 직무교육 교재, 2000)
- 중등학교 국어과 교육의 실제(서울 교육 제166호, 2002년 봄호, 서울 교육과학연구원, 2002)
- 체계적이고 다양한 국어 정책 수립 및 구현을(말과 글 제100호, 2004 가을호, 한국어문교열기자협회)
- Counts의 진보적 교육 사상(교육 연구 1978년 8월호, 한국교육생산성

연구소)
- 방송 통신 고교 교육의 문제점과 개선 방향(교육 평론 1978년 9월호, 교육 평론사)
- 고등학교 평준화 보완 방안(교육 평론 1977년 7월호, 교육평론사)
- 이질 학급 학습 지도 및 과열 과외 해소 방안(교육 평론 1980년 4월호, 교육평론사)
- 열린 학습 사회를 위한 진로 교육의 실제(중등학교 교감 자격 연수 교재, 서울특별시교원연수원, 1997)
- 중학교 진로 교육 기회의 확보와 운용(서울 교육 1997년 여름호, 서울특별시교육연구원)
- 국가 인적 자원 개발과 중등학교 진로 교육(진로 교육 연구 제13호, 한국진로교육학회, 2001)
- 고등학교의 체계적 진로 교육 방향(교육 마당 21. 2005년 2월호, 교육인적자원부)
- 고등학교의 체계적 진로 교육 프로그램 개발 활용(중등 교원 진로 지도의 실제 직무 연수 교재, 한국직업능력개발원, 2005)
- 학교 폭력의 실상과 그 예방 교육 방안(교장학 토론회 보고서, 서울대학교 교육행정연수원, 1997)
- 학교운영위원회 운영의 성숙을 위하여(월간 '학교운영위원회' 2002년 1월호, 주간간교육신문사)

■ 주요 시

꽃과 가을이 주는 말을, 10대의 그날들, 젊음(월간 '순수 문학' 주관 '2000년 올해의 시' 선정작), 초겨울의 미션베이, 모두가 서로의 끈과 힘, 미루나무 젊음, 4월의 한낮, 초여름이 설레면, 우리 자연 우리 환경, 선생님, 가르침의 들, 스승의 길 찾으며, 나눔의 정, 당신이 비칩니다(연작시),

부르고 싶은 이름이 있다면, 함께 따스한 가슴을, 방 만드는 사람들, 상하이 임시 정부 자리, 시드니의 밤, 남태평양에서, 고향 집, 친구 모임, 사랑의 별자리, 열다섯 살 푸른 맹세, 크높은 절대 진리, 깨달음의 신비, 공무원, 자비와 사랑 베풀기를

■ 단편 소설

- 원주민촌의 축제(한글문학 제12집 115~134쪽, 1990. 10. 5.)
  －정신대(종군위안부) 문제를 다룬 최초의 단편소설로서 정신대 문제 제기 작품
- 꽃망울(월간 '유아교육자료' 1991년 3월호 100~103쪽, 한국교육출판)
- 채색된 사람들(한글문학 제13집 165~184쪽, 1991. 4. 20.)
- 충격(한글문학 제15집 239~253쪽, 1992. 5. 20.)

■ 주요 수필

- 말버릇 체험(현대문학 1973년 9월호)
- 목마른 나무들의 무서운 독설(주부생활 1978년 8월호)
- 고향 인심(한국국어교육연구회 회원 수필집 '학과 같이', 한샘, 1985)
- 궁극성의 연마를(나라사랑 제54집, 1985, 오솔회)
- 산업체 학생의 특별학급 제자를 회상하며(교육관리기술 1988년 3월호)
- 영국 기네스북본부 주관 한국 진기록 대회 참관기(사회교육저널 1989년 11월호, 1990년 1월호, 3월호, 4월호)
- 어머니의 마음자락(한글문학 제11집, 1990)
- 정신대 희생자 넋을 생각하며(비상기획보 1992년 봄호, 국가안전보장회의)
- 방송통신고등학교 학생들의 향학열을 돕던 생각(나라사랑 제103집, 외솔회, 2002)
- 교직원들과 함께 떡국을 먹던 날(서울 교육 의정 회보 제2호, 서울특

별시교육의정회, 2004)
- 외솔 최현배 박사와의 만남 회고(나라 사랑 제108집 226~243쪽, 외솔
  회, 2004)

■**주요 기관 명의 발행 책자 집필**

- 문교부 '장학 자료' 14호 '학생 언어생활 지도 지침' 집필(1971. 9. 문
  교부 장관 위촉. 1972. 2. 15. 문교부 발행)
- 문교부 '장학 자료' 26호 '생활 용어 순화 자료' 집필(1977. 5. 16. 문
  교부 장관 위촉. 1977. 8. 문교부 발행)
- 한국청소년연맹 한별단 생활 교본 '한별의 생활' 공동 집필(1984년 한국
  청소년연맹 총재 위촉. 1985년 한국청소년연맹 발행)

■**상훈**

- 부산시장 표창(교육 논문 우수상. 1963. 12. 4.)
- 대한교육연합회장 푸른기장증(전국교육자연구발표대회 최우수상. 1
  등. 1966. 7. 31.)
- 부산시교육감 표창(부산시 교육연구대회 우수상. 1등. 1966. 10. 21.)
- 서울특별시 교육감 표창(새마을 교육 유공, 1974. 10. 27.)
- 서울특별시 교육감 표창(고등학교 입학 연합 고사 출제 유공, 1976.
  12. 30.)
- 서울특별시 교육감 표창(서정쇄신 모범 공무원, 1978. 12. 29.)
- 방송통신고등학교 서울 지구 동문회장 감사패(방송통신고교 교육 유
  공 및 '방송통신고교생' 노래 작사, 1981. 6. 28.)
- 상공부 장관 표창(산업체 학생 특별학급 교육 유공, 1987. 3 .7.)
- 한글학회 이사장 표창(우리말 사랑 운동 유공, 1988. 10. 9.)
- 코리아 기네스협회장 감사패(코리아 기네스협회 자문위원 유공, 1989. 7.)

- 한글문학회 한글문학상(1991. 11. 30.)
- 대통령 표창(국민교육 유공, 1991. 12. 5.)
- 서울특별시교원단체연합회장 표창(수도 교육 발전 유공, 1992. 5. 12.)
- 서울특별시교원연수원장 교육연수상(중등교감 일반연수 성적 우수, 1996. 5. 2.)
- 한국교원단체 총연합회장 표창(교육 연공. 1997. 5. 15.)
- 교육부 장관 표창(교육 연공, 1997. 5. 15.)
- 서울대학교 교육행정연수원장 표창(중등교장 자격연수 성적 우수, 1997. 8. 23.)
- 민주평화통일자문회의 영등포구협의회장 표창(영등포를 빛낸 모범 공무원, 2002. 3. 20.)
- 국가인권위원회 위원장 표창(정신대 문제 제기 유공, 2004. 12. 10.)
- 당곡고등학교 총동창회장 감사패(학교 발전 유공, 2005. 3. 5.)
- 서울시립정신지체인복지관 관장 감사패(서울특별시립 정신지체복지관장, 2005. 8. 29.)
- 황조근정훈장(대통령, 2005. 8. 31.)

■ 주요 문헌 등재

- ('기네스북' 번역본에 '한국편' 첨가한 책)기네스북(신아사, 1991. 2. 25.) : '한국편'에 제목 '최연소 교원 자격증 취득' 등재)(중학교 교원 자격증 취득 18살, 고등학교 교원 자격증 취득 19살)
- '대한민국 5,000년사' 제7권 '대한민국 인물사' 1009쪽(역사편찬회 출판부, 1991. 4. 10.) : 등재 항목 '허만길'
- '대한민국 현대 인물선' 1401쪽(대한민국 현대 인물편찬회, 1991. 7. 1.) : 등재 항목 '허만길'
- '한국을 움직이는 인물들' 2527쪽(중앙일코사, 1997. 12. 30.) : 등재

항목 ‘허만길’
- ‘두산 세계 대백과 사전’ (두산동아, 2001. 9. 1.) : 등재 항목 ‘복합문학’ (複合文學, Complex Literature)
- ‘한국 시 대사전’ 3293~3295쪽(을지출판공사. 2004. 12. 1.) : 등재 항목 ‘허만길’
- ‘국가 상훈 인물 대전’ 제5권 ‘현대사의 주역들’ 1525쪽(국가상훈편찬위원회, 2005. 6. 20.) : 등재 항목 ‘허만길’
- ‘두산 세계 대백과 사전’ (두산동아, 2007. 3. 1.) : 등재 항목 ‘원주민 촌의 축제’ (原住民村의 祝祭, A Feast in the Village of Natives)

나는 2007년 12월 이 책 ‘진리를 찾아 이상을 찾아 ‘의 원고를 완성하면서, 나의 시 몇 편을 가슴에 되새기며 지난날과 앞날을 조용히 그려 본다.

젊음

차라리 밥을 굶을지라도
꿈을 굶주릴 수 없던 황금의 때

걸어서 걸어서 백만리 밖이라도
한 이삭 이상을 주울 수만 있다면
육신이야 아무리 헤어져도 상관 말자며
정열에 불타던 때

큼직한 진리 향한 일이라면
쉽게 살기보다는
어렵게 살기가 달고

편하게 어울리기보다는
외로운 몸부림이 가뿐하던
태양의 나날이여.

아무리 세상이 어두워도
내 뜨거운 젊음이 살아 숨쉬는 한
영원히 새벽은 밝아 오고
사람은 사람으로
고귀한 자리로 기어이 오르게 하리라
다짐하던 아픈 세월이여.

지난 그 젊음에 심은 꿈
지금도 알뜰히 내 영혼에
새벽처럼 살아 있어
아직도 세상은 찬란한 무지개로 비치고
사람은 사람으로 고귀하게 오르려 한다.

모두가 서로의 끈과 힘

땅과 바다와 하늘 하나로 이어
이 지구, 이 세상 이루고
이 세상, 저 세상 이어
온전한 한 세상 이룬다.

물과 나무와 돌
고기와 짐승과 새와 사람
달과 해와 별

그 보이는 모든 것과
그 안 보이는 모든 것
지난 세월, 지금 세월, 다가올 세월
태어나기 전 세월, 태어난 세월, 태어날 세월
이 모두 속
비로소 조그마하고도 든든한
나 하나하나가 있다.

우리 어찌 모두를
서로 나누어 있지 않으리오.
우리 어찌 모두
서로의 끈과 힘 아니리오.

사는 얼굴, 사는 생김,
사는 몸붙임, 사는 믿음
그 큰 속 서로 조금씩은 다를지라도
모두가 큰 세상 속의
우리들이 아닌가.

부디 따스히 서로 보살피고 이끌며
온전한 한 세상 누구에게나
평화와 희망과 자유와 행복의
샘물 즐거이 마시게 하자.

누구나 더없이 거룩히 높은
참슬기, 큰진리, 참마음
아름답게 함께 누리게 하자.

모두가 서로의 끈과 힘 아니랴.

자비와 사랑 베풀기를

자비와 사랑 받기를 원하거든
자비와 사랑 주기를 쌓으라.

절에서 교회에서 성당에서
어렵고 힘든 너와 너의 가까운 자를 위해
자비와 사랑 내리기를 빌고자 하거든
어렵고 힘든 네 이웃과 사회를 위해
자비와 사랑 널리 베풀기를 쌓으라.

부처와 관음보살의 자비는
불경의 글줄 외는 재주로 꽃핌이 아니다.
부처와 관음보살의 자비의 본받음으로 꽃피느니라.

예수와 성모 마리아의 사랑은
성경의 글줄 외는 재주로 꽃핌이 아니다.
예수와 성모 마리아의 사랑의 본받음으로 꽃피느니라.

자비와 사랑은 돈이 아니거늘
지위나 권력이 아니거늘
자비와 사랑은 네 마음이니라.

돈 있는 자도 지위나 권력 있는 자도
자비와 사랑 텅 비어 있는 자 허다하거늘
육체가 건강하고 나이가 많아도
자비와 사랑 텅 비어 있는 자 허다하거늘
자비와 사랑은 네 마음이니라.

불경의 글줄 요리조리 다 따지며 외는 자도
성경의 글줄 요리조리 다 따지며 외는 자도
자비와 사랑 까마득히 채우지 못한 자 허다하거늘
자비와 사랑은 네 마음이니라.

돈 없어도 지위나 권력 없어도
병들고 힘들고 나이 어려도
눈멀고 말 못 하고 글줄 하나 몰라도
자비와 사랑 넘쳐 빛나는 자 있거늘
자비와 사랑은 네 마음이니라.

차라리 부처와 관음보살 이름 하나만으로
자비와 사랑 넘쳐 빛나는 자 있거늘
차라리 예수와 성모 마리아 이름 하나만으로
자비와 사랑 넘쳐 빛나는 자 있거늘
자비와 사랑은 네 마음이니라.

영원을 영원히 복되게 살려는 자
자비와 사랑 널리 베풀어 쌓기를
아끼지 말며 게으르지 말라.
말없이 먼저 나아가 베풀라.
주저 없이 먼저 다가가 베풀라.
인내하고 인내하며 그리하라.

자비와 사랑의 열매
쉽게도 이루어지고 어렵게도 이루어지나니,
인내하고 인내하며 그리하라.